일본 시인,
'한국'을 노래하다

지은이

오석륜 吳錫崙, Oh Seok-ryoon

충북 단양의 산골마을에서 태어나 대구에서 성장했다. 현대인재개발원 주임교수를 거쳐 현재는 인덕대학교 비즈니스일본어과 교수로 재직 중이다. 시인, 번역가, 칼럼니스트 등, 인문학 관련 여러 분야에서 활동하고 있다. 대통령 소속 '도서관정보정책위원회' 위원이며, 정부 여러 부처의 심사위원이기도 하다. 동국대학교 일어일문학과 및 대학원을 졸업하였고, 동대학원에서 문학박사학위를 받았다. 전공은 일본 근현대문학(시).

시집으로『종달새 대화 듣기』(근간),『사선은 둥근 생각을 품고 있다』,『파문의 그늘』이 있고, 저서 및 역서로『진심의 꽃-돌아보니 가난도 아름다운 동행이었네』,『미요시 다쓰지 시를 읽는다』,『일본어 번역 실무 연습』,『일본 하이쿠 선집』,『풀베개』,『미디어 문화와 상호 이미지 형성』(일본어판, 공저),『도련님』,『일본 단편소설 걸작선』,『조선 청년 역도산』,『미요시 다쓰지三好達治 시선집』,『일본 대표 단편선』(전3권, 공역),『한국사람 다치하라 세이슈』,『2번째 키스』,『그 여자는 낮은 땅에 살지 않는다』등 다수의 책을 출간하였으며, 일본문학과 관련한 많은 논문이 있다.

일본 시인, '한국'을 노래하다

초판인쇄 2022년 10월 10일 **초판발행** 2022년 10월 20일
지은이 오석륜 **펴낸이** 박성모 **펴낸곳** 소명출판 **출판등록** 제1998-000017호
주소 06641 서울시 서초구 사임당로14길 15 서광빌딩 2층
전화 02-585-7840 **팩스** 02-585-7848 **전자우편** somyungbooks@daum.net **홈페이지** www.somyong.co.kr

값 21,000원 ⓒ오석륜, 2022
ISBN 979-11-5905-632-1 93830

A
Japanese
Poet
Singing
of
Korea

일본 시인, '한국'을 노래하다

— 오석륜 —

일제강점기1910~1945는 한국 근현대사에서 가장 잔혹한 시기이다. 이 시기에 고통 받는 한국과 한국인을 대상으로 일본 시인들이 발표한 시 작품들 중에는 한국인을 지나치게 비하하는 경우도 있다.

예를 들면, 가인歌人이며 일본의 육군 소장까지 올랐던 사이토 류斎藤瀏, 1879~1953는 「한국병합韓國倂合」1910이라는 시에서 '한일 강제 병합'을 합리화하며 다음과 같이 노래했다.

오늘부터는 대일본제국의 백성 얼굴 들고

하늘과 땅을 돌아다니거라

대일본 천황의 손에 구원받아

팔도의 백성 이제 살아난다

더불어 또한 일본 남아의 힘으로

개척해야 할 나라를 주셨노라

今日よりは日の本の民ぞ面あげて

天地の中をい行き交はれ

日の本の天子の御手に救はれて

八道の民今よみがへる

更にまた日本男子の手力に

きりひらくべき國をたまひぬ

박춘일朴春日은 이 시를 두고 "결코 침략이나 점령이 아니라, 일
본 천황의 손에 구원받은 것이라는 논리를 일본의 전통적인 문
학 형식 속에 녹여냈다"[1]라고 지적했다.

반면, 휴머니즘적 관점이나 보편적 가치에 기반을 두고 한국
을 노래하며 작품을 남긴 시인들도 다수 있었다. 그들이 발표한
작품의 수는 우리가 생각했던 것보다 훨씬 많다. 이러한 작품들
은 한일 양 국민의 관심과 호기심을 자극하기에 충분하며, 연구
대상으로서 가치가 있다. 그러나 아직은 이러한 성격의 시 작품
을 체계적으로 분석하고 연구하여 한국 출판계에 소개한 책이
없는 것이 현실이다.

이 책은 일본 시인들이 휴머니즘에 바탕을 두고 한국이나 한
국인을 대상으로 쓴 작품, 혹은 보편적 가치를 추구하는 글을 모
아 그 의미구조를 풀어낸 것이다. 한일 양국의 사람들에게 일본
의 근현대를 대표하는 시인들이 한국과 한국인을 어떻게 바라보
고 노래했을까 하는 시각의 일단을 엿볼 수 있다는 점에서 흥미
로운 시간 여행이 될 것이다. 동시에, 기존의 한일 간의 역사적

---

1 朴春日, 『近代日本文學における朝鮮像』, 未來社, 1969(增補版, 1985), pp.93~
94 참조.

연구나 정치적, 사회적 관심에 더하여 문학적 공감대를 제공할 수 있다는 점에서 중요한 기능을 수행하리라 믿는다. 한일 양국의 발전적 관계에도 일정 부분 긍정적 역할을 할 수 있다는 뜻이니, 여전히 불편한 이웃 관계를 지속하는 한일 관계를 생각하면 이 책의 출간 의의는 충분하다고 하겠다.

물론, 이 책은 이러한 시대적 상황을 배경으로 발표되거나 창작된 시 중에서 아직도 한일 양국에 잘 알려지지 않은 작품들에 주목하여 그들을 발굴하고 소개하는 작업과 함께, 기존에 소개된 작품이라도 단순한 감상 수준이나 소개 차원에 머물러 있는 것에 대해서는 정밀한 해석을 시도하였다. 지금까지 이렇게 한국에 소개된 작품이 시보다는 소설 쪽의 소개에 치우친 경향[2]이 있었던 것도 이 책을 쓰게 된 중요한 계기이다.

이러한 생각을 바탕으로 다음 두 가지에 주안점을 두고 이 책을 꾸렸다.

첫째, 메이지유신1868 이후에 태어난 시인의 작품만을 대상으로 하되, 주로 작품의 시대적 배경이 '일제강점기1910~1945'에

---

2   소설의 경우, 예를 들면, 나카니시 이노스케(中西伊之助, 1887~1958)의 「불령선인(不逞鮮人)」은 1922년 잡지『개조(改造)』에 발표된 단편소설로 박현석(현인, 2017)에 의해, 유아사 가쓰에(湯淺克衛, 1910~1982)의『간난이(カンナニ)』는 1946년 講談社에서 출간된 소설로 이창식(수원박물관, 2016)에 의해, 한국어로 각각 번역·출판되었다. 또한, 다나카 히데미쓰(田中英光, 1913~1949)의『취한 배(酔いどれ船)』는 1949년 小山書店에서 출간된 소설로, 유은경(小花, 1999)에 의해 한국어로 번역·출판되었다.

해당되는 것만으로 한정하였다. 작품 발표가 일제강점기 이후라도 시대적 배경이 그 시기에 해당되면 포함시켰다. 이런 과정에서 작품의 성격에 따라 크게 2부로 나누었다. 제1부에서는 사계파四季派 시인과 미요시 다쓰지三好達治가 노래한 '한국'으로, 주로 서정시인의 작품을 다루었고,[3] 제2부에서는 일본 프롤레타리아 시인이 노래한 '한국'으로, 주로 프롤레타리아 성격의 작품을 분석하였다. 그렇게 선별하여 제1부에서는, 마루야마 가오루丸山薫, 1899~1974, 나카하라 츄야中原中也, 1907~1937, 무로 사이세이室生犀星, 1889~1962의 한국 관련 시 작품 및 미요시 다쓰지三好達治, 1900~1964의 시와 수필에 나타난 한국과 한국인의 모습을 살폈고, 제2부에서는, 마키무라 히로시槇村浩, 1912~1938, 오구마 히데오小熊秀雄, 1901~1940, 나카노 시게하루中野重治, 1902~1979, 오노 도자부로小野十三郎, 1903~1996, 이토 신키치伊藤信吉, 1906~2002, 우치노 겐지内野健児, 1899~1944, 사타 이네코佐多稲子, 1906~1998, 기쿠오카 구리菊岡久利, 1909~1970, 이토 게이이치伊藤桂一, 1917~2016 등의 시를 조명하였다. 거기에 더하여, 당시 일본에서 활동하며 프롤레타리아 시를 써서 일본인 평자들로부터 주목받았던 한국인 시인인 김용제金龍濟,

---

3 이 책에 수록한 미요시 다쓰지 관련 원고에서, 제1부 2장, '미요시 다쓰지(三好達治) 시(詩)와 '한국'은 저자의 졸저 『미요시 다쓰지(三好達治) 시를 읽는다』(역락, 2019)의 9장에 수록한 「미요시 다쓰지 시(詩)와 한국」을 일부 수정하여 실었음을 밝힌다. 독자들의 이해를 구한다. 이는 일제강점기에 한국과 한국인을 노래한 일본 시인들 중에서 다쓰지가 비교적 다작을 남겼다는 점과 그가 일본 시단에서 차지하는 위상을 고려하였기 때문이다.

1909~1994와 김병호金炳昊, 1904~1959 관련 작품도 논의의 범주에 포함시켰다. 이렇게 이 책에서 다룬 작품은 모두 14명 시인의 시 30여 편이며, 수필은 3편이다.

둘째, 무엇보다 이 책에서 다루는 시는 당시의 일본 시단에서 대표성을 갖는 시인들의 것으로 한정하였다. 검토 대상이 된 시나 수필 등은 문학적 가치가 있는 우수한 작품이라는 판단을 전제로 했다는 뜻이다. 그리하여 작품의 성격상, 한국이나 한국인을 비상식적으로 비하하는 내용의 것은 소개나 분석의 대상에서 제외하였으며, 온전히 작품의 품격을 우선시하여 텍스트로 삼았다.

그리고 일제강점기 이후에 쓰인 일본 현대 시인들의 한국 관련 시 작품도 상당수 존재하나, 방대한 원고의 양을 고려하여 그 작품들의 분석은 후고를 기약한다.

참고로 저자의 이름이 2009년 3월 이후 '오석륜'으로 바뀌었음을 알려드린다. 본인의 의지와는 상관없이 '오석윤'에서 '오석륜'으로 바뀌었으며, 한자는 '吳錫崙' 그대로이다. 저자의 논문 표기에서 오석륜, 오석윤 두 가지로 나온 것은 그 때문이다. 오해가 없었으면 한다.

또한, 여기에 소개하는 시나 수필, 기타 여러 인용문은 모두 저자가 번역한 것이며, 시는 번역과 원문을 함께 실었다. 수필이나 인용문 등은 원문을 싣지 않았다. 그리고 텍스트가 오래된 자료인 탓에 일부는 시의 원문을 찾는 과정이 결코 쉽지 않은 것도 있었다. 자료 찾기에 도움을 주신 강호제현께 감사의 말씀을 올린다.

내 글을 아름다운 책으로 태어나게 해준 박성모 대표님을 비롯한 소명출판 식구들에게도 고맙다는 뜻을 전한다.

2022년 8월

초안산 기슭 연구실에서

오석륜

차례

일러두기
이 책을 만들 때 적용한 표기법의 원칙은 다음과 같다. 이 글은 일본인 인명과 일본 지명을
표기할 때, 처음에 나올 때는 한글 표기와 한자(또는 원문)를 같이 썼다. 두 번째 이후에
나올 때는 한글만을 썼다. 마찬가지로 시집 제목이나 시 제목, 잡지, 책 이름 등도 처음에
는 한국어와 일본어 표기를 같이 했으나, 두 번째 이후에는 한국어 해석에 주안점을 두고
표기하였다. 다만, 한국어로 이해 가능한 한자는 그대로 한글로 음을 달았으며, '일본어'
및 '한자와 일본어 혼합'인 경우는 우리말 해석이 필요하다고 판단되어 우리말 해석을
먼저 붙이고, 원문은 괄호 안에 넣어 처리했다. 예를 들어, 시 제목이 「間島パルチザンの歌」
인 경우, 처음 나올 때는 「간도 빨치산의 노래(間島パルチザンの歌)」로 하고 두 번째 이후에
는 「간도 빨치산의 노래」로 하였다.

제1부

사계파 시인과
미요시 다쓰지가 노래한
'한국'

제1장

/

일본 사계파四季派 시와
'한국' 이미지

일본 근현대시인들 중에서 '사계파四季派 시인'이란 잡지 『사계四季』에 참여한 시인들을 가리키는 용어다. 『사계』는 1933년쇼와(昭和) 8년 5월부터 1944년쇼와 19년 6월까지 결코 짧지 않은 기간에 81호를 속간하여, 당시의 일본 시단에는 물론이고 향후의 일본 문학사에도 중요한 영향을 끼친 동인지였다.

여기에 참여하여 활동한 동인들은 일본 시문학사에서 근대를 대표하는 시인으로도 그 명성이 높다. 하기와라 사쿠타로萩原朔太郎, 1886~1942, 무로 사이세이室生犀星, 1889~1962, 마루야마 가오루丸山薫, 1899~1974, 미요시 다쓰지三好達治, 1900~1964, 호리 다쓰오堀辰雄, 1904~1953, 나카하라 츄야中原中也, 1907~1937 등이 바로 그들이다. 이들은 당시, 동인활동을 통해 시인, 작가, 외국문학 연구자의 시, 평론, 번역 등을 모아 일반 저널리즘의 소음騷音에서 초월한 작품 본위의 태도를 견지하려는 경향이 뚜렷하였다. 시적 성향에서 보면, '새로운 서정시의 수립'이라는 상징성을 갖는다.

그럼, 이들은 한국이나 한국인을 어떻게 노래했을까. 자못 궁금해지지 않을 수 없다. 『사계』파 시인과 한국과의 관련 양상에 관한 선행연구[1]는 한국이나 일본에서 그 사례를 찾기가 쉽지 않다. 이에 이 글은 마루야마 가오루의 「조선朝鮮」, 나카하라 츄야의 「조선 여자朝鮮女」, 무로 사이세이의 「고려의 꽃高麗の花」, 「범고래 기와瓦の鯱」, 「조선朝鮮」, 이렇게 세 사람의 작품 다섯 편에 집중[2]하여 각 작품의 의미구조를 살필 것이다.

먼저, 마루야마 가오루의 「조선」부터 읽기로 한다.

---

1   최근 한국에서 발표된 이영희의 논문 「식민지 시대 사계파 시인들의 조선 인식」(『日本語文學』第49輯, 日本語文學會, 2010)은 당시 시인들이 쓴 한국 관련시를 잘 분류하여 분석하고 있다. 그러나 한 편의 논문에서 다루기에는 시, 수필, 단가 등 많은 작품의 인용이 있어, 논지 전개 과정에서 시로 한정하여 보다 구체적인 의미구조 분석이 있었으면 하는 아쉬움이 남는다. 또한 오영진의 연구 성과인 ① 吳英珍, 「日本近代詩에 나타난 韓國觀 1」, 『日語日文學研究』第13輯, 韓國日語日文學會, 1988; ② 吳英珍, 「日本近代詩에 나타난 韓國觀 II」, 『日語日文學研究』第14輯, 韓國日語日文學會, 1989도 주목된다. 기존에 한국에 소개되지 않은 시를 발굴하여 소개했다는 점에서 선구자적 역할을 인정할 만하나, 시 소개와 함께 간단한 감상 정도의 나열에 그치고 있다.

2   사계파 시인 중에서 미요시 다쓰지는 한국 관련 작품을 많이 남긴 시인이라 별도로 원고를 꾸릴 것이다. 하지만, 이 글에서 일본 근대시사에 중요한 획을 그은 인물로 평가받는 하기와라 사쿠타로의 작품을 다루지 않는 것은, 그가 남긴 작품 중에서 시가 아닌 단가(短歌), 수필 등에서 한국과의 관련 양상을 찾을 수 있다는 점을 고려하였기 때문이다.

1. '쫓기는 아씨' 조선과 제국 일본이라는 '악마'

마루야마 가오루丸山薫의 「조선朝鮮」

언제부터인지 아씨는 달리고 있었다. 아씨의 뒤를 악마가 바싹 뒤쫓고 있었다. 그녀는 도망가면서, 머리에 꽂은 빗을 던졌다. 빗은 악마와의 사이에서 우뚝 솟은 삼각三角 형태의 산이 되었다. 악마는 그 산그늘에 숨었다. 그 동안에 아씨는 멀리 달아났다.

이윽고 산꼭대기에서 악마가 쫓아 내려왔다. 그리고 또 조금씩 아씨는 붙잡힐 것처럼 되었다. 아씨는 허리에 매단 두루주머니를 던졌다. 두루주머니는 연꽃이 흐드러지게 핀 연못이 되었다.

악마는 저 건너편 물가에 있었고, 진흙에 발이 빠진 채 아주 걷기 힘든 듯이 건너기 시작했다. 그동안에, 아씨는 또 그를 멀리 떨쳐버릴 수가 있었다.

그러나, 악마는 손쉽게 다가왔다. 이번에는 아씨는 한쪽 신을 벗어서 던졌다. 예쁜 신은 악마의 코를 맞히고 거꾸로 떨어져 벼랑으로 변했다. 악마는 혀를 차고서 조심스럽게 벼랑을 기어 내려오기 시작했 다. 그 동안에 그녀는 또 조금 멀어졌다.

끈질기게 또 악마가 따라붙으려고 했다. 아씨는 저고리의 푸른 옷고름을 찢어서 버렸다. 그것은 넘실대는 강이 되었다. 악마가 뗏목을 찾고 있는 사이에, 아씨는 또 얼마쯤 도망칠 수가 있었다.

이야기 도중에, 어른이 고함치며 부르는 소리가 났다. 한韓 씨는 긴 담뱃대를 입에서 떼고 허겁지겁 헛간을 나갔다.

그로부터 30년의 세월이 흘렀다. 과연 어린 내 기억이 더듬는 그 나라의 땅 표면地表에는, 아씨가 울면서 던져버리고 간 물건들의 흔적이 남아 있었다. 늑골처럼 야윈 평야가 펼쳐진 곳의 풀 없는 바위산은 환영幻影처럼 막아섰고, 갑자기 나타나는 늪의 물은 말라서 진흙이 타고 있었다. 얼룩 까마귀는 잎이 떨어진 외로운 나무 그 우듬지에서 울고, 사람 모양을 한 거대한 석상石像 그늘에서는 늑대라고 불리는 이리가 목구멍에서 소리를 내며 나타나기도 하였다.

게다가 오늘 더욱 국토의 어딘가를 숙명의 아씨는 달리고 있었다. 몸에 걸친 모든 것을 다 던져버린 알몸에 가까운 모습으로, 울부짖으면서 줄곧 달리고 있었다. 악마는 더욱더 잔혹한 발톱을 뻗어서, 그녀의 목 뒷덜미를 붙잡으려 하고 있었다.

어느 해의 가장 불행한 순간, 그녀는 마지막 부분을 덮은 얇은 천 조각을 던지고, 슬픔에 몸을 엎드려 버렸다. 천 조각은 바람에 팔랑팔랑 펄럭이더니 때마침 근처의 강바닥에 떨어졌다. 그것은 물이 되었다. 강기슭으로 넘치고, 둑을 부수고, 엄청난 기세의 홍수가 되어 들을 메웠다. 배추밭을 메웠다. 소와 말들을 메우고, 유교의 곡소리가 깃든 언덕배기의 흙 만두 같은 묘를 다 메워버렸다. 무수한 촌락의 인가가 수면 위로 떠서 표류하며, 초가지붕 위에서 흔들어 대는 이 세상으로의 결별의 손을 가득 싣고, 천천히 소용돌이치면서 바다 쪽으로 흘러갔다.

— 「조선」 전문

いつの頃か、姫は走っていた。姫のうしろを魔物がけんめいに追っていた。彼女は逃げながら髪に挿した櫛をほうった。櫛は魔物との間に、突兀として三角の山になった。魔物はその山の陰にかくれた。そのまま姫は遠く離れた。

やがて山の嶺から魔物が駆けおりてきた。そしてまた少しずつ姫は追い付かれそうになった。姫は腰に吊した巾着を投げた。巾着は蓮の花の咲き乱れた池になった。

魔物はそのむかう汀にいて、泥に足をとられて、歩きにくそうに渡渉り始めた。その間に、姫はまた彼をひき離すことが出来た。

しかし、苦もなく魔物は追ってきた。こんどは姫は片方の杏を脱いで投げ付けた。可愛い杏は魔物の鼻を打って逆さに墜ち、崖に変わった。魔物は舌打ちして、怖々、崖を這いおり始めた。その間に彼女はまた少し離れた。

執拗く、また魔物が追い縋ろうとしていた。姫は上衣の青い紐をちぎって棄てた。それは蜒々とした河になった。魔物が筏を探している間に、姫はまたいくらか逃れることが出来た。

話の途中で、大人の呼びたてる声がした。韓さんは長い烟管を口から離すと、あたふたと納屋を出ていった。

それから三十年の月日が過ぎた。なるほど、幼い私の記憶が手探りするその国の地表には、姫が泣きながら投げ棄てて行った物の迹が遺っていた。肋骨のように瘠せた平野の行く手に、草のない岩山

は幻のように立ち塞り、突然、現れる沼に水は涸れて、泥が燃えて
いた。斑な鴉は葉の落ちた孤木の梢に啼き、人型をした巨大な石像
の蔭から、ヌクテと呼ばれる狼が喉を鳴らして現れたりした。

しかも今日なお国土の何処かを、宿命の姫は走っていた。身に
纏うすべてを投げつくした裸に近い姿で、叫びながら走りつづ
けていた。魔物はなおも惨酷な爪を伸して、彼女の襟髪を摑もう
としていた。

或る年のもっとも不幸な瞬間、彼女は最後の部分を覆う薄い布片
を抛って、悲しさに身を伏せてしまった。布片は風にひらひらひ
るがえって、おりから近くの河床に落ちた。それは水になった。
岸をあふれ、堤をこわして、凄じい勢の洪水となって、野を埋め
た。白菜畑を埋めた。牛と馬とを埋め、儒教の哀号のこもった丘裾
の土饅頭の墓を埋めつくした。無数の村落の人家が水面に浮んで漂
い、藁屋根の上に打ち振る此の世への訣別の手を満載して、ゆっ
くりと渦巻きながら、海の方へ流れていった。

―「朝鮮」[3] 全文

이 시는 1937년 잡지 『개조改造』 6월호에 발표된 것으로, 일본
의 근현대 시단을 대표하는 시인의 한 사람이며 사계파의 중심

3   丸山薫, 『丸山薫全集』第1卷, 角川書店, 1976, p.102.

인물로 활약했던 마루야마 카오루丸山薰, 1899~1974, 이하, '마루야마'의 「조선」 전문이다.

시 전체를 통해 독자들에게 전해주는 중요한 메시지가 무엇인지 파악하는 것은 그리 어렵지 않다. 작품의 전편에 흐르는 주된 서술은 일제강점기를 겪어야 했던 한국인들의 비극과 일제의 잔악상이다. 약소국가의 여인 '아씨'에 대한 마루야마의 따뜻한 동정심이 중요한 시적 흐름을 형성하고 있다. '아씨'는 일제강점기에 핍박받는 조선인의 비극이며, '악마'는 가해자 일제의 잔악상을 각각 상징하는 시어다. 양자의 극명한 대비를 보여준다.

시는 서술된 시간적 관점에서 보면, 전체 9행 중 전반부 여섯 개 행은 30년 전의 기억을 바탕으로 한 것이고, "그로부터 30년의 세월이 흘렀다"로 시작되는 7행 이후의 후반부 세 개 행은 30년 후의 것이다.

"아씨"와 그의 뒤를 쫓는 "악마"가 중요한 축을 이루는 전반부에는, "아씨"가 도망가고 쫓기는 자로, "악마"는 아씨를 뒤쫓는 자로 등장한다. 명확한 선악 관계다. 그것은 곧 선악의 대비를 통해 보여주는 한국과 일제의 모습이다. 후반부 세 개의 행에서도 이러한 시적 기류는 크게 바뀌지 않아, 일제에 억압당하고 유린당한 한국과 한국인을 그려내고 있다. 그리고 황폐해지고 홍수가 난 당시의 우리나라 국토도 생생하게 담아내고 있다. 시 전체에 흐르는 한국과 한국인에 대한 시인 마루야마의 애틋한 마음이 읽는 이에게 감동으로 다가오는 것은 바로 이런 서술 때문이다.

그런데 시를 정독하다 보면, 자연스럽게 이 시의 창작을 가능하게 한 바탕에는 무엇이 존재했을까 하는 궁금증이 생긴다. 왜냐하면, 이 시를 발표한 1937년은 중일전쟁中日戰爭이 발발했던 해기 때문이다. 시인은 어떻게 서슬 퍼런 일제의 검열을 뚫고 이 작품을 발표할 수 있었을까. 그런 의문이 생기는 것이다. 더군다나 일본 제국주의를 "악마"라고 서슴없이 표현하고 있지 않은가.

이와 관련하여 시인의 연보를 살펴보면, 그 의문의 실마리가 풀릴 듯하다. 당시 조선통감부 초대 통감이었던 이토 히로부미伊藤博文에게 신임을 받아 경성으로 부임한 사람이 마루야마의 아버지였다. 그의 직책은 조선총독부 경무총감警務摠監. 일곱 살 때 아버지와 함께 서울로 와서, 경성소학교京城小學校에서 3학년 1학기까지 지냈다. 이것이 그에게 한국 체험의 중요한 계기가 된다. 어릴 때 건너와서1906 본 한국의 이미지는 그 당시 즉, 을사늑약1905 이후 한일강제병합1910이 막 시작될 무렵의 시대적 상황과 맞물려 있다. 작품에 등장하는 30년 후의 시적 서술은 1936년이나 1937년 무렵으로 유추할 수 있을 것이다.

주지하는 것처럼, 중일전쟁은 1937년 7월부터 일본이 중국 본토를 정복할 목적으로 중국을 침략하여 일으킨 전쟁이 아닌가. 전쟁 한 달 전에 이 시가 발표될 수 있었던 배경이나 이유에 대해 설명할 만한 구체적인 자료는 보이지 않으나, 분명 "이 시의 발표는 당시로서는 대단히 이례적인 사례로 꼽을 만한 것"[4]이었다.

마루야마는 도쿄대학 국문과를 중퇴한 엘리트였다. 잡지『시와 시론詩と試論』의 '신시운동新詩運動'에 참가하였을 뿐만 아니라, 1934년 호리 다쓰오, 미요시 다쓰지 등과『사계』를 창간하여 동인의 중진으로 활약하기도 하였다. 또한, 시집『돛·램프·갈매기帆·ランプ·鷗』1932,『물상시집物象詩集』1941 등을 통해 물상에 투입한 어두운 생활의식을 선명한 이미지로 응축시켜 독자적인 시 세계를 확립한 일본 시단의 중심이 되는 시인이었다.

자신이 어린 시절 직접 살았던 조선에서의 기억을 바탕으로, 30년 후에 창작해 발표한 시「조선」은 일제가 약소민족인 한국인에게 가한 횡포를 산문시로 풀어내며 형상화한 것으로, 마루야마 특유의 문제의식이 돋보일 뿐만 아니라, 한국인에 대한 휴머니즘적 애정이 담긴 작품이었다. 이는 일본 근현대 시인들이 남긴 여러 작품 중에서도 우리의 기억에 남기고 싶을 만한 수작으로 꼽는 데 조금도 주저하지 않게 한다.

다음에 소개하는 작품은 시인 나카하라 츄야中原中也, 1907~1937, 이하 '츄야'가 당시 일본의 어느 거리에서 만난 한국 여인과 어린아이의 모습을 있는 그대로 그려낸「조선 여자朝鮮女」다.

---

4   朴春日,『近代日本文學における朝鮮像』, 未來社, 1969(增補版, 1985), p.237.

2. 조선 여인을 응시하며

나카하라 츄야中原中也의 「조선 여자朝鮮女」

조선 여자의 저고리 고름

가을바람에 헝클어지고

길을 가면서 가끔씩

어린애 손을 억지로 끌며

이마를 찡그리는 그대 얼굴

피부는 적동색赤銅色 마른 생선을 닮아

무엇을 생각하는 얼굴인지

── 사실은 나도 초라한 모습으로

멍하니 바라보고 있었지

나를 얼핏 쳐다보곤 의아하다는 듯

어린애 재촉하며 떠나갔지……

가벼이 피어오른 먼지일까

무엇을 나한테 생각하라는지

가벼이 피어오른 먼지일까

무엇을 나한테 생각하라는지……

....

—「조선 여자」 전문

朝鮮女の服の紐

秋の風にや縺れたらん

街道を往くおりおりは

子供の手をば無理に引き

額顰めし汝が面ぞ

肌赤銅の乾物にて

なにを思えるその顔ぞ

――まことやわれもうらぶれし

こころに呆け見いたりけん

われを打ち見ていぶかりて

子供うながし去りゆけり……

軽く立ちたる埃かも

何をかわれに思えとや

軽く立ちたる埃かも

何をかわれに思えとや……

…………………………………………

― 「朝鮮女」[5] 全文

이 시는 1935년 잡지 『문학계文學界』 5월호에 발표된 「조선 여

---

5 中原中也, 『新編 中原中也全集』 第1卷 詩1, 角川書店, 2000, p.202.

자」 전문이다. 시적 화자는 일본의 어느 거리에서 우연히 조선 여인을 보았을 것이다. 그리고 그 여인의 초라한 모습을 응시한다. 전체 16행으로 이루어진 이 시의 전반부 7행은 그러한 조선 여인의 이미지 묘사에 할애하고 있다. 화자는 가을바람이 부는 거리에서 "어린애 손을 억지로 끌며 / 이마를 찡그리"(4행, 5행)고 있는 저 고리 차림의 여인을 바라본다. 그리고 마른 생선처럼 야윈 여인의 피부를 적동색赤銅色이라고 표현하지만, 이내 자신도 그 여인의 시야에 잡힌다. 그 여인 역시 화자를 보고 "의아하"게(10행) 여기며, 서둘러 어린애를 재촉하며 길을 떠난다. 왜 여인이 화자를 의아하게 바라 보았을까에 대한 의문은 "나도 초라한 모습"(8행)에서 그 답이 얻어지는 듯하다. 구체적으로 화자의 어떤 모습이 초라했는지에 대한 표현은 더 이상 서술되지 않았다. 하지만, 검은 모자, 검은 망토, 집시풍의 검은 넥타이 등, 검은색 일색의 그 무렵의 시인 츄야의 모습이 의아하게 보인 것은 당연했는지도 모른다.

후반부의 "가벼이 피어오른 먼지일까 / 무엇을 나한테 생각하라는지"(14행, 15행)는 조선 여인과 그 어린애가 길을 떠나며 신발을 끌고 간 후의 모습이다. 마지막 4행(12행~16행)에서 서술된 이들 두 행의 반복과 점으로 처리된 부분은 여운으로 전해짐과 동시에, 당시 츄야가 안고 있었던 고민의 한 부분으로 읽히기도 한다. 거리에서 본 조선 여인의 초라함을 통해 자신의 처지와 다를 바 없는 쓸쓸함을 노래한 것이다. 일본인 평자들은 이 시를 가리켜, '조선 여인과 시인 자신의 처지를 동일선상에서 그리고 있다'는 평가[6]를 하고 있다.

시의 이해를 위해, 잠깐 그의 이력을 들여다보자. 츄야는 도쿄외국어학교(현 도쿄외국어대학東京外國語大學) 전수과 불어부專修科 佛語部를 수료하였으며, 1929년 가와가미 데쓰타로河上徹太郎, 1902~1980, 오오카 쇼헤이大岡昇平, 1909~1988 등과 동인잡지『백치군白痴群』을 창간하는 등, 프랑스 시인 베르레느1844~1896 등의 영향을 받아 혼魂의 고뇌를 노래하며 활발하게 시작활동을 했던 쇼와 10년대를 대표하는 시인의 한 사람이었다. 첫 시집은『산양의 노래山羊の歌』1934이며, 시 잡지였던『사계』,『역정歷程』,『문학계文學界』의 동인으로 활동하기도 하였다.「조선 여자」가 수록된『생전의 노래在り日の歌』1938는 그가 죽은 후에 간행된 시집이다. 그는 안타깝게도 서른 살 때 결핵성늑막염으로 요절하였다.

일본 시단에서는 그래도 이 작품이 츄야의 건강한 시풍을 보여주고 있다는 평가를 하기도 하는데, 그것은 츄야의 상징주의적 경향의 다른 작품과 비교하면 전형적인 서정시의 한 흐름을 보여주기 때문일 것이다. 서른 살이라는 나이에 요절한 시인 츄야의 젊은 날의 고백이 들리는 듯하다.

---

6 "츄야가 거리 풍경을 교묘하게 포착해 낸 자조(自嘲)는 양념으로 맛을 낸 것이며, 결국은 자신의 초라해진 모습을 서술한 것"이라는 평가도 그러한 하나의 예로 볼 수 있다. 河上徹太郎 編,『中原中也 詩集』, 角川文庫, 1987, p.285 참조.

3. 고려 향합과 기와지붕에 대한 애정
무로사이세이室生犀星의「고려의 꽃高麗の花」, 「범고래 기와瓦の鯱」, 「조선朝鮮」

한편, '사계파' 시인들의 한국과 한국인을 노래한 앞의 작품과
는 달리, 한국문화의 우수성을 노래한 시인도 있었다. 그 대표적
인 시인의 한 사람으로 무로 사이세이室生犀星, 1889~1962, 이하 '사이세이'
를 꼽을 만하다. 그가 남긴 다음 두 편의 시는 특히 그러하다.

하얀 고려의 향합香盒 하나
그밖엔 아무것도 놓이지 않았다
지금은 입춘에 가까운 때라
나른한 햇살은 장지문 밖으로 흐르고 있다
그 장지문 밖에
쇠 그물로 된 긴 새장이 걸려 있고
한가로운 작은 새가 횃대를 두드리고 있다

옛 고려 사람은 쓸쓸하다
잿빛 광택을 띤 이런 향합을 때때로 만들어서는
제 마음을 멀리 떠나보내고 바라보았던 것 같다
마치 대합조개처럼 한가로이 살며
봄의 공기 속에 긴장된 모습을 움직이고 있다

거기에 이름 모를 한 고려인이

언제나 웅크리고 마음 조용히 바라보고 있는 것 같기도 하다

이 고려는 매화 한 점 속에 가라앉아

지름 한 치 정도인데

책상 위에 가득 펼쳐져 있다.

옛 고려인의 위엄은 쩌렁쩌렁 가슴을 울려오는 것이다

—「고려의 꽃」 전문

白い高麗の香合が一つと

その他には何も置いてない

いまは立春に近いときで

長閑な光は障子のそとに流れてゐる

その障子の外に

金網の長い鳥籠がかかり

閑寂な小鳥が止り木を叩いてゐる

古への高麗人は寂しい

灰色めいた光澤をみせた斯のやうな香合ををりをりは形作つて

自ら心を遠きに遣つて眺めてゐたらしい

まるで蛤のやうにのどかに生き

春の空氣に緊つた形を動かしてゐる

そこに名も知れない一人の高麗人が

いつも蹲んで心しづかに眺めてゐるやうにも思はれる

この高麗は梅花一點の内に沈んで

わたり一寸くらゐであるのに

机の上いつぱいに形をひろげてゐる

古い高麗人の威嚴は丁々と胸を打つてくるのだ

—「高麗の花」[7] 全文

조선 기와라는 한 마리 범고래를 사서

뜰의 푸른 이끼 위에 놓았다

범고래는 머리를 먼 하늘로 향하고

때로는 아침 햇살을 받으면서

거무스름한 비늘을 곤두세우고 포효하고 있다

용맹스럽게 끊임없이 울고 있다

앞발엔 발톱이 돋아

때때로 이끼를 할퀴고 있다

옛날엔 왕성王城 지붕 위에서

---

7   室生犀星, 『室生犀星全集』 3巻, 新潮社, 1966, p.76.

달이 지는 서쪽의 별을 향해 짖었던 범고래는

밤마다 우리 집 뜰의 이끼 위에 앉아

쓸쓸히 저물어가는 서고書庫를 향해

창망滄茫한 풍경을 가지런히 다스리고 있다

— 「범고래 기와」 전문

朝鮮の瓦だといふ一頭の鯱を求め

庭の蒼い苔のうへに置いた

鯱はあたまを空の遠方に向け

ときに朝日を浴びながら

くろずんだ鱗を逆立てて咆哮してゐる

劉々として止めがたく啼いてゐる

前足には爪が生え

時々苔を掻きむしってゐる

むかしは王城の屋根の上で

月落ちかかる西方の星に向って吼えてゐた鯱は

夜々のわが庭の苔の上に座り

寂しくし暮れてゆく書庫にむかひ

滄茫の景色をととのへ統べてゐる

— 「瓦の鯱」[8] 全文

앞의 인용시는 사이세이의 「고려의 꽃」 전문이고, 뒤의 작품은 「범고래 기와」 전문이다. 시의 소재가 된 '고려의 향합'과 '범고래 기와'에서 알 수 있듯이, 두 편이 읽는 이에게 주는 감동의 원인은 화자의 한반도 문화유산에 대한 애정 때문일 것이다. 일본 시단에서도 풍류인으로 평가받는 시인의 문화유산에 대한 사랑이 느껴진다. 화자가 살고 있는 공간에서 함께 호흡하는 고려의 향합과 범고래 기와를 통한 시인의 상상력은 작품의 기품을 높이는 데 일조하고 있다. 향합을 만든 고려인에 대한 화자의 그리움과 함께, 일본 땅 화자의 집에 있는 조선 기와의 범고래 한 마리에게 마치 살아서 움직이는 듯 부여한 생명감은 감명 깊게 읽힌다.

먼저, 3연으로 구성된 「고려의 꽃」을 좀 더 깊이 들여다보자. 1연에는 입춘에 비치는 햇살과 하얀 고려의 향합, 그리고 한가로운 새가 조화롭게 펼쳐지고 있다. 한 폭의 그림처럼 다가온다. 책상 위에 놓인 향합은 향나무의 심재心材를 잘게 자른 향을 집어넣은 소형의 합이다. 고려시대에 청동 및 청자로 만들어진 예가 많으며, 특히 순청자純靑磁·상감청자象嵌靑磁로 납작한 몸체에 정교하게 만들어진 것이 널리 알려져 있는데, 조선시대에는 제사의식에 따라 젯상 앞에 향로와 함께 놓인 채 사용되었다고 전해진다. 18, 19세기 백자에 소형 향합의 예가 많다.

---

8   室生犀星, 『室生犀星全集』 4卷, 新潮社, 1965, p.39.

이 아름다운 고려의 향합을 보면서 고려인을 상상하는 2연은 시인의 시적 능력이 발휘되고 있다. 고려자기를 만든 고려인을 상상하는 것이다. 그 고려인이 자신과 함께 고려자기를 바라본다는, "거기에 이름 모를 한 고려인이 / 언제나 웅크리고 마음 조용히 바라보고 있는 것 같기도 하다"(2연 6행, 7행)는 표현은 흥미롭기도 하다. 또한 "제 마음을 멀리 떠나보내고 바라보았던 것 같다"(2연 3행)는 상상도 직접 화자 자신이 고려 장인이 된 듯한 입장에 서 있는 것이다. 직유법으로 묘사한 "마치 대합조개처럼 한가로이 살며 / 봄의 공기 속에 긴장된 모습을 움직이고 있다"(2연 4행, 5행)도 자신에게 불어 넣은 생명체처럼 인식한다.

마지막 3연은 고려 향합의 형상이다. 그것의 무늬는 매화이며, 자기의 지름은 3센티미터 정도다. 이 정도 크기의 향합에 크게 감동하는 화자는, "쩌렁쩌렁 가슴을 울려오는"(3연 4행) 마음을 숨김없이 드러내며 강한 애정을 나타낸다.

이러한 애정은 한반도에서 일본으로 건너간 문화유산인 범고래 기와를 노래한 작품「범고래 기와」도 예외가 아니어서, 시인의 한반도의 문화유산에 대한 경도傾度의 정도를 읽을 수 있다.

시를 들여다보면, 화자의 집 뜰에는 조선 기와인 범고래 한 마리가 놓여 있다. 이끼 속에 있는 범고래의 형상은 전체 13행에서 전반부 8행에 걸쳐 잘 나타나 있다. 머리는 먼 하늘로 향하고 있고, 비늘을 곤두세우고 포효한다. 앞발의 발톱으로 뜰의 이끼를 할퀸다. 기와로 된 범고래에게 마치 살아있는 것처럼 생명력을 불어넣은 것이다. 뜰에 존재하지만 마치 인간과 공존하는 동물로 묘사한다. 그리하여 시의 후반부에서는 범고래의 과거를 추억하며, "옛날엔 왕성王城 지붕 위에서 / 달이 지는 서쪽의 별을 향해 짖었"(9행, 10행)다고 노래한다. 그리고는 다시 범고래의 존재를 현재로 돌려, 화자 자신의 "서고書庫를 향해 / 창망滄茫한 풍경을 다스리고 있다"(12행, 13행)고 말한다. 즉, 범고래는 과거와 현재라는 시간의 공존을 담고 있는 존재다. 또한, 조선의 문화가 일본에 와 있는 범고래의 실제를 그리면서, 나라가 강제 병합된 당시의 조선의 운명 같은 것도 느끼고 있지 않나 하는 생각을 갖게 한다. 왜냐하면, 옛 왕성에서 조선의 궁궐을 연상하게 하는 이미지가 강하게 느껴지기 때문이다. "용맹스럽게 끊임없이 울고 있다"(6행)도 동일한 이미지다.

이처럼 사이세이는 두 편의 시 「고려의 꽃」과 「범고래 기와」에서 한반도의 대표적 문화유산의 하나인 '고려의 향합'과 '범고래 기와'에 대한 각별한 애정을 드러냈다.[9] 「고려의 꽃」은 자신의 생활 속에서 살아 숨 쉬는 듯한 고려 향합과 그것을 만든 고려인에 대한 무한한 애정을 바탕으로 시인의 상상력을 가미한

---

9 사이세이는 또한 조선의 도자기에 대한 예찬을 피력한 수필 「도기에 대해서(陶器について)」라는 글도 남기고 있어, 조선자기에 대한 각별한 애정을 적극적으로 글로 남긴 일본 시인으로 기억할 만하다. 이에 관한 글은 室生犀星, 「陶器について」, 『室生犀星全集』 3卷, 新潮社, 1966, pp.332~337을 참조할 것.

수작이다. 「범고래 기와」 역시 일상에서 조선의 기와와 함께 하는 사이세이의 한반도 문화에 대한 경애敬愛를 드러낸 작품으로, 무생명체에 느껴지는 생명력이 돋보였다. 하지만, 공간과 시간을 아우르며 보여 준 범고래의 일생이나 운명은 암울했던 당시 조선의 상황을 보여주는 상징성을 띤 것으로 읽히기도 한다.

사이세이는 시인이며 소설가이기도 하다. 그는 여섯 살에 남의 집에 양자로 보내졌으며, 고등소학교高等小學校를 중퇴하는 등, 순탄치 않은 어린 시절을 보냈다. 당시 일본 시단을 대표하는 시인의 한 사람인 하기와라 사쿠타로萩原朔太郎 등과 시지詩誌『탁상분수卓上噴水』,『감정感情』을 창간하였고, 시집『사랑의 시집愛の詩集』,『서정소곡집抒情小曲集』 등을 출간하여 당시의 시단에 신선한 바람을 일으켰던 인물이다. 『유년시대幼年時代』,『성에 눈뜰 무렵性に眼覺める頃』 등의 소설도 간행하였다. 삶에 대한 집념이 강하였으나, 동시에 항아리나 뜰을 사랑하는 풍류인으로 평가받는다.

그럼, 사이세이는 한국의 문화유산에 대한 애정만큼이나 당시 조선과 조선인에 대해서는 각별한 애정을 보여주었을까. 그의 또 한 편의 시「조선」을 보자.

나의 기차는 조선에 들어
밤은 어렴풋이 밝았노라.
기와지붕에 비둘기 서 있고

강 있어 배에 안개 자욱하고

키 큰 사람들 모여

재목을 나르고 있구나.

그러한 경치는 이미 지쳐 있어

유화처럼 움직이지 않노라.

— 「조선」 전문

わが汽車は朝鮮に入り

夜はほのぼのと明けたり。

薹に鳩立ち

河ありて船はもやがれ

たけ高き入らつどひて

材木をはこべり，

かかる景色はすでに疲れて

油繪のごとく動かざるなり。

— 「朝鮮」[10] 全文

　이 시는 아마도 사이세이가 조선의 풍경을 직접 보고 썼을 것
이다. 새벽녘쯤, 기차에서 내려서 바라보았을까. 아니면 기차 안

10　室生犀星, 『室生犀星全集』10卷, 新潮社, 1966, p.27.

에서 바라본 조선의 풍경일까. 아무튼 시적 공간은 강이 있는 곳으로 추측된다. 재목을 실어 나르는 인부들로 보이는 키 큰 사람들이 있고, 배에 자욱하게 낀 안개가 있고, 그리고 민가의 기와지붕에 앉아 있는 비둘기가 있다. 이들의 움직임을 포착한 시인은 그 풍경을 특별한 기교 없이 담담하게 묘사했을 뿐이다. 다만, "그러한 경치는 이미 지쳐 있어"(7행)라는 표현에서는 밤새도록 일한 사람들의 노동을 본 듯하다. 노동에 지친 사람들의 지친 형상이 "유화처럼 움직이지 않"(8행)고 있다고 표현함으로써, 당시 조선인들의 삶의 한 현장을 고스란히 전해주는 느낌이다.

이 작품과 시인과의 연관성을 찾고자 사이세이의 연보를 살펴보니, "1937년 그의 나이 49세 때, 『아사히신문朝日新聞』의 위촉으로 4월 중순부터 5월 상순에 걸쳐 대륙을 여행한다는 구절이 나온다. 행선지는 대련大連, 봉천奉天, 하얼빈, 경성, 부산을 거쳐, 교토京都에 들렀다가 귀향한다"[11]라고 되어 있다. 시기적으로 보면, 중일전쟁 발발 2, 3개월 전의 일이다. 중국과 조선을 동시에 여행했다는 기록이다. 작품 「조선」은 그때의 여행을 시로 옮긴 것으로 보인다.

이처럼 「조선」은 사이세이의 특별한 감정이 개입되지 않은 조선에 대한 감상을 읊고 있다. 즉, 앞에서 인용한 두 작품 「고려

---

11 鳥居邦朗 外, 『佐藤春夫 室生犀星集』(日本近代文學大系 39), 角川書店, 1973, pp.452~453.

의 꽃」과 「범고래 기와」에는 한반도 문화에 대한 특별한 애정이 흐르고 있었다면, 「조선」은 그러한 차원이 아니라 단순히 여행지에서 본 풍경 묘사다.

4. 마무리 글

우리는 한국과 한국인을 소재나 주제로 하여 시를 발표한 세 명의 일본 사계파 시인들인 마루야마 가오루, 나카하라 츄야, 무로 사이세이의 작품을 읽으면서 그들의 시에 적지 않는 공감을 하게 된다. 특히 당시 피지배 민족이었던 한국인에 대한 휴머니즘적 서술은 한국인의 입장에서 보면, 따뜻한 인간미를 공유하는 것이었다. 더불어 한국문화에 경도하여 표현한 일본 시인의 성찰 또한 우리의 문화적 가치에 대한 애정을 짐작하게 한다.

제2장

/

미요시 다쓰지三好達治 시詩와 '한국'

미요시 다쓰지三好達治, 1900~1964, 이하 '다쓰지'는 일본의 근현대문학사를 대표하는 시인의 한 사람이다. 한국인에게는 다소 생소한 이름일지 모르나, 다쓰지는 일본인에게는 국민시인으로까지 불릴 만큼 잘 알려진 유명한 시인이다.

그가 한국을 방문한 것은 1919년과 1940년 두 차례. 그의 나이 각각 19세, 40세 때의 일이었다. 다쓰지가 이 무렵 한국을 방문하고 남긴 시는 「거리街」, 「겨울날冬の日」, 「계림구송鷄林口誦」, 「노방음路傍吟」, 「구상음丘上吟」, 「백 번 이후百たびののち」, 「소년少年」, 「오늘도 여행 간다けふも旅ゆく」, 「가좌리 편지加佐里だより」의 총9편이다.[1]

---

1 이 글에서는 이들 9편 중, 「거리」, 「겨울날」, 「계림구송」, 「노방음」, 「구상음」, 「백 번 이후」 등 6편에 대해서만 정밀 분석한다. 「소년」, 「오늘도 여행 간다」, 「가좌리 편지」의 3편을 논외로 한 것은, 이들 작품이 한국에서의 경험을 회상하며 쓴 것, 혹은 한국인으로부터 받은 편지를 시적 재료로 삼고는 있으나, 한국 체험을 모티프로 하는 작품의 사례로 들기에는 그 시어나 주제 면에서 구체성이 결여된 것으로 읽힌다고 판단하였기 때문이다. 「소년」은 시집 『측량

여기에 수필 등의 산문을 포함할 경우에는 적지 않은 양을 헤아린다. 그가 한국과 한국인을 소재나 주제로 하여 발표한 작품들로 한정해서 보면, 일본 시단을 대표하는 시인 중에서는 다작에 속한다. 무엇보다 이러한 성격을 갖는 그의 작품 중에는 아직도 일본인들이 걸작으로 뽑는 데 주저하지 않은 것도 포함하고 있어 한일 양국의 주목을 끌기에 충분하다.

그는 한국과 한국인을 어떻게 작품에 담아냈을까. 이 글에서는 다쓰지가 남긴 작품의 양과 품격을 고려하여, 크게 두 가지로 나누어 접근한다. 하나는 '미요시 다쓰지三好達治 시詩와 '한국''이고, 또 다른 하나는 '미요시 다쓰지三好達治의 수필 속 '한국''이다.

먼저, '미요시 다쓰지三好達治 시詩와 '한국''을 살피기 위해, 작품 「거리」부터 읽어보기로 한다.

선(測量船)』(1930)에, 「오늘도 여행 간다」는 『화광(花筐)』(1944)에, 「가좌리 편지」는 『낙타의 혹에 올라타고(駱駝の瘤にまたがって)』(1952)에 각각 수록하였다.

1. 회령의 쓸쓸한 거리에서

「거리街」

국경의 도시

산간 분지가, 그 애처롭고 거친 술잔과 쟁반 위에, 기원祈願하고 있는 것처럼 하늘에 바치고 있는 작은 마을 하나. 밤마다 소리도 없이 무너져 가는 흉벽胸壁에 의해, 정사각형으로 구획된 작은 마을. 그 사방에 버드나무 가로수가, 가지 깊이, 지나간 몇 세기의 그림자를 비추고 있다. 지금도 새벽녘에는, 싸늘하게 태풍 같은 날개 소리를 떨구고, 그 위를 물빛 학이 건너간다. 낮에는 이 거리의 누문樓門에서, 울부짖는 돼지 떼가 달리다가 식수 긷는 우물에서, 넘어지고, 자꾸만 그 야윈 까만 모습을, 관목과 잡초로 된 평야 속에 감추어버린다. 만일 그때, 이상하고 가련한 소리가 삐걱거리는 것을 멀리서 듣는다면, 시간이 지나 가로수 그림자에, 작은 이륜차가 언덕 같은 붉은 빛 소 목덜미에 이끌려, 여름이면 참외, 가을이면 장작을 싣고, 천천히 누문 쪽으로 걸어가는 것을 볼 터이다. 나무껍질도 거무스레 낡아 버린 누문의, 방패 모양으로 하늘을 꿰뚫어 보는 격자 안에, 지금은 울리는 것조차도 잊어버린 작은 종이, 침묵하던 옛날 그대로의 위엄을 지닌 채, 어렴풋이 어둡게, 궁륭穹窿을 이룬 천장에 떠 있다. 무너질 대로 무너져 떨어져 가는 흉벽 위에, 또는 왠지 하얗게 우거질 대로 우거진 버드나무 속에, 까치는 모이고, 어지러이 날고, 하얀 얼룩이 있는 긴 꼬리를 흔들며, 종일 돌을 두드리는 듯한 소리를 지르고 있다. 또한 게다가, 이따금 달이 상순의 끝 무렵에 가깝게, 그 일말一抹의 반원을, 멀리 떨어진 조밭 옥수수밭 위, 뼈가 앙상한 산맥 위, 아득한 낮의 일점一點으로 기울어지고 있다고 한다면, 사람은 모두, 황량한 풍경을 물결치며 덮는, 일찍이 어떤 문화도 손대지 않았던 적요 속에, 제각기 의지할 곳 없는 운명을 한 순간 몸에 느끼며 탄식할 것이다. 그리고 이 흙벽을 에워싼 작은 거리는, 사방의 적요를 더 슬픈 것으로 만들기 위해서, 때때로 몇 줄기인가 조용히 취사의 연기를 허공에 피운다.

옛날, 이 거리를 영위하기 위해서, 그들의 조상은 산맥 어느 쪽 방향으로 나누어 온 것일까? 이 거리가 생긴 날, 그들의 적은 산맥 어느 쪽으로 나누어 온 것일까? 그리고 이 흙벽이 어떻게 격한 싸움을 사이에 두고 둘로 나누어졌던 것일까? 그들 모든 역사는 마음에 두지 않고 잊히고, 사람들은 오로지 변함없는 습관에 따라서, 그들의 조상과 같은 형태의 밥그릇으로 같은 노란 음식물을 먹고, 들에 같은 씨를 뿌리고, 몸에 같은 옷을 걸치고, 머리에 같은 상투 같은 관을 물려주고 있다. 그것이 그들의 법규이기도 한 것처럼, 그들은 늘 나태하고, 아무 때고 수면을 탐하고, 꿈의 틈새에 일어나서는, 두터운 가슴을 펴고, 꿀꺽꿀꺽 목구멍에서 소리를 내며 다량의 물을 다 마셔 버리는 것이다. 기류가 몹시 건조하기 때문에.

이윽고 밤이 왔을 때, 만조에 삼켜지는 산호초처럼, 암흑과 침묵의 압력 속에, 얼마나 어둡게, 이 거리는 빠져가고 잠겨 가는 것일까? 그리고 그 안에서, 어떤 형태의 그릇에 어떤 등불이 켜지는 것일까? 혹은 등불마저 없는 것은 아닐까? 나는 그것을 모른다. 지금도 나는, 때로는 추억의 고개에 서서, 멀리 이 거리를 바라보고 있지만, 내 기억은, 언제나, 태양이 저무는 쪽으로 서둘러 돌아가고 만다.

—「거리」전문

國境の町

山間の盆地が、その傷ましい、荒蕪な杯盤の上に、祈念の如くに空に擎げてゐる一つの小さな街。夜ごとに音もなく崩れてゆく胸壁によつて、正方形に割られてゐる一つの小さな街。その四方に楊の並木が、枝深く、すぎ去つた幾世紀の影を與へてゐる。今も明方には、颯颯と野分のやうな羽音を落して、その上を水色の鶴が渡つて行く。晝はこの街の樓門から、鳴き叫ぶ豚の列が走りいで、轉がり、しきりにその痩せた黒い姿を、灌木と雑草の平野の中に消してしまふ。もしもその時、異様な哀音の軋るのを遠くに聞くならば、時をへて並木の影に、小さな二輪車が丘のやうな赭牛の項に牽かれて、夏ならば瓜を積み、秋ならば薪を載せ、徐ろに、樓門の方へと歩み去るのを見るだらう。木の肌も黒く古びてしまつた樓門の、楕形に空を見透かす格子の中に、今は鳴ることすら

も忘れてしまつた小さな鐘が、沈默の昔ながらの威嚴をもつて、ほのかに暗く、穹窿をなした天井に浮んでゐる。崩れるがままに崩れ落ちて行く胸壁の上に、または茂るがままにうら白く茂つてゐる楊の中に、鵲は集り、飛びかひ、白い斑のある長い尾を振り、終日石を敲くやうな叫びをあげてゐる。なほその上にも、たまたま月が上旬の終りに近く、その一抹の半圓を、遠く散在する粟畑玉蜀黍畑の上、骨だつた山脈の上、杳かな晝の一點に傾けてゐるとしたならば、人はみな、荒涼たる風景を浪うち覆ふ、嘗て如何なる文化も手を觸れなかつた寂寥の中に、おのがじしそのよるべなき運命を一瞬にして身に知り歎くであらう。そしてこの胸壁を周らした小さな街は、四圍の寂寥をしてさらに悲しきものとするために、時ありて幾條か、靜かに炊爨の煙を空に烘くのである。

昔、この街を營むために、彼等の祖先は山脈のどちらの方角を分けてやつて來たのであらうか。この街の出來あがつた日、彼等の敵は再び山脈のどちらの方角を分けてやつてきたのであらうか。そして、この胸壁が如何に激しい戰を隔てて二分したのであらうか。それら總ての歴史は氣にもとめずに忘れられ、人人はひたすらに變りない習慣に從つて、彼等の祖先と同じ形の食器から同じ黄色い食物を攝り、野に同じ種を播き、身に同じ衣をまとひ、頭に同じ髷同じ冠を傳へてゐる。それが彼等の掟てでもあるかの如く、彼等は常に懶惰であり、時を定めず睡眠を貪り、夢の斷えま

に立ちあがつては、厚い胸を張り、ごろごろと喉を鳴らして多量
の水を飲みほすのである、氣流がはげしく乾燥してゐるために。

　やがて夜が來たとき、滿潮に呑まれる珊瑚礁のやうに、闇黑と
沈默の壓力の中に、どんなに暗く、この街は溺れさり沈みさるの
であらうか。そしてその中で、どんな形の器にどのやうな燈火が
ともされるのであらうか。もしくは燈火の用とてもないのであら
うか。私はそれを知らない。今も私は、時として追憶の峠に立つ
て、遠くにこの街を眺めるのであるが、私の記憶は、いつも、太
陽の沈む方へといそいで歸つてしまふのである。

—「街」² 全文

　인용시는 연 구분이 없는 3행의 산문시로 된 「거리」 전문으로,
다쓰지가 1930년 출간한 자신의 첫 시집 『측량선測量船』에 실었
다. 시에는 '국경의 도시國境の町'라는 부제가 붙어 있는데, 이 작품
에서 시인이 묘사하고 있는 '국경의 도시'는 함경도 회령이다. 시
의 시간적 배경은 1919년. 우리에게는 일제 강점기에 해당된다.
다쓰지의 연보를 참고하면, 당시 열아홉 살이었던 다쓰지는 일본
에서 오사카육군유년학교大阪陸軍幼年學校 본과 1년 반의 과정을 마치
고, 태어나 처음으로 이국의 땅인 한국으로 건너와 공병 제19대

2　三好達治, 『三好達治全集』1, 筑摩書房, 1965, pp.17~19.

대에서 사관후보생으로 1년 정도 근무한 적이 있었다고 쓰여 있다.[3] 즉, 이 작품은 군인 신분이었던 다쓰지가 그때의 회령 풍경과 회령 사람에 대한 인상을 시로 담담하게 묘사해 낸 것이다.

태어나 처음으로 찾은 이국의 땅인 한국은 어떤 모습이었을까. 이 시에서 다쓰지는 비교적 차분하게 그리고 섬세하게 회령의 어느 작은 마을을 응시하고 있다. "정사각형으로 된 쓸쓸한 회령 거리"와 "길가에 선 버드나무 가로수", 그리고 "새벽녘 흉벽胸壁이 있는 마을 위를 가로지르며 날아가는 학과 버드나무 가지로 모여들었다가 어지러이 날아가는 까치"와 같은 풍경은 마치 당시의 마을을 그림으로 섬세하게 펼쳐 보이는 듯하다. 더불어, 그 그림 속에 투영된 시인의 모습도 손에 잡힐 듯 가깝게 다가온다. 어쩌면 우수에 가득 찬 풍경은 군인 신분이었던 다쓰지 특유의 애상성哀傷性과 이어져 있다는 느낌으로 읽힌다. "흉벽"은 성곽이나 포대 따위에 사람의 가슴 높이 정도로 쌓은 담이다. '흉장胸墻'이라고도 하는데, 회령이 국경지대의 한 곳임을 짐작하게 한다. "이 흉벽이 어떻게 격한 싸움을 사이에 두고 둘로 나누어졌던 것일까." 역시 병영 생활을 하던 다쓰지에게는 예사롭게 보이지만은 않았을 것이다.

작품의 1행이 주로 회령의 거리나 풍경에 주목하고 있다면,

---

3   이하 다쓰지의 연보는, 三好達治,『三好達治全集』12, 筑摩書房, 1965, pp.627
     ~723을 참조하였음.

"옛날, 이 거리를 영위하기 위해서, 그들의 조상은 산맥 어느 쪽 방향으로 나누어 온 것일까?"로 시작되는 작품의 2행은 회령 사람들에 대한 시인의 인상이다. 흥미롭게 읽힌다. 역시 다분히 관조적이다. 담담한 마음으로 관찰하는 태도를 보여준다는 뜻이다. 그 당시 사람의 생활을 떠올리는 서술이다. 시를 찬찬히 읽어보면, 국경을 접하며 살고 있는 회령 사람들에 대해서, 과거 어떤 일이 있었건 간에 그다지 신경을 쓰지 않고 비교적 낙천적인 삶을 살아가는 사람으로 그려내고 있음을 알 수 있다. 주지하다시피, 회령은 겨울이 긴 산간지방이다. 비교적 넓은 평야가 펼쳐져 있는 두만강 연안을 제외한 다른 변두리는 천 미터 안팎의 산들이 있는 지역이다. 다른 산간지방에 비해 비가 적게 내리는 건조 지역이라는 사실까지도 알고 있는 시인은 그래서 이곳 사람들의 모습을, "꿈의 틈새에 일어나서는, 두터운 가슴을 펴고, 꿀꺽꿀꺽 목구멍에서 소리를 내며 다량의 물을 다 마셔 버리는 것이다. 기류가 몹시 건조하기 때문에"라는 구체성을 갖고서 표현해내기에 이른다. 회령 사람들에 대한 시인의 경험이 반영된 듯한 구체적 진술은 또한 "사람들은 오로지 변함없는 습관에 따라서, 그들의 조상과 같은 형태의 식기에서 같은 노란 음식물을 먹고, 들에 같은 씨를 뿌리고, 몸에 같은 옷을 걸치고, 머리에 같은 상투 같은 관을 물려주고 있다. 그것이 그들의 법규이기도 한 것처럼"에서도 잘 드러난다. 다쓰지의 이러한 섬세한 관찰이 돋보이는 것은 시 전체에서 보면 그가 회령의 풍물과 그곳 사람들의 의식衣食과 습관, 그리고 기후 조건까지 훤히 알고 있기 때문에 가능한지도 모른다. 그리고 그러한 서술은 시간적으로 새벽녘, 낮, 밤이라는 하루의 시간을 모두 치밀하게 구분해서 그려내고 있어 시의 품격을 높여 준다.

아마도 독자의 입장에서 이 시에서 특히 관심이 가는 곳은 시인이 관찰을 통해 제시하고 있는 회령 인에 대한 묘사 부분이리라. 이는 곧 한국인들에 대한 이미지의 하나로 해석할 수 있기 때문이다. 화자는 이국땅에서 처음 접하는 회령 사람들에 대해 무엇보다 옛날의 회령을 크게 생각하지 않는, 그저 과거의 역사 같은 것은 염두에 두지 않고 있다는 인식을 갖고 있다. 그래서 특별한 변화 없이 옛날 그대로의 습관에 따라서 사는 사람들이라고 했고, 또한 이곳이 "일찍이 어떤 문화도 손을 대지 않았던 적요"를 갖고 있었다고 표현했다. 그들의 조상이 어느 쪽으로 나누어 왔건, 그들의 적이 어느 쪽으로 나누어 왔건, 흙벽이 격한 싸움을 사이에 두고 둘로 나누어졌건 마음에 두지 않는 사람들. 그것이 회령 사람에 대한 다쓰지의 판단이다. 또 하나는, 회령 사람들을 나태한 사람으로 묘사하고 있다. "그들은 늘 나태하고 아무 때나 수면을 탐하고"는 그러한 예를 제시한다. 만약 다쓰지가 겨울 농한기의 특성을 감안하지 않았다면, 그의 눈에는 그때의 회령 사람들은 다소 나태한 사람으로 비쳤을 것이다.

따라서 이 시는 비록 군인의 신분으로 처음으로 한국 땅을 밟았지만, 회령의 풍물과 현지인에 대한 관찰을 바탕으로 한 시인 특유의 안정된 필치가 돋보이는 작품으로 평가할 수 있다.

작품의 이해를 위해 잠깐 그의 이력을 살펴보자. 다쓰지는 1900년 오사카 태생으로 도쿄대학 불문과를 졸업했다. 하지만 그의 어린 시절을 들여다보면, 가난으로 열 번이나 이사를 해야 했으며 다른 집안에 양자로 가야 하는 등, 적잖은 방랑의 시간을 보냈다. 또한, 병약했다. 청소년기에는 군인의 길을 걷고자 했으나, 7년간의 군인 교육을 접고 스물두 살에 다시 고등학교에 입학하기도 하였다, 물론 이러한 유소년기의 경험은 후에 시를 통해 나타난다. 그에게 시인으로서의 명성은 자신의 첫 시집『측량선』1930 간행이 중요한 분수령이 된다. 이 시집은 서정전아抒情典雅한 시풍과 서구 상징시 풍의 날카로운 시적 이미지를 동시에 지닌 것으로, 일본 근현대문단사에서 일본을 대표하는 시집으로 자리매김한다. 일반적으로 다쓰지의 시를 설명하는 핵심어는, '시적 실험정신', 그리고 '일본 전통성과의 조화'다. 생전에 쓴 작품이 천여 편에 이를 정도로 다작의 시인이었다. 시력 40년 가까운 세월 동안『측량선』외에『남창집南窓集』,『한화집閒花集』,『산과집山果集』,『일점종一點鐘』,『초천리艸千里』,『낙타의 혹에 올라타고駱駝の瘤にまたがって』,『백 번 이후百たびののち』등, 무려 스무 권의 시집을 발간하기도 하였다.

시 「거리」는 다쓰지의 많은 작품 중에서 특히, 성격상 한국과 한국인을 노래한 작품이기도 하지만, 자신의 군인 생활을 바탕으로 쓰인 몇 안 되는 작품[4]이라는 점에서 희소성을 가진다.

다음에 소개하는 시는 다쓰지의 대표작 중의 하나인 「겨울날 冬の日」이다. 이 시는 아직도 일본인들이 명작으로 꼽는 데 주저하지 않는다. 어떤 시적 매력을 품고 있을까.

---

[4] 다쓰지의 시에 「소년(少年)」이라는 작품도 그의 회령에서의 경험이 모티프라고 알려져 있다. 이는 다카하시 요시오(高橋良雄)의 견해다. (高橋良雄, 「三好達治における風土と自然」『解釈』 9月号, 教育出版センター, 1974, p.19) 「소년」은 시어나 주제 면에서 회령에서의 경험이나 풍경 묘사라고 하기에는 그 구체성이 부족해 보여, 이 글에서는 평석을 하지 않고 시를 소개하는 데 그친다. 다음은 전문이다.
"해질녘 / 어느 정사(精舍)의 문에서 / 아름다운 소년이 돌아온다 // 쉬 저무는 하루 / 공을 던지고 / 또 놀면서 돌아온다 // 한적한 거리 / 사람도 나무도 빛깔도 가라앉히고 / 하늘은 꿈처럼 흐르고 있다"
夕ぐれ / とある精舎の門から / 美しい少年が帰つてくる // 暮れやすい一日に / てまりをなげ / 空高くてまりをなげ / なほも遊びながら帰つてくる // 閑静な街の / 人も樹も色をしづめて / 空は夢のやうに流れてゐる(三好達治, 『三好達治全集』 1, 筑摩書房, 1965, 10쪽)

2. 경주 불국사와 정관靜觀의 경지

「겨울날冬の日」

경주 불국사 근처에서

아아 지혜는 이러한 조용한 겨울날에

그것은 문득 뜻하지 않은 때에 온다

인적 끊긴 곳에

산림에

이를테면 이러한 절간의 뜰에

예고도 없이 그것이 네 앞에 와서

이럴 때 속삭이는 말에 믿음을 두어라

"고요한 눈 평화로운 마음 그 밖에 무슨 보배가 세상에 있을까"

가을은 오고 가을은 깊어 그 가을은 벌써 저만치 사라져 간다

어제는 온종일 거친 바람이 몰아쳤다

그것은 오늘 이 새로운 겨울이 시작되는 하루였다

그렇게 날이 저물어 한밤이 되어서도 내 마음은 안정되지 않았다

짧은 꿈이 몇 번인가 끊기고 몇 번인가 또 시작되었다

외로운 나그네 길에 있으면서 이러한 객사 한밤중에도

난 부질없는 일을 생각하고 부질없는 일에 괴로워했다

그런데 이 아침은 이 무슨 조용한 아침이란 말인가
나무들은 모두 다 벌거숭이가 되고
까치둥지도 서너 개 우듬지에 드러났다
사물의 그림자들 또렷하고 머리 위 하늘은 너무 맑고
그것들 사이에 먼 산맥이 물결쳐 보인다
비바람에 시달린 자하문 두리기둥에는
그야말로 겨울 것이 분명한 이 아침의 노랗게 물든 햇살
산기슭 쪽은 분간할 수 없고 어슴푸레 안개 속에 사라진 저들 아
득한 산꼭대기 푸른 산들은
그 청명한 그리하여 마침내는 그 모호한 안쪽에서
공간이라는 유구한 음악 하나를 연주하면서
이제 지상의 현실을 허공의 꿈에다 다리 놓고 있다

그 처마 끝에 참새 떼 지저귀고 있는 범영루 기왓골 위
다시 저편 성긴 숲 나뭇가지에 보일 듯 말 듯 하고
또 그쪽 앞의 조그마한 마을 초가집 하늘까지
그들 높지 않고 또한 낮지도 않는 산들은
어디까지고 멀리 끝없이
고요로 서로 답하고 적막으로 서로 부르며 이어져 있다
그런 이 아침의 참으로 쓸쓸한
이것은 평화롭고 정밀한 경치이리라

그렇게 나는 이제 이 절의 중심 대웅전 툇마루에

일곱 빛 단청 서까래 아래 쪼그려

부질없는 간밤 악몽의 개미지옥에서 무참하게 지쳐 돌아온

내 마음을 손바닥에 잡듯이 바라보고 있다

아무한테도 고할 길 없는 내 마음을 바라보고 있다

바라보고 있다

지금은 허허로운 여기저기 주춧돌 주위에 피어난 들국화를

저 석등의 돌 등피 언저리에 아련하게 희미한 아지랑이가 피어나

고 있는 것을

아아 지혜는 이러한 조용한 겨울날에

그것은 문득 뜻하지 않은 때에 온다

인적 끊긴 곳에

산림에

이를테면 이러한 절간의 뜰에

예고도 없이 그것이 네 앞에 와서

이럴 때 속삭이는 말에 믿음을 두어라

"고요한 눈 평화로운 마음 그밖에 무슨 보배가 세상에 있을까"

— 「겨울날」 전문

慶州佛國寺畔にて

ああ智慧は かかる静かな冬の日に

それはふと思ひがけない時に来る

人影の絶えた境に

山林に

たとへばかかる精舎の庭に

前触れもなくそれが汝の前に来て

かかる時 ささやく言葉に信をおけ

「静かな眼 平和な心 その外に何の宝が世にあらう」

秋は来り 秋は更け その秋は已にかなたに歩み去る

昨日はいち日激しい風が吹きすさんでゐた

それは今日この新らしい冬のはじまる一日だつた

さうして日が昏れ 夜半に及んでからも 私の心は落ちつかなかつた

短い夢がいく度か断れ いく度かまたはじまつた

孤独な旅の空にゐて かかる客舎の夜半にも

私はつまらぬことを考へ つまらぬことに懊んでゐた

さうして今朝は何といふ静かな朝だらう

樹木はすつかり裸になつて

鵲の巣も二つ三つそこの梢にあらはれた

ものの影はあきらかに 頭上の空は晴れきつて

それらの間に遠い山脈の波うつて見える

紫霞門の風雨に曝れた円柱には

それこそはまさしく冬のもの この朝の黄ばんだ陽ざし

裾の方はけぢめもなく靉靆として霞に消えた それら遥かな 巓の

青い山山は

その清明な さうしてつひにはその模糊とした奥ゆきで

空間てふ 一曲の悠久の楽を奏しながら

いま地上の現を 虚空の夢幻に橋わたしてゐる

その軒端に雀の群れの喧いでゐる泛影樓の甍のうへ

さらに彼方疎林の梢に見え隠れして

そのまた先のささやかな聚落の藁家の空にまで

それら高からぬまた低からぬ山々は

どこまでも遠くはてしなく

静寂をもつて相応へ 寂寞をもつて相呼びなから連つてゐる

そのこの朝の 何といふ蕭条とした

これは平和な 静謐な眺望だらう

さうして私はいまこの精舎の中心 大雄殿の縁側に

七彩の垂木の下に蹲まり

くだらない昨夜の悪夢の蟻地獄からみじめに疲れて帰つてきた

私の心を掌にとるやうに眺めてゐる

誰にも告げるかぎりでない私の心を眺めてゐる

眺めてゐる―

今は空しいそこここの礎石のまはりに咲き出でた黄菊の花を

かの石燈の灯袋にもありなしのほのかな陽炎のもえているのを

ああ智慧は　かかる静かな冬の日に

それはふと思いがけない時に來る

人影の絶えた境に

山林に

たとへばかかる精舎の庭に

前觸れもなくそれが汝の前にきて

かかる時　ささやく言葉に信をおけ

「静かな眼　平和な心　そのほかに何の寶が世にあらう」

—「冬の日」⁵ 全文

　인용시 「겨울날」은 1941년 잡지 『문학계文學界』 8월호에 발표
되었다가 후에 다쓰지의 시집 『일점종一点鐘』創元社, 1941.10 간행에 수
록된 것이다. 시에는 '경주 불국사 근처에서慶州佛國寺畔にて'라는 부

5　三好達治, 『三好達治全集』 1, 筑摩書房, 1965, pp.437~440.

제가 붙어 있어, 이 작품의 공간적 배경이 '경주 불국사'와 그 근처임을 짐작하게 한다.

「겨울날」은 무엇보다 불국사를 찾았을 때의 감흥과 희열, 그리고 인생을 관조하는 서술이 무척이나 감동적으로 읽힌다. 5연 50행이나 되는 장시임에도 불구하고 시의 흐름은 마지막 행에 이르기까지 그 호흡이 자연스럽다. 그리고 행간에 숨겨진 긴장감이 압권이라 시인으로서의 역량이 유감없이 전해진다. 그것은 아마도 천년 고도 경주를 대표하는 문화유산인 불국사라는 오랜 역사의 현장과 그 장구한 역사에 동화되고자 하는 다쓰지의 의지가 남다르게 다가오기 때문일 것이다. 무엇보다 불국사를 읽어내는 시인의 심안心眼이 무척이나 맑고 깊어, 특히, 1연의, "아아 지혜는 이러한 조용한 겨울날에 / 그것은 문득 뜻하지 않은 때에 온다"(1연 1행, 2행)와 "고요한 눈 평화로운 마음 그 밖에 또 무슨 보배가 세상에 있을까"(1연 8행)는 이 작품의 주제로 받아들일 만한 견고함이 배어 있다. 시적 깊이가 강하게 독자들에게 뿌리를 내리고 있는 대목이다.

여기에 2연, 3연, 4연은 불국사가 지닌 오랜 역사성을 구체적으로 묘사하고 있는데, 그러한 공간과 시간을 함께하고자 하는 다쓰지의 의도가 명료하게 전해져 온다. 예를 들면, 불국사의 모습을 묘사한 2연의, "비바람에 시달린 자하문 두리기둥에는 / 그야말로 겨울 것이 분명한 이 아침의 노랗게 물든 햇살"(2연 13행,

14행) 같은 표현은 다쓰지가 단순히 불국사의 풍광만을 노래하는 시인이 아님을 보여 주기에 충분하다. 풍경을 바라보는 그의 내면은 계절의 추이와 자연의 이치가 지금 이곳에서 발현한 것임을 관조하는 깊이로 확장되고 있다. 역시 2연의, "어제의 거친 바람"(2연 2행)을, "오늘 새로운 겨울이 시작되는 하루"(2연 3행)로 파악하는 시심 역시 지나간 역사에서 시간의 장구한 흐름을 읽어내는 시적 통찰이 아닐까. 이렇게 2연, 3연, 4연은 불국사가 지닌 오랜 역사성을 구체적으로 묘사하면서도 불국사라는 신성 공간을 내면의 시간 안에 담아내려는 의지가 뚜렷하다. 4연의 "그렇게 나는 이제 이 절의 중심, 대웅전 툇마루에 / 일곱 빛 단청 서까래 아래 쪼그려 / 부질없는 간밤 악몽의 개미지옥에서 무참하게 지쳐 돌아온 / 내 마음"(1행, 2행, 3행, 4행)을 바라보는 다쓰지의 마음 상태는 "손바닥에 잡듯이 바라보고 있"(4행)는 정관靜觀의 경지와 다를 바 없다. 환경의 변화에 흔들리지 않고 그 안에서 사물의 이치와 우주의 섭리를 관찰하는 정관은 마침내 "아무한테도 고할 길 없는 내 마음을 바라보고 있다 / 바라보고 있다"(5행, 6행)라는 표현으로 귀결되기에 이른다. 무엇보다도 「겨울날」은 정관의 상태를 보여 주는 표현의 깊이 때문에 뛰어난 작품의 하나로 꼽을 만한 것이다.[6]

---

6   이 작품에 대한 일본인 평자들의 평가를 보면, "가와모리 요시죠(河盛好藏)는, 미요시 군(三好 君)의 시 중에서 가장 품격이 높은 것의 하나일 것이라고

또 하나, 이 작품의 매력을 덧붙이자면 시적 공간을 제시하는 표현이 섬세하고 탁월하다. 모든 연에서 섬세한 필치가 두드러지지만, 특히, 불국사와 불국사를 둘러싸고 있는 공간 설명이 주를 이루고 있는 2연, 3연, 4연은 시 구절 하나하나가 삶의 깊이와 관련된 이미지들로 서로 조화를 이룬다. "그것들 사이에 먼 산맥이 물결쳐 보인다"(2연 12행), "이 아침의 노랗게 물든 햇살"(2연 14행), "그리하여 마침내는 그 모호한 깊숙한 안쪽에서 / 공간이라는 유구한 음악 하나를 연주하면서 / 이제 지상의 현실을 허공의 꿈에다 다리 놓고 있다"(2연 16행, 17행, 18행)는 그중에서 가장 돋보이는 묘사의 한 부분으로 읽힌다. 이는 과거와 현재를 동시에 재현한 것으로 핵심에 가까운 매력이 내재되어 있다. 경주의 자연이나 새, 그리고 불국사를 통해서 과거 혹은 역사를 불러내어 현재의 시간으로 연관시키는 능란함은 '산과 산'이 중첩된 풍경을 "고요로 서로 답하고 적막으로 서로 부르며 이어져 있다"(3연 6행)는 절묘한 표현으로 나타내는 데 성공하기에 이른다. 이렇게 과거와 현재를 넘나드는 자유로운 상상은 시각과 음악, 참새 떼 지저귀는 소리청각를 절묘하게 조화시켜 그만의 독자

했으며, 시노다 하지메(篠田一士)는 「미요시 다쓰지 재독(三好達治再讀)」 속에서, 이 작품은 시종일관 장대한 차원을 겨냥하여, 마침내 그것을 획득한 것으로, 우리들이 오늘날까지 가질 수 있었던 최상의 형이상(形而上)의 시라고 단언해도 이상하지 않다"고 격찬하여, 각각 「겨울날」의 시적 우수성을 언급하고 있다. 이들 두 사람은 일본에서는 잘 알려진 권위 있는 문학평론가들이다. 『日本の詩歌 三好達治』, 中央公論社, 1967, p.210 참조.

적인 시 세계를 구축하고 있다.

그럼 왜 이 시가 한국인에게는 특별하게 읽힐까. 그 이유는 유구한 역사를 지닌 불국사라는 공간에 자신의 심경을 토로하는 시인의 태도가 당시 한국이 일제가 강점한 국가였다는 현실을 전혀 개의치 않고 있다는 점에 있다. 그에게 관심의 대상은 오랜 역사의 현장이다. 그 역사의 공간에 자신을 몰입하고자 하는 태도다. 한반도의 역사를 함께 호흡하려는 개방된 의도를 보여준다는 점이 이채로울 뿐이다. 다쓰지의 이러한 문화적 개방성은 일본이라는 민족, 국민, 국가 단위에 그치는 범주를 넘어서 장구한 역사, 보편적인 가치와 적극적으로 소통하겠다는 특징을 드러내고 있는 것이다.[7]

「겨울날」은 그에게 있어서 두 번째 한국 방문 때에 쓰인 작품이다. 다쓰지는 1919년 함경도 회령에서 군인 신분으로 근무한 이후, 다시 21년이 지난 1940년 가을에 두 번째로 한국을 방문한다. 즉, 그의 일생에서 한국 방문은 두 번이다. 두 번째 방문 때에는, 경성, 부산, 경주, 부여, 고령 등을 찾았다는 기록이 그의 연보에서 보인다.[8] 무엇보다 우리에게는 경주와 그곳을 둘러

7　한국의 시인 김광림은 「겨울날」을 소개하면서, "이 시는 평화롭고 조용한 조망을 통해 이른바 풍경 속에 자신의 인생관을 삽입한 듯한 형태의 노래"라는 감상을 내놓고 있다. 金光林, 『日本現代詩人論』, 국학자료원, 2001, p.97.
8　한국인에게 관심이 가는 대목은 한국을 방문한 다쓰지가 당시의 한국인 시인 김동환을 만난다는 사실이다. 그는 이때 자신의 시집 『초천리(艸千里)』 단행본을 김동환에게 직접 서명하여 건네주었다고 하는데, 그 시집을 시인 김광림

싼 공간을 시로 표현한 작품이 많다는 사실에 놀라움이 더해진다. 「겨울날」 이외에 「계림구송」, 「노방음」, 「백 번 이후」 등 3편의 시가 더 존재한다. 총4편의 시가 경주와 관련된 것이다.

여기서 다시 경주의 어느 신라 왕릉을 찾았을 때의 감회를 노래한 시 「계림구송」을 읽어보자. 이 작품 역시 「겨울날」과 함께 시집 『일점종』에 실려 있다.

3. 신라와 백제의 역사를 상상하며

「계림구송鷄林口誦」, 「노방음路傍吟」, 「구상음丘上吟」

원앙금침 신라 왕릉에
가을날은 지금 화창하노라

어디에서일까 닭소리 아련히 들려
저만치 있는 농가에 다듬이질하는 소리 난다

이 장서로 보관하고 있는 기록이 존재하고 있어 흥미롭다. 金光林, 『日本現代詩人論』, 국학자료원, 2001, 88쪽 참조. 이는 그 당시 다쓰지가 한국의 시인과 교류하였으며, 한국문학에도 관심을 갖고 있었다는 구체적 사례가 될 것이다. 다쓰지와 김동환과의 만남은 이 책의 별도의 원고, 3장의 '미요시 다쓰지(三好達治)의 수필 속 '한국''에서 다룬다. 저자는 2003년 무렵, 김광림 시인의 자택에서 그 시집을 직접 본 적이 있다.

길 멀리 온 나그네는
여기에 쉬리라 잔디 풀은 아직도 푸르노라

목화밭의 목화 꽃
골목길 깊숙이서 우는 귀뚜라미

소나무 가지 끝을 건너는 바람
풀잎을 나부끼고 가는 작은 시내

꾸벅꾸벅 관상觀相의 눈일랑 감으면
차례차례 일어서서 사라지는 것들의 소리

완연히 잠잠해진 때일진저 푸른 하늘 깊숙이
그러면서도 느릿하게 벌 하나 춤추듯 내려라

햇빛 받으며 돌사자는 땅에 묻히고
절을 하는 거라며 돌사람은 몸을 움츠렸노라

아아 어느 날에사 가는 자 여기에 돌아오는가
왕도 왕비도 군중도 여덟 갈래 갈림길도 높다란 누각도

꿈보다 가벼운 얇은 옷을 걸치고 춤추는 무희의

환영幻影인가 이것은 얼룩구름 나무숲 가지 끝을 날아가서

얼어서 서리처럼 보이는 이슬에 내가 지나온 풀 길

왕궁이 있던 터 뒤돌아보면

목덜미 뻗고서 꼬리 늘어뜨리고 선 큰 소

그림자 때문에 멈추어 섰다

푸른 하늘이며

흙 쌓아 만든 언덕이며

진실이어라 멸망한 것들은

한결같이 땅속에 스며들어서

까치는

소리 없이 걷고

풀 이삭에

가을바람 분다

— 「계림구송」 전문

たくぶすま新羅の王の陵に

秋の日はいまうららかなり

いづこにか鶏の声はるかに聞え

かなたなる農家に衣を擣つ音す

路とほくこし旅びとは

ここに憩はん 芝艸はなほ緑なり

綿の畑の棉の花

小徑の奥に啼くいとど

松の梢をわたる風

艸をなびけてゆく小川

うつらうつらと観相の眼をしとづれば

つぎつぎに起りて消ゆるもののこゑ

ひそまりつくす時しもや 蒼天ふかく

はたゆるやかに蜂ひとつ舞ひこそくだれ

日のおもて 石獅は土にうづまりて

禮をするとや石人は身をこごめたり

ああいつの日かゆけるものここにかへらん

王も 妃も 群衆も 八衢も 高殿も

夢より軽き羅ものをかづきて舞へる歌妓の

幻かこははだら雲 林のうれを飛びゆきて

露霜にわれのへてこし岬の路

王の宮居のあとどころ かへり見すれば

うなじのべ尾を垂りてたつ 巨き牛

透影にしてたたずめる

青空や

土疊の丘や

まことやな 亡びしものは

ことごとく土にひそみて

鵲は

声なく歩み

艸の穂に

秋の風ふく

　　　　　　　—「鷄林口誦」 [9] 全文

　전체가 16연으로 이루어진 「계림구송」을 몇 번이나 읽어도 이 작품에 등장하는 왕릉은 구체적으로 신라 어느 왕의 것인지 알 수 없다. 다만, "흙 쌓아 만든 언덕이며"(13연 2행)라는 구절이 등장하는 것을 보아서는 능의 형상이 분묘墳墓임을 알게 한다. 다 쓰지는 이 시에서 '가축의 울음소리'와 인간이 일상을 영위하면서 듣게 되는 친숙한 '다듬이질 소리'와 한갓 미물에 지나지 않는 '귀뚜라미 소리'를 함께 등장시키고 있다. 또한, 목화의 탐스러운 개화의 순간과 풀 사이로 흘러가는 물빛에까지 골고루 눈길을 주고 있다. 그리고는 마침내 왕릉 앞 석상을 보면서, "햇빛 받으며 돌사자는 땅에 묻히고 / 절을 하는 거라며 돌사람은 몸을 움츠렸노라"(8연)라고 하며 역사를 소급해서 상상하기에 이른다. "아아 어느 날에사 가는 자 여기에 돌아오는가 / 왕도 왕비도 군

9　三好達治,『三好達治全集』1, 筑摩書房, 1965, pp.432~435.

중도 여덟 갈래로 갈라진 길도 높다란 누각도 // 꿈보다 가벼운 얇은 옷을 걸치고 춤추는 무희의 / 환영幻影인가 이것은 얼룩구름 나무숲 가지 끝을 날아가서"(9연, 10연)가 바로 그것이다. 다쓰지는 그러한 상상력을 눈앞에 보이는 경주의 자연과 연결시킴으로써 시의 묘미를 극대화시킨다. "진실이어라 멸망한 것들은 / 한결같이 땅속에 스며들어"(14연)는 사라져간 역사나 화려했던 신라 왕실을 떠올린 표현으로, 역시 그는 앞에서 인용한 「겨울날」과 마찬가지로, 이 시에서도 신라의 오랜 역사에 기대고 있다. 그것은 곧 신라의 유적이나 역사를 살피는 동시에 자신도 그들과 일체감을 이루었으면 좋겠다는 희망 혹은 의지를 드러내고 있는 것이다.

그러한 시인의 태도는 경주의 사천왕사四天王寺 및 백제의 옛 도읍지인 부여를 각각 방문하고 쓴 시 「노방음」과 「구상음」에서도 크게 다르지 않다.

못 사람은
근심 걱정 모르는 나그네라고
보고서 지나련다
그 옛날의
사천왕사四天王寺 있던 자리
목화 열매 새하얀 밭 가운데에

오래된 기왓장을 주우면서

무거운 봇짐은 등에 늘어뜨리고서

오늘의 갈 곳마저 알지 못하노니 이 나는

—「노방음」 전문

보름밤의 달을 기다리메

옛날 백제왕이

강을 바라보고 산을 향하여

잔치를 벌였던 높은 누각의 이름은

이 언덕 위에 남아서

가을이 오면 가을비 내리고

메밀꽃 바야흐로 하얀

밭 가운데에 오래된 기왓장을

주우려고 서성거리다

흠뻑 젖은 소매이어라

—「구상음」 전문

うべ人は

憂ひを知らぬ旅びとと

見てこそすぎめ

いにしへの

四天王寺のあとどころ

綿の實しろき畑なかに

ふるき瓦をひろひつつ

おもき旅嚢は背負ひたれ

けふのゆくへも知らなくわれは

—「路傍吟」[10] 全文

望の夜の月をまちがて

いにしへの百濟の王が

江にのぞみ山にむかひて

うたげせし高どのの名は

この丘のうへにのこりて

秋されば秋の雨ふり

蕎麥の花をりしも白き

畑なかにふるき瓦を

ひろはんとわがもとほりつ

しとどにもぬれし袖かな

—「丘上吟」[11] 全文

10 Ibid., pp.436~437.
11 Ibid., pp.435~436.

인용 작품은 각각 「노방음」과 「구상음」 전문으로 역시 1940 년 한국을 방문했을 때의 것이다. 두 작품 모두 시집 『일점종』에 실려 있다. 또한 「노방음」에는 "경주 사천왕사지四天王寺址에서", 「구상음」에는 "부여 영월루扶餘迎月樓에서"라는 부제副題가 각각 붙어 있다. 즉, 「구상음」은 부여를 여행했을 때의 것이다. 부여 영월 루는 백제의 왕과 귀족들이 해맞이를 하며 국정을 계획하던 곳 이다. "옛날 백제왕이 / 강을 바라보고 산을 향하여 / 잔치를 벌 였던 높은 누각의 이름은 / 이 언덕 위에 남아서"(2행, 3행, 4행, 5 행)는 바로 그러한 공간을 표현한 것이다. 사천왕사는 경주에 있 는 신라의 절터로, 신라가 삼국을 통일한 뒤 최초로 건립한 쌍탑 가람으로 호국사찰의 성격을 갖춘 곳이다.

다쓰지는 이 두 편의 시에서도 신라와 백제의 오랜 역사의 흐 름 속에서 자신의 모습을 찾으려 하고 있다. 그리하여 두 작품에 서 주목해 볼 부분 역시 '기와를 줍는 행위'다. 공교롭게도 이 행 위가 되풀이되고 있어 흥미롭다. 「노방음」의 6행, 7행인 "목화 열매 새하얀 밭 가운데에 / 오래된 기왓장을 주우면서"와 「구상 음」의 8행, 9행, 10행의, "밭 가운데에 오래된 기왓장을 / 주우 려고 서성거리다 / 흠뻑 젖은 소매이어라"라는 표현이 바로 그것 이다. 다쓰지는 기와를 주우면서 나그네라는 자신의 현재 상황 을 역사를 소요하는 나그네의 상황으로 변모시키고 있다. 이것 이 기와 파편을 집어든 시인의 내면이 무상감으로만 귀결되지 않는 이유인 것 같다. 그러나 다쓰지는 역사의 흐름 안에 놓인 존재의 의미를 성찰함에 있어서 좀 더 적극성을 띤다. 그래서 그가 줍고 있는 기와는 유적지에 널린 단순한 기와 파편으로 읽히지 않는다. 역사가 남긴 의미 있는 조각으로 비치는 것이다. 이것은 '현재와 과거의 상상적 대화'의 몸짓이다. 좀 더 능동적으로 역사의 현장으로 귀속하고자 하는 의지다. 역시 「노방음」, 「구상음」에서도 시인 다쓰지는 앞의 경주 방문 시 「겨울날」이나 「계림구송」과 마찬가지로, 변함없이 한국의 오랜 역사와 동일선상에 서고 싶었던 마음을 감추지 않았다.

4. 다시 불국사에서
「백 번 이후百たびののち」

앞의 작품에서 보았듯이, 다쓰지는 경주나 부여의 옛 유적지에서 한반도의 오랜 역사와 소통하려는 의지를 갖고 있었음을 확인할 수 있었다. 그런 그가 또 다시, 경주 불국사라는 공간을 찾았을 때의 소회를 1960년 『중앙공론中央公論』에 발표하였다. 「백 번 이후百たびののち」가 바로 그것이다. 경주를 찾았던 1940년으로부터 무려 20년이 지난 시점이었다. 이 작품에는 어떻게 경주 불국사가 묘사되고 있을까. 시는 이렇게 시작된다.

다시 생각한다 그 아침의 맑고 고움

무슨 나무의 우듬지일까 어젯밤 폭풍우에 벌거숭이가 되어 팔짱을 낀 듯하고

근심 어린 새벽녘의 동이 트이기 시작한 그 밝음도 아직 새로운 오늘부터 시작된 겨울 하늘

나그네 길에서는 그리워하는 것도 많다지만 나는 그런 그리움 없고 돌계단을

북쐇의 모습을 한 조각돌 그 다리를

쐬기풀을 밟고 헤쳐가면서

걸음걸음마다 낙엽처럼 상쾌하게 떨어져 흩어진 채 옮겨가는 바람 부는 곳에서

새가 날카롭게 지저귀는 소리를 들었다 그 순간

생성유전生成流轉

지저귀는 것들은 내려앉아서 언덕 그늘에 숨은 듯하다

목청 길게 뽑으며 우는구나 그 소리 드높고 피리 소리 동시에 뚜렷하게 완급권서緩急卷舒 억양抑揚 더할 나위 없어라

색에 비유하면 푸른색 파랑 중의 파랑 저 하늘의 비취색을 모아 모아서

턱 하니 지상 위에 옮겨 놓았으니 무릎 꿇고 무언가를 바라는

저 한자漢子인 우족羽族이 아닌 날다람쥐가

살포시 나뭇잎을 보랏빛으로 물들게 한 서리 위에 있고 옥구슬처

럼 아름다이 노래하는 큰유리새보다도 더 아름답게 노래했던 노래

를 멈추고

　피리를 허리춤에 차고

　우뚝 서서 보는구나 방랑자인 내 그림자를 드리우고

　그것이 흥미롭게도 무거운 듯한

　파도치듯 퍼덕이는 새 꼬리의 모습이로세

　서까래의 무늬는 이상스러우리만큼 눈부시지만 듬성듬성 기와

의 틈이 보이는 불국사

　대웅전을 지탱하듯 저만치에서 겹쳐 있다

　맞은편 언덕에 물결을 일으켰다가 또 사라져 버렸다

　저녁놀과 안개의 정령精靈의 한 줄기 연기처럼

　남은 감색 국화는 몇 송이인가

　이미 말라 버린 우물에

　어쩌다 나뭇잎이 날아가는 것조차도 오랜 시간을 즐긴다

　청정원淸淨苑에 서리 내리면 오늘도 노래 부르는가 저 한자漢子

　나를 위해서는 참으로 좋은 노래를 들려주신 불법佛法의 동산

　백 번 이후에 청명하게 다시 생각한다 그 아침의 맑고 고움을

— 「백 번 이후」 전문

ふたたび思ふ　かの朝の淸麗

何の木の梢か よべの嵐に裸になつた腕組みの

思案ぶかげな朝あけの 明るみそめたその明るさもまだ新しい け

ふからの冬の空

旅にしあれば思ふことありとしもなく

石階を

石鼓の橋を

いらくさをふみわたりつつ

歩は歩ごと 落葉のやうにさはやかに落ちちりぼひてはこばるる

風の行くてに

囀鳴するどきこ ゑをききしか

生成流轉

さへづるものはおりたちて つかさのかげにひそむらし

長鳴くや 高音張り 笛の音いちづにきはやかに緩急卷舒 抑揚き

はまりなかりけり

色ならば青 青の青 空のみどりをとりあつめ

ひたと土壌のうへにありて 跪づき何をか祈る

かの漢子 羽族かあらず木 木鼠の

むらさき淡き霜のうへ 瑠璃囀鳥にまさりうたひし歌をやめて

笛ををさめて けざとくも

つとたち見すや さすらひ人のわが影を

さしつたり それが おもしろ 重たげの

尾の波うちを 波うたせ

垂木の彩はあやしくもまばゆけれども 甍ゆるびし佛國寺

大雄殿をかひさまに 矢ごろ三だん

かなたの丘に 波うちあげてうせにたり

烟霞の精の ひとゆらの けむりのやうに

紺菊の紺はいくつか

涸れたる井戸のおごそかに

まれに木の葉の飛ぶさへや 久しき時をもてあそぶ

清淨苑に霜ふらば けふもうたふか かの漢子

わがためは げによき歌をきかせたまひし 法の苑

百たびののちにさやかに ふたたび思ふ かの朝の清麗を

― 「百たびののち」[12] 全文

　「백 번 이후」 전문을 읽다 보면, 역시 시인 다쓰지의 깊어진 사고가 고스란히 묻어난다. '백 번 이후'라는 말은 '백 번이나 되는 회한悔恨을 다한 후에 체득하게 되는 맑고 고운 마음 상태'를 뜻한다. 1960년 발표작이지만, 시의 시간적 배경은 1940년으로 그가 불국사를 방문했을 때다. 즉, 1940년 이후 20년이 흘러버

12　三好達治, 『三好達治全集』 3, 筑摩書房, 1965, p.240.

린 세월이 다쓰지에게 느끼게 해준 여러 가지 삶의 체험, 그것이 응축되어 엄청난 시적 역량을 발휘했다는 뜻으로 해석하는 것이 좋을 것 같다. 더욱 더 깊어진 사고를 감지할 수 있다는 의미가 아닐까.[13] 이 시는 자신의 마지막 시집인 『백 번 이후』1962[14]의 표제작이 되기도 한다.

우선 이 작품의 이해를 위해, 시에 나타난 우리에게 생소한 한자로 된 시어의 의미를 푸는 것부터 시작하자. "생성유전生成流轉"은 '만물이 끊임없이 바뀌어 유전윤회流轉輪回 한다'는 뜻이며, "완급권서緩急卷舒"는 '느리게 빠르게 감았다가 풀었다가 하는 것'이

---

13 안자이 히토시(安西均)는 다쓰지의 「백 번 이후」의 "다시 생각한다 그 아침의 맑고 고움" 표현과 관련하여, 시인 스스키다 규킨(薄田泣菫, 1877~1945)의 시집 『백양궁(白羊宮)』속에 있는 "아아 야마토에 있다면(ああ大和にしあらましかば)"을 연상시킨다고 하며, "규킨에 있어서의 야마토(大和)에 대한 동경과 사념(思念)을 미요시(三好)는 조선 불국사를 무대로 모방하고 있다. 그러나 미요시 작품의 경우 유의하지 않으면 안 될 것은 '백 번 이후에 청명하게'라는 말이다"라고 지적한다. 그리고는 "미요시의 이 20년 동안에 모든 것이 들어 있다. 국가 사회에는 전쟁과 패전이 있었다. 그리고 미요시 개인적으로는 전쟁 말기에 처자(1남 1녀)와 이별하고, 이어서 사쿠타로의 여동생 아이(あい)와 1년도 채 안 되는 불행한 연애가 있었다. 그것을 합한 '백 년 이후'이다"라고 설명하고 있다. 安西均, 『日本の詩 三好達治』, ほるぷ出版, 1975, 443~444 참조.
14 이 시집은 당시 단행본으로 출간된 것이 아니다. 1962년 3월에 간행된 『정본 미요시 다쓰지 전시집(定本三好達治全詩集)』에 담겨 있다. 다쓰지는 전집을 출간하면서, 1952년부터 10년 정도에 쓴 작품 72편을 새로이 덧붙이는데, 이들 시편을 묶은 것이 바로 『백 번 이후(百たびののち)』다. 하지만 시집의 성격으로 보면, 그의 말년의 시적 양식이 고스란히 담겨 있다는 점에서 새로운 시집으로 보는 것이 일반적이다. 그가 1964년에 세상을 등졌으니, 이 시집은 시인의 마지막 시집이 된다. 그 후 단행본으로 출간된 것은 1975년이었다.

다. 그리고 "한자漢子"와 "우족羽族"은 각각 '다람쥐'와 '조류'를 가리키는 말이다.

　작품을 들여다보면, 경주 불국사의 "돌계단", "북의 모습을 한 조각돌 그 다리", "쐐기풀 밟고 헤쳐 가는 길", "서까래", "대웅전", "이미 말라버린 우물" 등은 여전히 다쓰지가 기억으로 소환시킨 불국사의 소중한 유산들이고, 또한 경내에 베풀어진 모습들이다. 다시 시어로 되살려낸 것이다. 특히, "무슨 나무의 우듬지일까 어젯밤 폭풍우에 벌거숭이가 되어 팔짱을 낀 듯하고"(1연 2행)도 그때 본 우듬지를 떠올린 것. 벌거숭이가 된 나무의 형상을 우듬지끼리 팔짱을 낀 것으로 묘사해낸 시인의 예사롭지 않은 깊이를 전해주고 있다. 유산들이나 풍경이 시인의 혼과 감격을 여전히 20년 전의 추억으로 되돌리는 데 일조하고 있다고 볼 수 있다. 그리하여 다쓰지는 오랜 역사를 지닌 불국사에 대한 감흥에 자신을 투입하여, 1연의 "나그네 길"(4행), "방랑자인 내 그림자"(18행)로 이끌어가기에 이른다. 이는 불국사에서 자신의 내면을 발견하려는 차분하고도 무상에 가까운 서술이다. 사색의 깊이가 감지된다. 물론 한자성어 쓰기를 좋아하는 다쓰지의 취미가 반영된 "생성유전生成流轉", "완급권서緩急卷舒" 같은 한자어도 그러한 사색의 깊이를 나타내는 데 동조하고 있다. "살포시 나뭇잎을 보랏빛으로 물들게 한 서리 위에 있고 옥구슬처럼 아름다이 노래하는 큰유리새보다도 더 아름답게 노래했던 노래를 멈추고 / 피리를 허리춤에 차고 / 우뚝 서서 보는구나 방랑자인 내 그림자를 드리우고 / 그것이 흥미롭게도 무거운 듯한 / 파도치듯 퍼덕이는 새 꼬리의 모습이로세"(1연 16행, 17행, 18행, 19행, 20행, 21행)는 날다람쥐의 동작을 조류의 꼬리에 비유한 것으로, 다쓰지는 날다람쥐와 자신과의 거리가 상당히 좁혀져 있음을 드러냈다. 좀 더 확대하여 해석하면, 그것은 서로 간의 친밀감이고 양자 간의 일체감으로까지 읽힌다.

그리하여 2연의 "어쩌다 나뭇잎이 날아가는 것조차도 오랜 시간을 즐긴다 / 청정원淸淨怨에 서리 내리면 오늘도 노래 부르는가 저 한자漢子 / 나를 위해서는 참으로 좋은 노래를 들려주신 불법佛法의 동산"(3행, 4행, 5행)을 몇 번이나 곱씹어서 읽어 가면, 마침내 다쓰지와 불국사 간의 거리감이 없어지거나, 그 간극은 틈이 메워져 합일화合一化된 느낌으로 이어진다. 민족과 국가를 초월하여 한반도의 대표적 문화유산인 불국사를 대하는 다쓰지의 맑은 심안이 읽는 이의 가슴을 움직이는 것이다.

이처럼 「백 번 이후」는 경주 불국사가 비록 자국의 유산은 아니었지만, 일본인 시인 다쓰지에게는 평생 잊을 수 없는 공간이었음을 토로한 작품이다. 이 아름다운 고백으로 그는 다시 한번 한국문화에 대한 애정을 드러낸 셈이다. 그런 의미에서 「백 번 이후」는 일본인과 한국인에게 나아가 세계의 독자들에게 다쓰지의 보편적 시각을 반영하는 수작으로 기억되어야 할 것이다.

5. 마무리 글

다쓰지가 한국을 경험하거나 방문하고 쓴 시는 앞에서 소개한 「거리」, 「겨울날」, 「계림구송」, 「구상음」, 「노방음」, 「백 번 이후」 등 모두 9편이다.

이 글에서 살펴본 작품은 모두 6편으로, 「거리」는 함경도 회령을, 「겨울날」, 「계림구송」, 「노방음」, 「백 번 이후」의 4편은 경주를, 「노방음」은 부여를 각각 공간적 배경으로 쓰인 것이었다. 「거리」는 회령이라는 곳의 지역성과 회령 사람들을 묘사하는 섬세한 필치와 관조가 돋보였으며, 「겨울날」, 「계림구송」, 「구상음」, 「노방음」, 「백 번 이후」 등은 그 시적 주제가 신라와 백제의 오랜 역사와 동화하고자 하는 시인 다쓰지의 의지를 드러낸 작품들이었다.

이들 다쓰지의 한국 관련 시 작품들을 감상하면서, 우리들은 일본을 대표하는 시인 다쓰지에게서 한국의 유구한 역사와 유적이 갖는 보편적 가치에 몸담고자 하는 의지를 확인할 수 있었다. 즉, 다쓰지는 직접 한반도의 오랜 유적지를 거닐며 적극적으로 역사와 상상 속의 대화를 나누었던 것이다. 이는 한국을 노래한 일본의 다른 근현대시인들과 달리 시인 다쓰지만의 독자적인 성취였다고 할 수 있다. 일제강점기였던 1919년과 1940년, 두 번의 한국 방문을 통해 시 작품에서만큼은 당시 지배의식이 팽배

했던 일본인으로서의 편견과 우월 의식 같은 것을 드러내지 않았다. 이는 한국인이나 일본인들이 공감할 수 있는 작품으로서의 값어치에 중요한 요소로 작용한다.

제3장

미요시 다쓰지三好達治의 수필 속 '한국'

일본을 대표하는 시인 미요시 다쓰지三好達治, 1900~1964, 이하 '다쓰지'는 한국을 방문하고 어떤 글을 남겼을까. 앞의 글에서 밝혔듯이, 다쓰지는 그의 나이 19세와 40세가 되던 해인 1919년과 1940년 두 차례에 걸쳐 한국에 머물렀다. 당시 한국은 일제강점기였다. 1919년은 군인 신분의 병영체험이었고, 1940년은 여행객으로서의 방문이었다. 그때 남긴 한국 관련 작품은 시 9편과 단가 외에 여러 편의 산문이었다.

이 글은 앞의 글에서 살펴보았던 시 작품에 이어, 수필에는 그가 어떤 시각으로 한국과 한국인을 바라보았는지를 살펴볼 것이다. 그가 남긴 수필은 모두 1940년에 있었던 한국 방문을 바탕으로 한 것이다. 그해 9월 중순, 다쓰지는 2개월 정도 한국의 여기저기를 여행했다. 이 무렵의 한국 방문과 관련하여 다쓰지의 연보를 참고로 해서 보면, 그는 당시 부산항으로 입국하여 "두

달 동안 노리타케 가즈오則武三雄[1]의 안내로 조선 각지를 여행. 11
월호『문학계文學界』에 「조선에서朝鮮にて」를, 같은 잡지 12월호에
「경성박물관에서京城博物館にて」 및 단가 「추일영언秋日永言」 15수(『옥
상의 닭屋上の鶏』에 수록)를 각각 발표하는 것 외에, 이 여행 중의 시
작詩作, 수필은 후에 발표한 것을 포함하여 다수에 달하였다"[2]고
되어 있다. 경성, 경주, 부여, 고령 등도 그때 돌아본 곳이었다.

무엇보다 이때 남긴 수필에서는 그가 본 한국과 한국인에 대
한 감회가 생생하게 그리고 비교적 소상하게 쓰여 있어 주목할
만하다. 우리에게는 관심의 차원을 넘어서 연구 대상이 되는 이
유로도 작동하고 있는 것이다. 이것은 다쓰지 문학을 연구하는
학자들뿐만 아니라, 그 당시의 한국 사회상을 연구하는 학자들

---

1   노리타케 가즈오(1909~1990)는 일본의 시인이다. 그의 연보를 보면, 1940
년 다쓰지가 한국을 방문했을 때, 두 달 정도 같이 여행을 했다고 기록되어 있
다. 1909년에 다쓰지를 알고 그때부터 그를 스승으로 삼았다고 한다. 19살 때
인 1928년 한국으로 건너와 1945년 패전 때까지 살았으며, 1942년과 1943
년에 시집『압록강(鴨綠江)』을 경성과 일본에서 각각 출판하였고, 1961년에
는『조선시집(朝鮮詩集)』을 간행하기도 하였다. 그는 특히 당시 한국의 시인
이었던 백석을 비롯해, 문인이나 화가와도 친분을 가졌던 것으로 알려져 우리
의 관심을 끈다.
다음은 「문학사의 풍경-백석의 만주 유랑과 해방정국 (3) 단둥·신의주 국경
의 시인」에서 인용한 것으로, 2012년 10월 4일 국민일보에서 입력한 글의 일
부다. "노리타케는 1939년 신의주에서 경성으로 건너와 조선총독부에서 촉탁
직원으로 근무할 때 이영준 김환기(화가) 변동림 이중섭(화가) 허진 노천명
이태준 등과 교우하고, 정지용 백석 서정주 김사량 김종환 등과 알게 된다. 그
즈음 노리타케의 '바람을 노래한 시집'이 경성의 인문사에서 나왔는데 이중섭
이 그려준 표지 그림이 야하다는 이유로 시집을 모두 압류당하고 만다."
2   三好達治,『三好達治全集』12, 筑摩書房, 1965, p.671.

에게도 좋은 자료로서의 기능을 할 것이다. 나아가 보통의 사람들에게도 일제강점기에 한국을 다녀간 유명 일본 시인의 방문기를 접한다는 점에서 이 글의 몫은 충분하리라 본다. 더불어, 이러한 다쓰지의 수필을 정밀 분석하여 연구 성과로 제시한 사례를 찾기가 쉽지 않다는 점은 이 글을 쓰는 목적과도 부합한다.

다쓰지가 1940년 한국방문을 통해 남긴 수필은 「추일기秋日記」, 「경성박물관에서京城博物館にて」, 「남선잡관南鮮雜觀」, 「김동환 씨金東煥氏」, 「한비汗碑」 등 모두 다섯 편이지만,[3] 이 글은 이들 다섯 편에서 「추일기」, 「남선잡관」, 「김동환 씨」의 세 편에 나타난 그의 한국과 한국인에 대한 시각의 일단을 들여다보고자 한다.[4] ① '부여와 경주 기행과

---

3 「추일기」는 『문학계(文學界)』 1941년 11월호에 발표한 것이다. 초출 발표의 원제목은 「조선에서(朝鮮にて)」다. 「경성박물관에서」는 『문학계』 1941년 12월호에 발표하였고, 「남선잡관」은 초출 발표가 명확하지 않다. 「김동환 씨」는 『문학계』 1942년 1월호에, 「한비」는 『문학계』 1942년 4월호에 각각 발표하였다. 이 중에서 「추일기」, 「남선잡관」, 「김동환 씨」, 「한비」는 후에 수필집 『옥상의 닭(屋上の鷄)』(1943년 문체사(文體社) 발간)에 수록한다. 이들 수필 외에 다쓰지는 한국의 방랑시인 김삿갓에 대한 글도 쓰고 있는데, 1941년 『문학계』에 「방랑시인 김삿갓에 대해서(漂迫の詩人金笠に就いて)」라는 제목으로 연 5회에 걸쳐서 싣고 있다. 이 글도 수필집 『옥상의 닭』에 넣어 발간한다. 「방랑시인 김삿갓에 대해서」는 三好達治, 『三好達治全集』 7, 筑摩書房, 1965, pp.465~516에 그 전문이 실려 있다.
한편, 다쓰지 연구자의 한 사람인 한국인 학자 박상도는 「방랑시인 김삿갓에 대해서」를 연구하여 자신의 박사논문 「三好達治文學における政治性と詩觀 －朝鮮の放浪詩人金笠批評を通して」(大阪外國語大學, 2006)에 담아내기도 하였다. 좋은 참고가 될 것이다.

4 세 편만을 연구 대상으로 삼은 것은 「경성박물관에서는」 특별히 한국의 생활상이나 한국인의 이미지를 서술하는 문장이 많지 않고, 박물관에 전시된 전시품에 관한 내용이 주를 이룬다는 점에서 논외로 했다. 「한비」에서 다루고 있

'한국'의 초등학교 풍경', ② 「남선잡관南鮮雜觀」과 '한국' 인상기', ③ '미요시 다쓰지와 김동환의 만남'으로 각각 나누어 접근[5]하는 것은 보다 효과적으로 텍스트를 분석하기 위함이다.

1. 부여와 경주 기행과 '한국'의 초등학교 풍경

한국을 방문하고 남긴 다쓰지의 수필에는 어떤 내용이 담겨 있을까. 그중의 하나는 그가 한국의 교육문제에 대해 커다란 관심을 보여 왔다는 사실이다. 특히 초등학교를 직접 찾아가서 호기심을 갖고 살피는 문장들이 다수 등장하고 있다는 점은 주목할 만하다. 더불어 그는 초등학교에서 사용되는 언어가 '일본어'라고 하는 점도 기록으로 남기고 싶어 했다. 그에 관한 글은 주로 「추일기」, 「남선잡관」에서 찾아볼 수 있다.

다음의 글을 통해 그러한 다쓰지의 생각을 살펴보자.

는 '한비'는 1639년(인조 17년)에 세워진 지금의 서울 송파구 삼전동에 있는 비석을 말한다. '삼전도비'라고도 불린다. 병자호란 때 청에 패해 굴욕적인 강화협정을 맺고 청 태종의 요구에 따라 그의 공적을 적은 비석이다. 다쓰지는 한강변의 이곳을 찾아 그 감회와 한비에 대한 자세한 모습과 역사적 사실을 언급하고 있다. 이 글에도 한국인의 모습과 생활상은 다루지 않고 있어 논의로 했다.

5   번역의 원본은 三好達治, 『三好達治全集』 12, 筑摩書房, 1965, pp.345~383 이다. 지면 관계상 원문은 싣지 않았음을 밝힌다.

초등학교에 입학하려는 사람들이 많아서 교실 부족 현상을 초래하자, 당국에서 어쩔 수 없이 거절하고 있는 듯한 형편이다. 그래서 부여에서는 학술연구학교學術研究學校와 같은 사립초등학교가 생기고 있다. 취학률이 좋아지고 있다. 초등학교에 일본어가 쓰이고 있다.[6]

현재는 학술연구학교와 같은 사숙私塾을 설치하는 그런 기운에까지 도달한 것이다. 이렇다 할 만한 변화인 것 같다. 그렇게 이 정도의 변화를 초래한 총독부 요직의 수고로움이라고 생각되지만, 그보다도 무엇보다도 직접 교육 사업을 담당하는 교육자—초등학교 선생님들의 극히 착실하고 부단한 굴곡 없는 노력과 헌신은 이 정도의 커다란 성과를 목전에 두고 되돌아보며 생각해 볼 때, 무척이나 인상적인 감동을 느끼지 않을 수 없다.[7]

이 문장은 다쓰지가 충남 부여를 방문하고 쓴 글의 일부다. 여기에는 당시 한국인들의 교육열을 짐작하게 하는 문장과 초등학교 선생님들의 노고에 대한 칭찬이 드러나 있다. 또한, 당시 초등학교에 일본어가 쓰이고 있다는 사실도 언급되어 있다. 더하여 취학률이 높아진다는 것도 눈에 띈다. 공립초등학교에 입학하려는 학생들이 많아서, 사립초등학교가 생겨나고 있다는 서술

6   三好達治, 『三好達治全集』 12, 筑摩書房, 1965, p.346.
7   Ibid., pp.346~347.

을 통해 간접적으로나마 당시 우리나라 사람들의 교육열을 짐작
하게 한다. 더불어 초등학교에 일본어가 쓰이고 있다고 적고 있
는데, 이는 1940년 당시 일제에 의해 한국어 사용이 금지되고
있음을 잘 보여주는 대목이다.

다쓰지의 이러한 생각은 경주에 있는 어느 초등학교를 둘러보
고 난 후에 쓴 글에서도 크게 차이가 없다.

나는 오늘 세 번째로 경주를 찾아 분황사, 안압지, 월성지 등의
유적을 둘러보고, 계림에서 공자묘孔子廟로 나왔다. 묘廟는 대성전大聖殿
이 닫힌 상태였으며, 그 뒤쪽의 명륜당明倫堂이라고 하는 데에 아이
들이 모여 있다. 자세히 보니, 그 다소 넓고 휑한 건물의 한쪽 구석
에 책상이랑 걸상이 한쪽으로 치워져 있고, 아이들은 그곳의 청소
를 하고 있다. 우리들이 초등학교 때 당번을 정해 학교 교실을 청소
했던 바로 그대로의 모습이다. 묘 앞의 둥근 기둥에 '황남공공심상
소학교黃南公共尋常小學校'라는 현판이 나와 있었던 것은 이것이었는가
하고 잠깐 납득은 갔지만, 그런 건물은 늘 개방 상태의, 매우 느슨
한一물론 설비다운 설비도 없고, 게다가 그 방의 일부뿐인, 그 초
등학교는 상당히 이상한 모양의 것이었다. (…중략…) 내 쪽에서 불
러 세워서 말을 건 한 두 명의 소년은 조금은 딱딱한 모습이었지만,
내가 하는 질문을 듣고서 어린이다운 간단한 대답을 했다. 물론 국
어國語-내지어內地語로.[8]

실은 나는 이전에도, 이 문 앞을 지나가는 길에 교정의 모양을 울타리 사이로 보았지만, 그때는 그 넓은 교정 맞은 편 구석에서 여학생이 동그라미 형태로 줄을 만들어서, 체조 같은 것을 하고 있는 모습에 눈이 멈췄다. 동그라미 중앙에는 간편한 양장을 한 여선생님이 서 있고, 빠른 말씨로 호령을 하거나 무언가 주의를 하거나 하면서, 때때로 거침없이 돌진一하고 말해도 좋을 만큼의 무서운 표정으로 발을 옮기며, 다분히 곁눈질이라도 하고 있는 듯한 멍청한 학생을 한 손으로 홱 열외로 내밀거나 하는 것이 보였다. (…중략…) 나는 나중에 물어보니, 그 학교는 조선의 아동만 모인 초등학교였고, 거기에는 내지인 아동은 한 명도 다니지 않는다고 했다. (…중략…) 一물 좀 더 줘. 그 나이 또래의 아이 같은 목소리로 그런 말을 하고 있는 소년도 있었다. (…중략…) 그들의 얘기는 모두 국어-내지어로 얘기하고 있었고, 그것이 임기응변의 능숙한, 혹은 잠깐 에둘러 말하는 듯한 것이었어도 요령 있고 생기 있는, 결코 생경하지 않은 핏기가 통하는 말이었다. (…중략…) 이 땅에서 우리 교육가들의 부단한 굴곡 없는, 필시 보상받는 것도 넉넉하지 않을 그러한 헌신과 노력을 생각하며, 뜻밖에도 눈시울이 뜨거워지는 것을 느꼈다.[9]

---

8   Ibid., p.347.
9   Ibid., pp.349~350.

이 두 개의 인용문은 비교적 자세하게 당시의 초등학교 교사校舍와 학생들, 그리고 선생님들의 모습을 그려내고 있다. 역시 이들 문장을 통해서 다쓰지가 드러낸 생각은 초등학교에 근무하는 선생님들의 헌신과 노력에 대한 칭찬이다. 그리고 그 당시 초등학교 학생들이 쓰는 언어가 '일본어'라는 사실에 주목하고 있다는 점이다. 더불어 다쓰지는 당시 경주에 일본인이 아닌 한국인 학생만 다니고 있는 초등학교에도 커다란 관심을 갖고 지켜보았다는 서술도 흥미롭다. 무엇보다 우리들에게 남다르게 다가오는 것은 한국인 학생들만 다니는 곳에서 쓰이는 언어가 일본어였다는 사실이다. 그가 지켜본 곳은 경주역 앞의 공립심상소학교인 '황남공공심상소학교'. 이 학교는 일제강점기인 1940년 5월에 문을 열었다는 기록[10]으로 보아 경주에 있는 지금의 '황남초등학교'로 생각된다. 그러니까 개교한 지 4개월 남짓의 학교를 다쓰지가 찾아간 셈이다. 물론 여기에서도 그는, "이 땅에서 우리 교육가들의 부단하고도 굴곡 없는, 필시 보상받는 것도 넉넉하지 않은 그러한 헌신과 노력을 생각하며, 뜻밖에도 눈시울이 뜨거워지는 것을 느꼈다"고 표현하며 적극적으로 초등학교 교직자에 대한 애정을 드러냈다.

이는 당시에 일본어가 초등학교 학생들과 교사들 사이에서뿐

---

10 경북매일(http://www.kbmaeil.com).

만 아니라, 일반인들 사이에서도 보급되어 있었다는 것을 알리고 있는데, 다음의 문장도 그러하다.

내지어ー국어라고 불리고 있다ー의 보급 정도, 그 외에 대해서 조금 적은 바가 있었다. 이것은 학교는 아니지만, 나는 어느 날 경주 교외에서, 어느 비탈길에 다다른 짐차를 끄는 사람과 미는 사람 그리고 달려든 조수가 목소리를 맞춰서, 이치ー, 니ー, 산ー 하며 우리의 귀에 익숙한 소리를 지르고 있는 것을 듣고서는 엉겁결에 발길을 멈춘 적이 있었다. 내지어-국어는 오늘날 이 정도로 보급해 있다. 그것은 학교 주위나 학동 사이에서뿐만 아니라, 널리 각종 생활 층에 침투해 사회 전반에 보급해 있는 것이다. 고령과 같은 외진 곳에서도 그 점에서는 조금도 다를 바 없었다. (…중략…) 여선생님에 의해 체조를 하고 있지만, 선생님이 구사하는 말은 물론 모두 국어이며, 그것이 저 어린아이들에게 잘 이해되고 있다면, 정말이지 감탄하고 감동하지 않을 수 없었다.[11]

역시 부여와 경주, 그리고 고령 등을 둘러보았던 다쓰지에게 일본어는 일상생활에 보급된 언어로 다가왔다. 그 점이 강조되고 있다. 일본인으로서 한국에서 쓰이는 언어가 일본어라는 점

---

11 三好達治, 『三好達治全集』 12, 筑摩書房, 1965, p.365.

에서 그는 감동을 하고 있는 것이다. 학교의 여선생님, 학생, 그리고 일반인이 쓰는 언어가 일본어였다는 것은 한국인에게 있어서는 일제강점기 당시 우리의 언어가 강탈되어 있었음을 보여준 슬픈 역사의 현장이었다.

이처럼 다쓰지는 부여, 경주, 고령 등지를 둘러보며, 그곳의 초등학교 탐방을 통해, 당시 초등학교 건물과 학생들 그리고 선생님들에 대해 비교적 밀도 높은 관찰을 행하였다고 볼 수 있다. 그것은 초등학교 교육에 대한 다쓰지의 지대한 관심을 반영하는 것으로, 초등학교 교육에 종사하는 교사들에 대한 노력과 헌신에 대해 애정 어린 찬사를 보내고 있었다. 또한 교육 현장 및 일상생활에서 사용되는 언어가 일본어라는 사실에도 고무되어 있었음을 확인할 수 있다.

2. 「남선잡관南鮮雜觀」과 '한국' 인상기

1) 이방인이 바라본 당대 '조선'의 도회 풍경

다쓰지는 한국 방문을 통해 당시의 도시 거리와 한국인들의 생활상, 그리고 한국 젊은이들에 대한 인상을 소개하는 글도 남기고 있어, 특히 한국인 독자들의 관심을 끈다. 이러한 성격의 글은 주로 「남선잡관南鮮雜觀」에 실려 있다. '남선잡관'에서 '남선

南鮮'은 조선의 남쪽을 가리키는 말이고, '잡관雜觀'은 여러 가지를 보았다는 뜻이니, '남선잡관'은 조선의 남쪽 지방 여기저기를 돌아보았다는 의미다. 다음의 인용문을 보자.

오랜만에 22, 3년 만에 조선에 와서 보았지만, 연락선 갑판에서 멀리 내다 본 부산항 부두부터 모든 것이 면목을 일신해서 옛 모습을 남기고 있지 않은 데에 적잖이 놀랐다. (···중략···) 경성부 그 자체도 그 주민도 풍속도 시정 생활도, 눈에 띄는 모든 것이 역시 부산항에서 본 것과 마찬가지로 내 눈을 충분히 놀라게 하고도 남음이 있는 것이었다.[12]

경성의 번화가 주위에 사는 주민들이 최근에는 상당히 목욕을 좋아하게 되어 센토錢湯가 꽤 번창하고 있다는 얘기를 나는 내 친구의 어머니로부터 삼가 들었다. (···중략···) 그 주민이 이미 새로이 목욕의 습관을 가지고, 혹은 가지려 하고 있는 것도 오늘날의 사실이다. (···중략···) 아무튼 경성의 거리가 깨끗해졌다. (···중략···) 경성 시내가 내지의 6대 도시와 비견할 수 있을 정도로 훌륭하고 깨끗해지고 있는 것은, 그 시가뿐만 아니라 그 주민 또한 그와 동시에 같은 정도로 아름답고 깨끗해졌고, 깨끗해지고 있고 그 행동거지도 어떤 사람은 우미優美의 멋조차 보여준다.[13]

---

12 Ibid., p.355.
13 Ibid., pp.355~356.

두 개의 인용문은 다쓰지가 부산항에 도착했을 때의 느낌과 경성지금의 서울 거리에 대한 감상을 적고 있는 대목이다. 두 인용문에서 공통으로 언급된 것은, 두 도시, 즉, 부산과 서울 모두 놀라운 발전을 보여주고 있다는 사실이다. 특히 경성의 거리와 그 주민들에 대한 인상을 긍정적인 필치로 그려주고 있다는 점에 주목할 필요가 있다. 그러한 시각을 그린 문장, "경성의 거리가 깨끗해졌다. (…중략…) 경성 시내는 내지의 6대 도시와 비견할 수 있을 정도로 훌륭하고 깨끗해지고 있는 것은, 그 시가뿐만 아니라 그 주민 또한 그와 동시에 같은 정도로 아름답고 깨끗해졌고, 깨끗해지고 있고 그 행동거지도 어떤 사람은 우미優美의 멋조차 보여준다"는 다쓰지의 경성 사람에 대한 인상과 거리 풍경에 대한 생각의 일단을 드러내고 있다. 두 번째 인용문에 등장하는 '센토錢湯'는 대중목욕탕을 일컫는 말이다. 경성 거리가 일본의 6대 도시와 비교해도 손색이 없다고 표현하기에 이른다.

다음의 문장들은 다쓰지가 경성에서 보았던 당시 한국의 젊은 여성과 청년에 대한 생각을 좀 더 구체적으로 나타내고 있다.

요즘의 젊은 아가씨나 젊은 아내는 반드시 거의 한 사람의 예외도 없이 핸드백을 갖고 있다. 화장을 좋아하는 것은 물론, 누에나방 같은 아름다운 눈썹, 초승달처럼 섬세한 눈썹을 가진 사람도 드물지 않다. 그렇게 그녀들은 조금 염려될 정도로 뽐내는 듯하며, 그

방면의 소식에 나는 완전히 어둡고 잘 모르지만, 그녀들은 각자 은근히 어느 여배우라도 되는 것처럼 행동하고 있다고 생각되는 그런 기세였으며, 노인들에 대해서는 극히 불친절하게 보이는 표정으로, 교통수단을 타고 거리를 행진하고 있는 것이다.[14]

친구의 얘기에 따르면, 오늘날 경성에서 번역서 그 외의 문학서 신간본의 가장 열렬한 애독자는, 즉 이 홍안가련紅顔可憐의 아가씨들이라고 한다. 나도 그녀들이 이런 신간서나 작은 문고본을 막 구매한 것처럼 들고서 버스나 무언가를 기다리는 듯한 장면을 종종 본 적이 있다.[15]

그녀들에 대한 외모가 그처럼 건강하고 쾌활하고 오로지 밝게 보였던 것에 비해서, 나는 전차 안 등에서 본 청년들의 얼굴이, 혹은 불쾌하고 무뚝뚝하고, 혹은 울적하게 수척하고, 혹은 자포자기의 심정으로 겉돌고 있는 듯하며, 누구나 다 내부적으로 수면 부족이고 피로가 쌓인 것처럼 보였던 것이 마음에 걸렸다. 그것을 지금도 잊기 어렵다.[16]

---

14 Ibid., p.357.
15 Ibid., p.357.
16 Ibid., p.358.

세 개의 인용문에서 앞의 두 개는 젊은 여성들에 대한 관찰과 감상을 적은 글이고, 세 번째는 청년들에 대한 것이다. "핸드백", "화장", "아름다운 눈썹, 초승달처럼 섬세한 눈썹", "은근히 어느 여배우라도 되는 것처럼 행동하고 있다고 생각되는 그런 기세"와 같은 표현은 당시 한국 여성들의 외모와 관련된 구체적인 진술이다. 서양화가 진행되고 있는 당시 경성 거리의 모습에서 여성들이 유행을 선도하고 있다는 인상이 강하게 느껴진다. 다만, "노인들에 대해서는 극히 불친절하게 보이는 표정"이라고 묘사함으로써, 서양화의 물결에 따라 어른에 대한 공경심이 조금은 사라지고 있는 듯한 현실을 지적하고 있지 않나 하는 생각을 들게 한다. 전체적으로는 한국 여성에 대해서는 건강하고 쾌활하며 명랑하다는 좋은 인상을 갖고 있다는 것을 알 수 있다. 무엇보다 번역서나 문학서 신간을 즐겨 읽는 계층이 젊은 여성이라고 서술하여, 한국 여성에 대한 지적 이미지를 덧붙였다. 그러나 한국의 젊은 남성들에 대해서는, "불쾌하고 무뚝뚝하고, 혹은 울적하게 수척하고, 혹은 자포자기의 심정으로 겉돌고 있는 듯 하며, 누구나 다 내부적으로 수면 부족이고 피로가 쌓인 것처럼 보였던 것이 마음에 걸렸다. 그것이 지금도 잊기 어렵다"고 서술함으로써, 젊은 여성들과는 약간은 대조적으로 그리고 있다. 하지만 전통적으로 일을 존중시하는 한국의 젊은 남성들을 생각하면, 다쓰지의 시각은 그리 불편한 것만은 아니라는 느낌을 준다.

다쓰지는 또한 경성에서 5리쯤 떨어진 교외의 촌락을 살피기도 했는데, 이와 관련된 문장에서는 당시 주민들의 현실과 한국인 농민에 대한 인식이 반영되어 있다.

2) 당대 농촌과 산간 마을의 생활상

다음의 인용문은 다쓰지가 1940년 당시 한국인들의 생활상을 바라본 시각이 잘 드러나 있다.

평범하고 평화로운 밝고 작은 촌락이었다. (…중략…) 경지의 정리, 농작법의 개선, 농촌의 향상이라는 것을 우원총독시대宇垣總督時代에 힘을 들여 연구되고 실천된 것이라 듣지만, 오늘날 이 지방의 어떠한 산간벽지에 나가 보아도, 그 농경지가 내지의 것과 전혀 다를 바 없이 가장 빈틈없는 방식으로 경영되고 있는 것은, 내가 가장 경탄한 또 하나의 문제, 초등학교 문제와 더불어 과연 다를 바 없는 것이구나 하고 경탄하지 않을 수 없다.[17]

산림전답의 놀랄 만한 이러한 변화는 물론 위정자나 지도자나 전문학자의 직간접의 노력을 요하는 것이겠지만, 그보다 그 무엇보다 그것은 첫째로 분명 그 농민들 자신의 근면함이 없이는 결코 실

---

17 Ibid., pp.358~359.

현되지 않았다. (…중략…) 그들을 안일과 무위를 즐기는 나태한 무리라고 판단하는 것은 조금 경솔한 생각인 것처럼 여겨진다.[18]

다방의 노파 얘기에 따르면, 보시는 것처럼 올해는 이처럼 풍년입니다. 하지만 쌀은 전부 면사무소에 바치게 되어 있고, 목화밭도 사무소에서의 명령은 우리 집에서도 농사를 지었지만 조금도 남김없이 전부 갖다 바치게 되어 있습니다. 작년에는 심한 흉작이었기 때문에, 밤이나 감이나 그리고 콩 같은 것으로 오늘날까지 어떻게든 목숨을 연명하고 있지만, 그것도 점차 없어져 가고, 올봄의 보리는 한 톨 남김없이 면사무소에 갖다 바쳤습니다. 하지만 그것을 여태 배급도 해주지 않고, 그 대금의 일전도 아직 받고 있지 않지만, 아, 이거, 도대체 어떻게 되겠어요. 하고 지극히 커다란 탄식으로 우리들의 질문에 답하는 말로 맺었다.[19]

인용문에서 앞의 두 개는 당시의 농경지가 잘 경영되고 있다는 사실과 농민들의 근면성에 대한 언급이다. 다쓰지는 농경지의 경영방식이 일본의 것과 비교해도 전혀 손색이 없다고 쓰고 있다. 또한 한국의 산림전답의 놀라운 변화에 대한 원인을 농민들의 근면성에서 찾고 있다. 그것은 농민들의 근면성과 농업방

18 Ibid., p.358.
19 Ibid., p.362.

식에 대한 호평으로 해석할 수 있다. 이러한 일련의 글을 통해 다쓰지는 앞에서 언급했던 한국의 초등학교 교육문제와 더불어 한국의 농업에 대한 경탄도 드러냈다. 이 두 가지는 한국 방문을 통해 피력한 그의 소신이라고 해석해도 무방할 것 같다.

무엇보다 우리가 관심을 갖고 읽어보아야 할 문장 중의 하나는 세 번째 인용문이다. 이것은 다쓰지가 어느 다방에 들러 한 할머니를 통해 듣게 된 당시 농민들의 현실을 보여주는 글이다. 즉, 생산된 농산물을 면사무소에 전부 갖다 바치고, 여태 배급도 해주지 않고, 그 대금은 일전도 아직 받고 있지 않다는 탄식의 표현은 당시 행해졌던 일제의 수탈에 대한 고발이다. 당시 농민들의 한숨이 고스란히 전해지는 느낌을 지울 수 없다. 다쓰지는 그런 사실을 가감 없이 자신의 글에 담았다고 볼 수 있다.

이처럼 다쓰지는 당시 경성의 거리 및 젊은 여성과 남성에 대한 인상을 솔직 담백하게 그려냈다. 깨끗하고 훌륭한 거리, 거기에 어울리는 경성 사람들도 아름답고 깨끗하다는 문장이 바로 그러한 점을 잘 드러냈다. 특히 여성들에 대한 관찰은 비교적 꼼꼼하다. 그리고 긍정적인 시각이다. 쾌활하고 명랑할 뿐만 아니라 번역서를 읽고 독서를 즐기는 지적 이미지를 갖고 있다고 했다. 남성들에 대해서는 불쾌하고 무뚝뚝하게 보지만, 수면 부족과 피로를 읽고 있었다. 또한 그는 촌락 방문을 통해 부지런한 농민, 그리고 잘 경영되고 있는 농업방식에 대해 경탄하는 모습을 서술하였지만, 일제에 의해 농민들이 애써 수확한 농산물이 수탈되고 있는 현실도 고스란히 전달해 주었다.

3) 미요시 다쓰지의 부여, 고령 체험

앞의 글 '미요시 다쓰지三好達治 시와 '한국''에서 살펴본 것처럼, 다쓰지가 남긴 한국 관련 시는 일본인에게 상당한 호평을 받고 있는 작품들이었다. 그들 시편들의 공간적 배경은 주로 경주와 부여였다.[20] 역시 그는 경주와 부여 그리고 경상북도 고령을 방문하며 자신의 소회를 밝히고 있는 산문을 발표하였다. 다음의 글들을 통해 오랜 역사를 간직하고 있는 도시, 고령을 찾아 다쓰지가 무엇을 이야기하고 있는지 살펴보기로 하자. 다만, 여기에서는 경주와 부여에 관한 글을 앞에서 언급하였기에, 부여와 고령에서의 체험 일부로만 한정한다.

부여에서는 부여신궁어조영扶餘神宮御造營의 공사가 이미 시작되어, 근로봉사대의 땅 고르기 작업 등이 시작되고 있는 한편, 총독부 중견 청년 수련소의 본관 숙소 그 외의 건물에 십 수만 원 공사를 투입하기도 하여, 상당히 훌륭한 대규모 작업이 착착 공사를 진행하고 있었다. 이

---

20 이미 앞의 2장에서 밝힌 것처럼, 그가 남긴 한국 관련 시 9편에서, 경주에 관한 시는 「겨울 날」, 「계림구송」, 「노방음」, 「백 번 이후」의 4편이고, 부여에 관한 시는 「구상음」 1편이다.

도시 일대에 무척이나 생기가 넘치고 있는 느낌이 있었다.[21]

　부여 땅이 이처럼 사적史蹟으로 사람들의 주목을 모으며 내선일여
內鮮一如의 성지로 새로이 경영되려고 하고 있는 것에 자극받아서일
까. 임나任那의 옛 땅 고령(경상북도)도 유지들이 신궁어조영은 이쪽
에게 양보를 받아야만 했다. 어쩐지 이쪽은 조금 선전이 부족했다
든가 하는 불평도 회한도 하지 않는 것에 대해서 투덜거렸던 것은
조금 동정할만한 느낌이 있었다. 경주에도 부여에도 각각 총독부
박물관의 분관이 있어, 이미 그에 상응하는 설비와 내용을 갖추고
있는 것에 대해서, 고령에는 겨우 최근에 남총독부 휘호揮毫의 (어쩐
지 글자가 너무 졸렬한 듯 생각되었다) 기념비가 초등학교 언덕 위에
막 세워져, 정말이지 남이 보기에도 이쪽은 조금 출발이 너무 늦은
것처럼 받아들여졌다. 임나일본부任那日本府의 소재지 고령은 나 같
은 사람이 말하지 않아도 사적으로서 충분히 부여 경주에 비견해
서 뒤떨어지지 않는 유서 깊은 땅이기 때문에, 여기에도 적당한 설
비나 시설이 있어야만 할 것이라는 생각을 했다. 실제로는 이 땅의
유명한 산상의 고분군은 감시가 불충분하기 때문에 이미 종종 도
굴을 당했고, 바로 지금도 어쩐지 이쪽에서 보이지 않는 상대편에
서는 도굴을 하고 있는 것 같지만, 경찰 쪽에 말을 해도 아무래도

21　三好達治, 『三好達治全集』 12, 筑摩書房, 1965, p.363.

거기까지 손이 미치기 어렵기 때문에 별 도리가 없습니다. 곤란해 하고 있습니다. 하며 나를 안내하는 사람도 고개를 갸웃거리며 탄식하고 있는 듯한 형편이었다.[22]

위의 인용문은 다쓰지가 부여와 고령을 방문하고 쓴 글이다. 앞의 것은 부여 방문 때의 것이고, 뒤의 것은 고령 방문 때의 것이다. 앞에서 인용한 부여 방문에 관한 글은 초등학교 교육문제를 다룬 것으로, 여기서는 재차 언급하지 않기로 한다.

다쓰지는 당시 부여에서 진행되고 있는 대규모 공사에 대해 서술하고 있다. 당시 총독부 주관 하에 이루어진 공사가 부여라는 도시에 생기를 불어넣고 있는 작업으로 평가하고 있다는 것을 알 수 있다. 인용문 중의 '내선일여內鮮一如'는 일본과 조선이 하나라는 개념으로 쓴 말로, 부여가 '내선일여'의 성지로 새로이 태어나고 있다고 피력하고 있다. 그러나 그는 고령에서는 무척이나 안타까운 심정의 일단을 드러내고 있는데, 안타까움의 중요한 원인은 고령이 '임나일본부'이지만, 경주나 부여에 비해서 설비나 시설이 뒤져있고, 옛 고분군이 도굴당하고 있다는 점 때문이다. 특히 고령은 부여나 경주에 비해서 역사적으로 결코 뒤지지 않는 유서 깊은 도시지만, 종종 도굴을 당하고 있다는 사실

---

22 Ibid., p.364.

에 대해서는 유감을 표명하고 있다. 문화유산에 대한 그의 관심이 느껴진다. 다만, 그의 고령 방문기에 나타난, '내선일여'나 '임나일본부'라는 용어를 쓰고 있는 점을 감안하면, 당시 일제가 쓰던 용어나 일본의 잘못된 역사관에 의존하고 있음을 알 수 있다. 왜곡된 역사 지식을 갖고 있었던 것이다.

아무튼, 그는 고령이라는 도시가 갖는 역사성과 의의에 애착을 갖고는 있었지만, 고분군을 훼손하는 도굴 소식에는 안타까운 마음을 드러냈다. 하지만 한국인 독자의 입장에서는 그가 사용한 '내선일여', '임나일본부'와 같은 용어는 그의 한국 기행문에서 유감스러운 표현의 하나로 거론할 만하다.

3. 미요시 다쓰지와 김동환의 만남

다쓰지가 1940년 한국을 방문했을 때, 일반인 외에 한국의 문인들을 만나고 갔을까 하는 상상은 흥미롭다. 두 번째 한국 방문때에 시인 김동환을 만난 후에 쓴 「김동환 씨」라는 제목의 글이 있어 호기심을 불러일으킨다. 그들이 만나 무슨 얘기를 나누고 어떤 일을 했는지 글을 통해 살펴보기로 한다.

그 말투에 경솔한 모습은 없고, 나 자신 그러한 과분한 말을 받으면서, 겸연쩍지도 않고 안정감도 없게 생각하지는 않았다. 조금 과장되게 말하면, 나는 조선에 와서 십 며칠 만에 처음으로 한 사람의 사람을 만나기 시작했으며, 사람의 말을 듣는 듯한 안정된 느낌을 느꼈다. (…중략…) 얘기가 진행됨에 따라서 이 사람의 독실하고 단련을 거친 인품도 분명히 납득이 되었고, 졸저拙著 같은 것도 일전에 읽었다고 하는 그런 인연도 기쁘고, 이미 마음이 쓰이지 않고 스스럼없이 즐거운 기분으로 서로 얘기할 수가 있었다.[23]

인용문은 다쓰지가 김동환 시인을 만났을 때의 그에 대한 첫인상을 기록한 부분이다. 다쓰지는 1940년 10월 말쯤 그를 만났다고 쓰고 있다. 장소는 경성의 종로로 백화점 화신에 가까운 어느 빌딩의 4층, 잡지『삼천리』사무소에서였다고 한다. 그를 만난 첫인상은, "한 사람의 사람을 만나기 시작했으며, 사람의 말을 듣는 듯한 안정된 느낌을 느꼈다", "독실하고 단련을 거친 인품"이라며 좋은 인상을 받았다고 서술하고 있다. 특히, "졸저拙著 같은 것도 일전에 읽었다"는 것은 아마도 김동환 시인이 '다쓰지의 저서를 미리 읽은 적이 있다'는 뜻으로 해석하는 것이 좋을 것 같다.[24]

23 Ibid., p.368.
24 다쓰지와 김동환의 만남에 대한 하나의 자료가 있어 다시 한 번 소개한다. 다쓰지는 이때 시인 김동환에게 자신의 시집『초천리(艸千里)』를 직접 붓글씨로 써서 서명기증 했다는 기록이 보이고, 이렇게 기증한 책을 시인 김광림이 소장하고 있다(金光林,『日本現代詩人論』, 국학자료원, 2001, 88쪽 참조). 저자는 2003년경 김광림 시인의 댁을 방문한 적이 있는데, 그때 이 책을 본 적이 있다.

김동환은 우리에게 잘 알려진 시인이다. 1901년생. 죽은 해가 명확하지 않은 것은 1950년 한국전쟁 때 납북된 뒤의 자세한 행적에 대해서는 알려져 있지 않기 때문이다. 나이로 보면, 다쓰지가 한 살 위다. 장편 서사시 『국경의 밤』1925을 비롯해, 주요한朱耀翰, 이광수李光洙와 함께 펴낸 『삼인시가집三人詩歌集』 등이 우리에게 익숙한 저작물이다. 그의 이력을 검색하면, 일제강점기 친일행위를 한 사람으로 나온다. 1929년 6월 삼천리사를 운영하며 종합 잡지 『삼천리三千里』를 간행했고, 1938년에는 『삼천리』의 자매지로 문예지 『삼천리문학三千里文學』을 발간한 사람이기에, 다쓰지와 만났던 장소가 서울 종로의 백화점 화신에 가까운 어느 빌딩의 4층, 잡지 『삼천리』 사무소에서였다는 것은 전후 관계가 맞는 사실로 보인다.

그럼, 그들이 나눈 대화 내용 속으로 들어가 보자.

조선 작가들은 조선어로 써야 하는가 아니면 일본어로 써야 하는가. 조선 작가들의 작품을 일본어로 쓰고자 하는 것은 종래 꿈에도 생각하지 않았다.[25]

다쓰지가 조선문학의 일본어 번역문제에 대해서 질문하자, 김동

---

25 三好達治, 『三好達治全集』 12, 筑摩書房, 1965, p.370.

환 씨는, 물론 그런 기획은 정말 바람직하지만, 과연 그러한 것의 출판을 받아줄 출판사가 있겠는가. 자신이 없습니다. 하는 대답을 했고, 다쓰지는 오늘날의 정세로는 오히려 찾기 쉽겠지만, 제대로 된 번역자가 있을까 하는 질문을 던졌고, 그런 재능을 가진 사람을 찾는 것은 그렇게 곤란하지 않겠다고 했지만, 다쓰지는 과연 그런 번역서가 팔릴까요. 내용만 좋으면 팔리겠지요. 와 같은 말을 하며 대화를 주고받았다. 김동환 씨의 대화 태도는 지금까지 생각하지 않았던 새로운 희망의 신호에 답하는 무언가 생기발랄한 마음이 내키는 충동적인 것이 보였고 그것이 바로 내게도 감염되어 오는 것을 느꼈다.[26]

조선어로 된 책을 일본어로 번역하거나 출판함에 있어서 경제적인 보증이 필요하지만 조선에는 그런 경제력을 펼칠 사람이 없다.[27]

세 개의 인용문은 그 당시 한국의 작가들이 일본어로 작품을 써야 하는 것은 꿈에도 생각해보지 않았다는 것과 한국문학을 일본어로 번역하는 것에 대한 문제, 그리고 번역 출판에 필요한 경제력 확보에 관한 것, 이렇게 세 가지에 대해서 다쓰지와 김동환이 나눈 대화다. 그러한 문제에 대해서 특별하게 결론을 낸 것은 없어 보인

---

26 Ibid., pp.371~372.
27 Ibid., p.372.

다. 다만, 대화 과정에서, 다쓰지는 그런 문제를 바라보는 김동환 시인의 태도에 대해서, "새로운 희망의 신호에 답하는 생기발랄한 마음이 내키는 충동적인 것이 보였"다고 쓰고 있으며, 그러한 태도가 다쓰지 자신에게도 전해오는 느낌을 가졌다고 밝히고 있다.

다음은 한국문학에 대한 다쓰지의 생각이 잘 드러나 있어 주목할 만한 문장으로 읽혀, 소개한다.

시인 김소운 씨의 번역시 몇 편을 보면―그중에는 김동환 씨의 작품도 보였다―거기에 보이는 시혼詩魂과 시재詩才라는 것이 아마도 세계적인 수준에 있는 것이며, 우리들 오늘날의 일본 시단의 현상에서는 오히려 부러워할 만한 품위와 기품이 있는 것이었다. 번역 시인으로서의 김소운 씨 재능은 천분天分을 만약 예로 들어봐도 무릇 조선 시인의 자질천분資質天分이라는 것이 상당히 괄목할만하다는 것. 이것은 분명하다.[28]

나는 조선의 현대문학, 그 산문 문학에 대해서는 되풀이해서 말한 대로 온전히 아는 바는 없지만, 그 예술적인 본질에 대해서는 어떤 확실한 신뢰를 느끼고 있다는 것을 거듭 부언해두고 싶다.[29]

---

28 Ibid., p.373.
29 Ibid., p.373.

인용문은 다쓰지가 당시의 한국문학의 수준에 대해 높은 평가를 하고 있다는 것을 알게 한다. 특히 김소운 시인에 대해서는 번역 시인으로서의 자질이 세계적이라는 평가를 하고 있다. 우리에게 잘 알려진 김소운은 시인이며 수필가, 번역문학가다. 그의 활동 분야는 다방면에 걸쳐 있는데, 그 가운데서도 가장 중요한 것은 일본에 한국문학을 번역하여 소개한 일이다. 다쓰지가 이 당시의 김소운을 훌륭한 번역가로서 기억하고 있는 것은 아마도 『조선의 농민가요』1927를 일본의 『지상낙원地上樂園』지에 번역·소개한 사실과, 『조선구전민요집朝鮮口傳民謠集』1933, 『조선동요선朝鮮童謠選』 등의 번역물이 영향을 끼쳤을 것으로 생각된다.

또한 다쓰지는 한국의 산문 문학에 대해서도 그 예술적인 본질을 평가하며 확실한 신뢰를 갖고 있다는 점을 강조하고 있는데, 이러한 점으로 미루어봐서 그는 일부 한국의 시인이나 소설가 등에 대해서 높은 평가를 하고 있었다는 것을 알 수 있다.

이처럼 다쓰지는 한국인 시인 김동환을 만나 나눈 대화를 꼼꼼히 기록하여 수필로 남길 만큼, 그와의 만남을 대단히 즐거운 추억으로 생각하였다. 한국문학에 대해 일본어로 번역하는 문제, 한국문학에 대한 높은 평가 등은 일본을 대표하는 시인 다쓰지가 평소 한국문학을 바라보는 시각을 드러냈다는 점에서 흥미로운 자료다.

4. 마무리 글

이 글은 미요시 다쓰지가 한국을 여행하고 난 뒤 일본에 돌아가서 발표한 수필 중에서, 「추일기」, 「남선잡기」, 「김동환 씨」의 세 편을 텍스트로 하여 그가 본 한국의 사회상이나 한국인에 대한 이미지 등을 살핀 것으로, 다음의 사실을 얻을 수 있는 성과가 있었다.

첫째, 다쓰지는 한국의 초등교육에 대해 각별한 관심을 보여주었다. 부여나 경주 등의 초등학교를 둘러보고서, 당시 한국인의 교육열이 높다는 사실과 함께, 초등교육을 담당하고 있는 교사들에 대한 찬사를 나타냈다. 또한 당시 초등학교 교육의 현장에서 일본어가 통용되고 있다는 점에 고무되고 있었다. 둘째, 그는 경성의 거리를 둘러보고는 도시가 깨끗하고 아름답다는 이미지와 더불어, 한국의 여성들을 쾌활하고 명랑하며 번역서를 읽고 독서를 즐기는 지적 여성으로 표현하였다. 화장을 하고 핸드백을 들고 다니는 비교적 세련된 모습도 그의 기억에 남은 이미지였다. 셋째, 다쓰지는 경성 부근의 촌락을 둘러보고, 한국 농민들의 근면 성실한 모습뿐만 아니라 농업 경영방식에도 경탄하였다. 그러나 일제가 당시 농민들의 수확물을 수탈해가는 모습도 언급하며, 당시 농민들의 근심을 고발한 문장도 거침없이 썼다. 넷째, 고령을 방문하였을 때는, 도굴꾼에게 고분군이 훼손당하는 현실을 안타까워하기도 했다. 그는 고령의 역사성에 대해 애착을 갖고는 있었지만, 고령을 '임나일본부'라고 표현하고, 한국에 대해 '내선일여'와 같은 용어를 씀으로써, 당시 일제가 갖고 있던 왜곡된 인식이나 역사 지식도 드러냈다. 다섯째, 김동환 시인과 나눈 대담을 통해서는, 그가 한국문학과 한국 문인을 수준 높게 평가하고 있음을 감지할 수 있었다.

이처럼 다쓰지는 1940년 당시의 한국을 여행하고 한국인의 거리와 생활상 그리고 한국인의 인상 등을 비교적 섬세한 필치로 그려낸 일본인 지식인이었고 일본인 시인이었다. 그가 대체적으로 따뜻한 눈길로 한국과 한국인을 바라보고, 한국인의 장점을 발견하고자 하는 점은 의미 있게 읽히기도 하였다. 그러나 당시 일본이 주장하던 잘못된 역사적 지식을 갖고 있었다는 점, 그리고 한국 내에 일본어가 통용되고 있는 사실에 대해서 고무되었던 점 등을 고려하면, 그에게는 일본인으로서의 우월 의식도 어느 정도는 잠재하고 있었음을 보여주는 것이었다.

제2부

일본 프롤레타리아 시인이
노래한 '한국'

제1장

/

간도 땅 빨치산을 노래한 시인
마키무라 히로시槇村浩

한국인에게 간도와 함경도는 어떤 의미를 지니고 있을까. 이들 지명은 굳이 근·현대사를 논하지 않더라도 민족의 애환 그리고 이주와 저항의 통로라는 함의를 가진 곳으로 인식되고 있다. 이들 두 지명을 둘러싸고 이루어진 한국문학의 성과[1] 또한, 우리에게 한국을 대표하는 문학의 하나로까지 자리 잡고 있음도 부정할 수 없는 사실이다.

그러나 이들 지명을 둘러싸고 일제강점기 때 19세의 젊은 일본인 시인이 시를 썼다는 사실은 무척이나 낯설다. 그것도 한국

---

1 우리들의 귀에 익숙한 대중가요인 김정구의 「눈물 젖은 두만강」은 함경과 두만강에 대한 이미지를 잘 나타내 주는 사례다. 또한 근대 이후에 쓰인 문학작품을 예로 들면, 시 쪽에서는 이용악의 「천치의 강아(天痴의 江아)」를 들 수 있고, 소설 쪽에서는 안수길의 『북간도』, 박경리의 『토지』, 홍성원의 『먼동』과 『그러나』, 김원일의 『늘 푸른 소나무』, 조정래의 『아리랑』, 이문열의 「아우와의 만남」 등을 들 수 있다.

인을 시의 화자로 내세워 시를 꾸렸다는 사실과 이 시의 근간을 이루는 것이 한국의 독립을 간절히 바라는 평화주의자의 시각이라면 생경함을 넘어서서 흥미로워진다. 이 글은 이러한 시의 성격을 갖는 마키무라 히로시槇村浩의 장시 「간도 빨치산의 노래間島パルチザンの歌」에 주목하여, 그 의미구조를 밝히려는 목적으로 쓰인다. 이 작품은『프롤레타리아문학 プロレタリア文學』4에 실린 것으로 1932년 작이다. 시 전체가 무려 15연 183행으로 구성되어 있다. 무엇보다 이 글을 쓰는 가장 중요한 이유는, 아직까지 한국에서 이 시에 대한 연구가 이루어지지 않았다는 점이다. 이는 한국의 일본 연구자들 중에서 시 연구자가 절대 부족한 현실을 감안하면 당연한 현상인지도 모른다. 거기에 더하여, 오랫동안 반공을 국시로 삼았던 과거 대한민국 정부의 사상적 측면과도 맞지 않았던 점도 한 원인으로 작용했을 것이다.

그러나 일본에서는 이 시를 거론한 사례가 있었는데, 박춘일의『근대일본문학에 있어서의 조선상近代日本文學における朝鮮像』이 바로 그것이다. 그는 책 속에서, 이 작품을 나카노 시게하루中野重治, 1902~1979의 「비 내리는 시나가와 역雨の降る品川驛」 등, 몇몇 작품과 함께 높은 예술성을 인정받은 프로문학으로 평가[2]하고 있다. 하

---

2   예를 들면, 박춘일은 그 당시 일본에서 쓰인 프롤레타리아 작품 중에서, 높은 예술성을 가지며 동시에 조선을 주제로 한 시로, "나카노 시게하루(中野重治)의 「비 내리는 시나가와 역(雨の降る品川駅)」, 이토 신키치(伊藤信吉)의 「해류(海流)」, 오구마 히데오(小熊秀雄)의 「장장추야(長長秋夜)」, 마키무라 히

지만 다분히 그의 분석은 사상적인 측면에 중점을 두고 있어,[3] 시어 중심의 구체적인 의미 분석에는 미치지 못하고 있다.

따라서 이 시에 대한 연구는 일제강점기에 쓰인 일본 프롤레타리아 시의 대표적인 사례를 한국에 소개한다는 것 이상의 값어치를 가질 것이다. 왜냐하면, 한국문학 쪽에서나 일본문학 분야에서이 시에 대한 관심이나 인지가 부족한 현실에서, 이 글이 향후 한일 양국의 문학사적 연구 및 사상사적 연구에도 일정 부분 기여하리라는 판단에서다. 양국의 근·현대사는 세계사의 전개과정과서로 맞물려 있는 법. 그러면 우리에게도 적지 않은 시사점을 제공해 줄 것이고, 그러한 점에도 기여하게 된다면 이 글의 몫은 충분하다.[4]

이와 같은 기대 효과를 생각하며 이 글이 규명하는 문제는 다음의 것이다. 첫째, 시에 나타난 화자의 개인사와 역사적인 사건

로시(槙村浩)의 「간도 빨치산의 노래(間島パルチサンの歌)」"등을 들고 있다 (朴春日, 『近代日本文學における朝鮮像』, 未來社, 1969(增補版, 1985), p.175 참조).

3 박춘일, 『近代日本文學における朝鮮像』, 未來社, 1969(增補版, 1985), pp.194 ~212 참조.

4 일본문학사에서의 프롤레타리아문학은 시기적으로 보면 1921년 무렵부터 1934년까지로 보는 것이 일반적이다. 불과 10여 년 남짓. 한국의 역사와 견주었을 때는 일제강점기와 겹친다. 이때의 일본 프롤레타리아문학 작가들은 빈곤과 차별을 경험하고 있는 인간이 직면하고 있는 모든 문제의 밑바닥에는 사회체제에 문제가 있다고 보았다. 또한, 그러한 문제 해결을 위한 방법으로 체제의 변혁을 생각하고 작품 활동을 전개하였으며, 문학 활동을 통해 당면한 과제들을 극복하고자 하였다. 이러한 사실은 당시의 프로문학이 행한 중요한 특징의 하나로 꼽을 만하다.

들이 어떤 연관성을 띠며 시적 이미지를 창출하고 있는가. 둘째, 일제에 대한 만행의 역사를 어떻게 묘사하고 있으며, 그와 관련하여 화자의 사상적 배경은 어디에 있고, 한국의 독립을 기원하는 마음은 어떤 구체성을 띠고 나타나는가. 셋째, 시적 구성이 시의 우수성에는 어떻게 기여하고 있는가 등이 그것이다.

시 분석은 그 내용에 따라 크게 4부로 구성되어 있다고 파악하여, 각각의 의미구조를 살핀다. 1부(1연에서 3연까지 19행)에는 시의 공간적 배경과 시적 화자의 가족에 관한 추억의 묘사에 할애되어 있다. 2부(4연에서 7연까지 51행)에는 시의 사상적 축을 형성하고 있는 러시아 혁명과 한국의 3·1만세운동과 같은 역사적 사건이 소재로 다루어지고 있다. 3부(8연에서 12연까지 74행)에는 한국인들에 가한 일본 제국주의의 만행을 사실적으로 고발하고 있을 뿐 아니라, 이러한 일제에 항거하지 않고 항복하는 것은 절대 있을 수 없다는 단호한 의지 표명이 서술되어 있다. 그와 동시에 러시아의 사회주의에 대한 그리움의 일단도 드러나 있다. 마지막으로 4부(13연과 15연 39행)에는 간도 빨치산이 일제에 대해 항거를 하면서 실패와 좌절도 있었지만, 결코 죽지 않는 불사신으로서의 역할을 다할 것이라는 다짐과 함께 일제 타파를 위하여 사회주의운동의 국제적인 조직의 공조를 희망하는 내용도 그려져 있다.

1. 함경도의 추억과 가난

「간도 빨치산의 노래」를 쓴 마키무라는 1912년 일본 고치현高
知縣 출신으로 본명은 요시다 도요미치吉田豊道다. 2살 때 간판의
글자를 읽었고, 초등학교 때는 신동이었다고 전해진다. 초등학
교 재학시절부터 많은 동요와 시를 지어 문학의 천재라는 칭송
도 받았다. 11세 때 일본의 자경단自警團 단원들이 재일 한국인을
무차별로 학살하는 것을 보고 충격을 받아 일제의 침략정책에
대한 비판의식을 갖게 되었다고 한다. 그는 1931년 도쿄대학東京
大學 문학과에 입학하였고, '일본프롤레타리아 작가 동맹'에 가입
하여 한국인 김용제金龍濟 시인 등과 교류하며 일제의 식민지 통
치를 받던 조선인들의 현실 상황과 조선인 민족주의자들의 항일
독립운동 등에 관심을 가졌던 인물이다. 그는 이 글에서 다루는
「간도 빨치산의 노래」 외에 중일전쟁의 비명분과 부당성을 지적
하는 「살아있는 총기銃架」, 「출정」 등을 남겼는데, 이러한 일련의
작품들로 인해 대표적 반전시인反戰詩人으로 그 이미지가 굳어진
다. 또한, 그의 시풍詩風은 철저한 정치주의에 바탕을 둔 격조 높
은 프롤레타리아 시의 고전적 위치를 확보했다는 평가도 함께
한다. 1936년 일본의 중국침략을 비판하고 조선총독부 철폐와
천황제 폐지를 주장하는 유인물을 배포하다가 검거되어 이치가
야市ヶ谷 형무소에서 3년 동안 복역하기도 했다. 출옥 후 건강이

악화되어 정신병원에서 젊은 나이로 세상을 떴다. 26세였다. 그가 죽은 26년 후에 시집『간도 빨치산의 노래間島パルチザンの歌』가 나왔으며, 시인의 생활을 그린 소설로는, 도사 후미오土佐文雄의『인간의 뼈人間の骨』1966년, 新讀書社, 오하라 도미에大原富枝의『하나의 청춘一つの青春』1968년, 講談社이 있다. 이런 사실로 미루어 보아 일본에서는 시인의 사후에 적으나마 그의 삶을 평가하는 작업이 있었다고 볼 수 있다.[5]

그럼 먼저, 작품의 1부(1연부터 3연까지)에 담긴 시의 의미구조를 보자. 1부의 일부를 읽는다.

추억은 나를 고향으로 나른다
백두의 고개를 넘어, 낙엽에서 소나무 숲을 넘어
갈대 뿌리 까맣게 어는 늪 저편
불그스름한 갈색으로 퇴색한 땅의 표면에 까만 오두막집이 이어
지는 곳
꿩高麗雉子이 계곡에 울음 우는 함경咸鏡의 마을이여

눈 녹은 오솔길을 밟고

5　시인의 연보에 관한 것은 다음의 자료를 참조하였음. 日本近代文學館 編,『日本近代文學大事典』(第3卷), 講談社, 1984, p.226;『日本人名大事典』, 講談社, 2001, p.1733.

지게를 지고 마른 낙엽枯葉을 모으러

누나와 올랐던 뒷산의 졸참나무 숲이여

산지기에 쫓겨 자갈길을 달려 내려가는 두 사람의 어깨에

짊어진 새끼줄은 얼마나 심하게 파고들었던가 (…중략…)

구름은 남쪽으로 조각조각 흩어지고

열풍熱風은 논 두둑으로 흐른다

산에서 산으로 기우祈雨를 하러 가는 마을 사람들 중에

아버지가 짊어진 가래鍬 끝을 바라보면서

현기증이 이는 허기진 배를 참으며

누나와 손을 잡고 넘어갔던

그 긴 비탈길이여

思ひ出はおれを故郷へ運ぶ / 白頭の嶺を越え、落葉から松の林を
越え / 蘆の根の黒く凍る沼のかなた / 赭ちゃけた地肌に黝ずんだ小
舎の續くところ / 高麗雉子が谷に啼く咸鏡の村よ // 雪溶けの小徑
を踏んで / チゲを負い, 枯葉を集めに / 姉と登った裏山の楢林よ /
山番に追われれ石ころ道を驅け下りるふたりの肩に / 背負繩はい
かにきびしく食い入ったか （…中略…） // 雲は南にちぎれ / 熱風は
田のくろに流れる / 山から山に雨乞いに行く村びとの中に / 父の
かついだ鍬先を凝視めながら / 眼暈のする空き腹をこらえて / 姉

우선 이 시는 1연부터 15연까지를 모두 읽어 내려가다 보면, 마치 한 편의 소설을 읽는 듯한 느낌이 들게 한다. 어느 한 개인의 일상사와 당시의 커다란 역사적 사건이 조화를 이루고 있는 가운데, 함경과 간도를 둘러싼 식물명과 관련 지명 및 산하가 등장하면서 이 양자의 조화에 어울린다. 그것은 분명 이 시가 수작으로서의 평가를 확보하는 데 일조하고 있다. 그리고 무엇보다도 이 시는 작품을 쓴 시인인 일본인이 한국인의 입장에서 시를 쓰고 있다는 점이 놀랍다. 시를 구성하는 기본 축의 하나인 시의 화자인 '나'를 통해 한국의 고향을 추억의 대상으로 삼고 있다.

이 서사시의 1연부터 3연까지는 시적 화자의 고향에 대한 그리움과 함께 아버지, 어머니, 누나와 같은 가족들과의 추억이 진하게 배어 있다. 1연은 시의 공간적 설명이다. 함경도의 어느 추운 지방이다. 계곡의 마을에 울음 우는 꿩을 통해 이곳이 산촌이라는 것을 알게 한다. 또한, "까만 오두막집이 이어지는 곳"(1연)과 "현기증 이는 허기진 배"(3연)와 같은 표현으로 보아서는 이 산촌의 경제 규모가 극히 열악하다는 것도 짐작하게 한다. 어찌 보면 이 시의 시간적 배경인 일제강점기를 살았던 우리 민족의

---

6   이하 시 전문은 野間宏 外編, 『日本プロレタリア文學大系』 6, 三一書房, 1954, pp.305~308에서 인용했음.

생활 상태가 전해져 오는 것 같다. "그 긴 비탈길"은 배고픔에 허덕였던 우리 선조들의 생활상이 고스란히 우리들의 가슴으로 이어지는 듯하다. 여기에서는 '나'가 과거의 추억으로 끌고 가기 위한 의도로 읽힌다. 화자와 누나와의 잊을 수 없었던 추억이 파노라마처럼 다가온다(2연). 경험이 있는 사람이 아니더라도 "산지기에 쫓겨 자갈길을 달려 내려가는 두 사람의 어깨에 / 짊어진 새끼줄은 얼마나 심하게" 아프게 했는지는 상상하고도 남음이 있다. 1연이나 2연과 달리 3연은 화자 고향의 여름을 묘사하는 데 할애하고 있다. 이곳은 지리적으로 비가 잘 내리지 않는 곳. 한반도에서 기온이 가장 낮고, 연평균 강수량650~700mm이 적은 지역에 속하며, 대륙성 기후의 특성이 뚜렷한 지역이다. 당시의 여름 가뭄이 상징적으로 나타난다. 이 지독한 가뭄은 물론 가난에 찌들게 했고, 배고픔에 대한 인내를 강요했을 것이다. "열풍熱風은 논두둑으로 흐른다 / 산에서 산으로 기우祈雨를 하러 가는 마을 사람들"에서, '열풍'은 열기를 품은 뜨거운 바람이 아닌가. 논이 갈라지듯 가슴이 갈라진 마을 사람들은 비 내리기를 간절히 바라고 있었다. 아버지가 짊어진 '가래'는 흙을 떠서 던지는 데 쓰는 농기구다. 이 가래를 짊어지고 기우제를 지내러 가는 아버지는 비가 내리면 곧 농사 일을 하겠다는 강한 의지를 내비치고 있다.

　1연에서 3연까지는 시의 화자가 살았던 고향 마을이 백두 봉우리에 위치해 있는 산촌이며, 비가 적었던 곳이라 여름에는 가

몸에 시달렸으며 이로 인한 배고픔이 있었으나, 화자와 화자의 누나는 손을 잡고 긴 비탈길을 넘어갈 만큼 따뜻한 우애를 발휘하고 있다는 것을 시로 형상화해냈다. 즉, 함경의 지리적인 모습과 경제적 상황, 누나와의 잊히지 않는 추억이 감동적으로 그려졌다.

2. 러시아 혁명과 3 · 1만세운동을 겹쳐 노래하다

그러면 화자에게는 누나와의 아름다운 추억 외에 또 다른 즐거웠던 경험으로 무엇이 있었을까. 그 당시의 '러시아 10월 혁명'과 한국의 '3 · 1만세운동'이 화자에게 어떠한 의미로 다가왔을까. 시의 4연에서 7연까지는 그러한 사실에 대한 구체성을 띠고 있다. 그 부분의 일부를 읽기로 하자.

수양버들 뿌옇게 보이는 서당 뒤에
폐를 앓으며, 도시에서 돌아온 젊은 사람의 얘기는
소년인 우리들에게 얼마나 즐거웠던지
젊은이는 열기를 띠자마자 금세 기침을 했다
기침을 심하게 하면서
그는 차르Tsar의 어두운 러시아를 얘기했다 (…중략…)

차르의 검은 독수리가 찢어지고

모스크바의 하늘 높이 낫과 망치가 그려진 빨간 깃발이 나부꼈던

그 날의 일을

얘기를 멈추고 휘파람을 부는 그의 옆얼굴에는 고통스런 홍조가

흐르고

피가 저고리의 소매를 새빨갛게 물들였던

최 선생이라고 불리는 그 젊은이는

그 대단했던 우렁찬 고함이 조선을 뒤흔든 봄도 보지 못하고

잿빛의 눈이 내릴 듯한 하늘에 희망을 던지고 고향의 서당에서

죽었다

그렇지만 자유의 나라 러시아 얘기는

얼마나 깊은 동경과 함께, 내 가슴에 스며들었던가

나는 북쪽 하늘에 울리는 훌륭한 건설의 바퀴 자국 소리를 들으며

고국을 갖지 못한 우리들 어두운 식민지 생활을 생각했다 (…중략…)

너의 땅 밑바닥에서

이천만의 민중을 뒤흔들 분노의 용암을 생각하라!

오오 3월 1일!

민족의 피가 가슴을 치는 우리들 어느 한 사람이

무한한 증오를 한 순간에 내동댕이친 우리들 어느 한 사람이

1919년 3월 1일을 잊을 수 있을까!

그 날

「대한독립만세!」 소리는 전 국토를 흔들었고

짓밟힌 일장기를 대신해서

모국의 깃발은 가가호호마다 나부꼈다

가슴에 밀려오는 뜨거운 눈물로 나는 그 날을 생각한다!

반항의 우렁찬 고함은 고향의 마을에까지 전해졌고

자유의 노래는 함경의 봉우리 봉우리에 메아리쳤다

오오, 산에서 산, 골짜기에서 골짜기로 넘쳐났던 학대받은 자들

의 무수한 행렬이여! (…중략…)

목소리가 마르도록 부모와 누나와 아우가 외치면서 복받쳐 오는

뜨거운 것에 나도 모르게 흘렸던 눈물을

나는 결코 잊지 않는다!

えぞ柳の煙る書堂の蔭に / 胸を病み,都から歸って來たわかもの

の話は / 少年のおれたちにとってどんなに樂しかったか / わかも

のは熱するとすぐ咳をした / はげしく咳き入りながら / 彼はツ

アールの暗いロシアを語った (…中略…) / ツアールの黑鷲が引き裂

かれ / モスコーの空高く鎌と槌の赤旗が飜ったその日のことを /

話し止んで口笛を吹く彼の橫顔には痛々しい紅潮が流れ / 血が繻衣

の袖を眞赤に染めた / 崔先生と呼ばれたそのわかものは / あのす
さまじいどよめきが朝鮮を搖るがした春も見ずに / 灰色の雪空に
希望を投げて故郷の書堂に逝った / だが，自由の國ロシアの話は /
いかに深いあこがれと共に，おれの胸に沁み入ったか / おれは
北の空に響く素晴らしい建設の轍の音を聞き / 故国を持たぬおれ
たちの暗い殖民地の生活を思った （…中略…） // お前の土のどん底
から / 二千万の民衆搖り動かす憤激の溶岩を思え! // おお三月一
日! / 民族の血潮が胸を搏つおれたちのどのひとりが / 無限の憎惡
を一瞬にたたきつけたおれたちのどのひとりが / 一九一九年三月
一日を忘れようぞ! / その日「大韓獨立萬歳!」の聲は全土をゆるが
し / 踏み躙られた日章旗に代えて / 母國の旗は家々の戸ごとに飜っ
た // 胸に迫る熱い泪をもっておれはその日を思い出す! / 反抗のど
よめきは故郷の村にまで傳わり / 自由の歌は咸鏡の嶺々に谺した /
おお、山から山、谷から谷へ溢れ出た虐げられたものらの無數の
列よ! （…中略…） / 聲を涸らして父母と姉弟が叫びながら、こみ上
げてくる熱いものに我知らず流した泪を / おれは決して忘れない!

인용 부분에서 화자는 러시아 혁명과 3·1만세운동에 자극받
은 심정의 일단을 피력하고 있다. 러시아 10월 혁명에 대한 절
대적인 공감이다. "차르의 검은 독수리가 찢어지고 / 모스크바의
하늘 높이 낫과 망치가 그려진 빨간 깃발이 나부꼈던 그 날의

일"(4연)은 러시아 혁명의 성공적인 완성을 뜻한다. '차르'는 제정 러시아의 황제를 가리키는 말이다. 이는 읽는 이에게 화자가 갖고 있는 명확한 사상성을 드러낸다. 역시 3·1 만세운동도 같은 관점에서 다루어진다. 따라서 인용 부분에서 주목이 가는 곳도, "폐를 앓으며, 도시에서 돌아온 젊은 사람의 얘기는 / 소년인 우리들에게 얼마나 즐거웠던지"와 "자유의 나라 러시아 얘기는 / 얼마나 깊은 동경과 함께, 내 가슴에 스며들었던가"(4연)이다. 또한 "민족의 피가 가슴을 치는 우리들 어느 한 사람이 / 무한한 증오를 한 순간에 내동댕이친 우리들 어느 한 사람이 / 1919년 3월 1일을 잊을 수 있을까!"와 "목소리가 마르도록 부모와 누나와 아우가 외치면서 복받쳐 오는 뜨거운 것에 나도 모르게 흘렸던 눈물을 / 나는 결코 잊지 않는다!"(7연)이다. 이 부분은 러시아의 사회주의 사상에 대한 동경과 일제에 대한 강한 민족적 저항의식이 동시에 나타나고 있다는 점에서 주목된다. 이 두 가지를 문학과 접맥시키고 있다는 것은 시 전체에서 보면 시의 사상적 배경을 제시하는 것이다. 즉, 일제에 대한 항거의식은 차후 러시아의 사회주의와 결부한 당시의 계급 투쟁적인 마르크스주의와 그 사상적 배경을 같이 하는 작품으로 평가할 수 있는 바탕이 된다는 뜻이다. 물론 이러한 사실을 이 시를 쓴 시인인 마키무라의 연보와 결부시켜 보면, 그 사상적 배경은 그리 어렵지 않게 파악된다. 시인은 19세 되던 해에 일본프롤레타리아 작가동

맹에 가입한다. 다음의 글 역시 그의 사상적 배경을 이해하는 데 중요한 열쇠를 제공해 준다.

일본 프롤레타리아문학 운동의 실마리를 연 동인지『씨 뿌리는 사람種蒔く人』은, 러시아 혁명이라는 것을, 그 창간 때부터 목표의 하나로 삼고 있었고, 그 후에도 소련 문화 혁명기(혁명 직후부터 30년대 초까지. 스탈린주의主義의 확립에 의한 소비에트 문화의 체제화와 함께 끝난다)의 문화, 문학은, 일본을 포함하여 세계 각국에 강렬한 영향을 펼쳤고, 모스크바를 본거지로 하는 국제적인 문학 조직으로까지 만들어지기에 이르렀다.[7]

즉, 이 글에서 다룬 시도 그 사상적 배경이 러시아 혁명에 기인하고 있음을 간접적으로 알려준다. 주지하다시피, 일본의 프롤레타리아문학은 1921년경부터 1934년경까지의 문학 중에서 프롤레타리아 해방운동과 관계있는 사회주의적 또는 공산주의적 혁명 운동을 총칭하는 말이다. 일본에서 프롤레타리아문학이 조직적인 운동으로 활기를 띤 계기를 제공한『씨 뿌리는 사람』의 창간이 1921년인 것으로 미루어 보면, 1931년을 전후로 한 마키무라의 일본 프롤레타리아 작가 동맹 가입은 분명 그에게 러

---

7 日本近代文學館 編,『日本近代文學大事典』第4卷, 講談社, 1984, pp.451~452.

시아 혁명에 대한 공감을 품게 했을 것이라는 추측을 가능하게
한다.

다음의 글도 그가 이 시를 직접적으로 쓰게 했다는 자료로 받
아들이기에 충분한 설득력이 있어 보인다.

「1931년에 우리들은 간도 빨치산의 존재를 몰랐다. 도사±佐의 한
쪽 구석에 있는 18세 청년이 어디에서 그것을 알았으며, 일찍이 혁
명적 조선인의 혼魂에 관계해서 그런 시를 창조할 수 있었던가」라
는 것이다. 여기에 대한 회답은, 당시 고치현에서 전협全協(노동조
합 전국 협의회 · 비합법)과 공산청년동맹의 지하운동에 관여하고
있었던 하마다 이사무浜田勇의 발언에 있다. 그는, 「그것은 무산자신
문無産者新聞입니다. 거기에 한 번인가 두 번인가, 간도 빨치산의 투쟁
기사가 보도되었습니다. 마키무라는 그것을 읽고, 그 시정詩情을 격
발激發하셨습니다」라고 말하고 있다.[8]

인용문은 하마다 이사무浜田勇의 회고를 바탕으로 한 것인데,
「간도 빨치산의 노래」 창작의 직접적인 계기를 들려주는 회고담
이다. 이 자료를 근거로 하면, 당시 마키무라가 「무산자신문」에
서 읽은 간도 빨치산 투쟁기사가 시 창작의 계기를 제공했다는

---

8   朴春日, 『近代日本文學における朝鮮像』, 未來社, 1969(增補版, 1985), p.208.

설명이다. 「무산자신문」은 1925년 9월 20일부터 1929년 8월 20일까지 발간된 것으로, 일본 공산당 재건 그룹의 합법 기관지였다. ① 전국 무산계급의 정치신문, ② 대중의 일상 투쟁의 무기, ③ 무산계급 전위의 결합 촉진이라는 세 가지 슬로건을 내걸었으며, 유력한 좌익 합법지로 크게 영향력을 가진 신문이었다. 러시아 혁명을 공감했던 그가 자연스럽게 이 신문을 보았을 것이라는 추측과, 이로 인해 시 창작의 계기를 마련했을 것이라는 생각은 설득력을 갖기에 충분하다.

따라서 시에서 화자에게 즐거움을 주는 주체도 최 선생과 그의 얘기로 설명될 수 있다. 최 선생은 러시아에서의 혁명을 통해 러시아는 '자유의 나라'가 되었다고 표현하는 사회주의 사상을 갖고 있는 사람이다. 그가 들려준 러시아 얘기는 '혁명의 완성이 주는 자유'로 귀결되는 양상을 보여준다. 그는 가슴을 앓았으며, 얘기에 열기를 띠자마자 금세 심한 기침을 했고, 얘기를 멈추고 휘파람을 부는 옆얼굴에는 고통스런 홍조가 흘렀으며, 피가 저고리의 소매를 새빨갛게 물들인 폐결핵 환자로 짐작된다. 그러한 폐결핵 환자가 러시아 혁명 얘기를 할 때, 화자는 그 얘기에 흠뻑 빠져 가슴 벅찬 감동을 느끼고 있었다. 화자는 러시아 혁명과 같은 일이 한국에도 일어나기를 바라는 마음도 갖고 있었다. 그러한 마음이 구체성을 띤 것이, 최 선생의 죽음을 표현하는 대목인, "그 대단했던 우렁찬 고함이 조선을 뒤흔든 봄도 보지 못

하고 / 잿빛의 눈이 내릴 듯한 하늘에 희망을 던지고 고향의 서
당에서 죽었다"(4연)이다. 여기에서 우렁찬 고함이 조선을 뒤흔
든 봄은 1919년 3월 1일의 3·1만세운동이라는 것은 쉽게 짐작
이 간다. 또한, 아직도 일제에서 벗어나지 못한 조국의 안타까운
현실에 대해서 "어두운 식민지 생활을 생각"(4연)하는 화자의 고
뇌도 예사롭지 않게 비치고 있다.

　1919년 3월 1일의 상황을 잊지 못하는 화자는 그 날의 일을
생생하게 전하고 있다. 남녀노소를 통해 제시한 그 당시 사람들
의 만세운동의 표현은 자연의 이름들 즉, 산, 골짜기, 봉우리, 고
개 등의 시어와 조화를 이루며 시적 효과를 극대화하고 있다.
"「대한독립만세!」 소리는 전 국토를 흔들었고 / 짓밟힌 일장기를
대신해서 / 모국의 깃발은 가가호호마다 나부꼈다"(6연)는 3·1
만세운동이야말로 전 국민이 참가해서 일제를 극복하고 범국민
적으로 자유를 찾기 위한 운동이었다는 것을 상징한다. 당시의
"이 천만" 인구가 일제를 흔들 수 있는 "분노의 용암"으로 묘사
되고 있음도 같은 맥락이다.

　4연에서 7연까지는 이 시의 사상적 배경인 러시아의 사회주
의 혹은 프롤레타리아 사상과 함께 일제에 대한 강한 항거의식
을, 역사적 사건인 러시아 10월 혁명과 한국에서의 3·1만세운
동과 접목시켜 시로 훌륭하게 형상화했다. 이러한 과정에서 개
입된 최 선생은 '나'라는 화자와 함께 프롤레타리아 혁명의 완성

이 곧 자유의 나라를 찾는 길임을 암시해 주는 중요한 기능을 담당했다.

3. 일제 만행의 비판과 북향北向하는 학

오오, 우리들 자유의 기쁨은 너무나도 짧았다!

저녁 무렵 나는 지평의 벼랑에

연기를 올리며 돌진해 오는 검은 집단을 보았다

악마처럼 횃불을 던지며 이 마을 저 마을을 불꽃의 물결로 적시면서, 함성을 지르며 돌격하는 일본 기마대를!

그렇지만 불에 타 무너져 내리는 부락의 마을들도

언덕에서 언덕으로 쥐어 짜내듯 터지던 총탄 소리도, 우리들에게는 무엇일까

우리들은 함경의 남과 여

착취자에 대한 반항에 역사를 쓰던 이 고향의 이름을 걸고

전한全韓에 봉화를 올렸던 몇 번의 봉기蜂起에 피를 적신 이 고향 땅을 내걸고

고개 숙이며, 염치없이 진지陣地를 적에게 넘겨 줄 수 있는가

(…중략…)

아, 피의 3월—— 그날을 마지막으로

아버지 어머니 누나에게 나는 영구히 이별을 고했다

포탄에 무너진 모래 속에 잃어버린 세 사람의 모습을

흰옷을 피로 물들이며 벌판에 쓰러진 마을 사람들 사이에

붉은 소나무에 거꾸로 걸린 주검 사이에

총검과 기마대에 숨으면서

밤에도 낮에도 나는 찾으며 걸었다

가련한 고국이여!

네 위에 서서 헤매는 주검의 냄새는 너무나도 애처롭다

총검으로 벌집처럼 찔렸고, 산 채로 불 속에 내던져진 남자들!

강간당하고, 살이 도려 나가고, 내장까지 끄집어내진 여자들!

돌멩이를 손에 쥔 채 목이 졸려 죽은 노인들!

작은 손에 모국의 깃발을 꽉 쥐고서 머리를 숙이며 엎드린 아이

들!(…중략…)

나는 새벽하늘에

소용돌이를 그리며 북쪽으로 날아가는 학을 보았다

들쭉나무 숲을 헤치며

울창한 수해樹海를 넘어

국경으로——

불처럼 빨간 구름 물결을 지나, 똑바로 날아가는 것!

그 고국으로 돌아가는 하얀 행렬에

나, 열두 살 소년의 가슴은 뛰었다.

열기를 띠며, 기침을 콜록거리며 최 선생이 말한 자유의 나라로

봄바람에 날개를 퍼덕이며

환희의 목소리를 아득히 지르며

지금 즐거운 여행을 가는 것!

나는 뺨을 붉히며

손을 들어 학에게 대답했던

그 13년 전의 감격을 나는 지금 생생하게 기억해 낸다

얼음 덩어리가 강바닥에 깨지는 이른 봄의 두만강을 건너

국경을 넘어선 지 이미 13년

괴로운 투쟁과 시련의 시기를

나는 장백長白의 평지에서 보냈다

변덕스런 「시간」은 나를 러시아에서 멀리했고

엄격한 생활의 사슬은 간도에 나를 묶었다

그렇지만 일찍이 러시아를 보지 않고

태어나서 러시아 땅을 밟지 않았던 것을, 나는 결코 후회하지 않는다

지금 내가 사는 곳은 제2의 러시아

민족의 담장을 철거한 소비에트

들어라! 총을 손에

심야결빙深夜結氷을 뛰어넘은 해란海蘭의 강여울 소리에

밀림으로 야습하는 소리를 메아리치는 왕청汪淸의 나무들 하나하나에

피로 물들인 고난과 건설의 얘기를!

おお、おれたちの自由の歡びはあまりにも短かった!／夕暮れお
れは地平の涯に／煙を揚げて突き進んでる黑い塊を見た／惡魔の
やうに炬火を投げ,村々を焰の波に浸しながら,喊聲をあげて突貫す
る日本騎馬隊を!／だが燒け崩れる部落の家々も／丘から丘に搾裂
する銃彈の音も,おれたちにとって何であろう／おれたちは咸鏡の
男と女／搾取者への反抗に歷史を綴ったこの故鄉の名にかけて／全
韓に狼煙を揚げたいくたびかの蜂起に血を滴らせたこの故鄉の土
にかけて／首うなだれ,おめおめと陣地を敵に渡せようか (…中
略…) ／／おう血の三月 ─!その日を限りとして／父母と姉におれは
永久に訣れた／砲彈に崩れた砂の中に見失った三人の姿を／白衣を
血に染めて野に倒れた村びとの間に／紅松へ逆さに掛った屍の間
に／銃劍と騎馬隊に隱れながら／夜も晝もおれは探し步いた／／あ
われな故國よ!／お前の上に立ちさまよう屍臭はあまりにも傷々し
い／銃劍に蜂の巢のように突き刺され,／生きながら火中に投げ込
まれた男たち!／強姦され,肉を刳られ、臟腑まで引きずり出された
女たち!／石ころを手にしたまま絞め殺された老人たち!／小さい手
に母國の旗を握りしめて俯伏した子供たち! (…中略…) ／おれは夜

明けの空に / 渦を描いて北に飛ぶ鶴を見た / ツルチュクの林を分け / 鬱蒼たる樹海を越えて / 國境へ— / 火のように紅い雲の波を貫いて，　眞直ぐに飛んで行くもの! / その故國に歸る白い列に / おれ，　十二の少年の胸は躍った. / 熱し,咳込みながら崔先生の語った自由の國へ / 春風に翼を搏たせ / 歡びの聲をはるかに揚げて / いま樂しい旅をゆくもの! / おれは頬を火照し / 手をあげて鶴に應えた / その十三年前の感激をおれは今なまなましく想い出す // 氷塊が河床に碎ける早春の豆滿江を渡り / 國境を越えてはや十三年 / 苦しい闘爭と試練の時期を / おれは長白の平野で過ごした / 氣まぐれな「時」はおれをロシアから隔て / 嚴しい生活の鎖は間島におれを繋いだ / だが, かつてロシアを見ず / 生れてロシアの土を踏まなかったことを, おれは決して悔いない / いまおれの棲むは第二のロシア / 民族の牆を撤したソビエート! / 聞け!銃を手に / 深夜結氷を越えた海蘭の河瀬の音に / 密林に夜襲の聲を冴した汪淸の樹々のひとつひとつに / 血ぬられた苦難と建設の譚を!

인용 부분은 8연에서 12연까지의 일부다. 당시에 자행되었던 일제의 만행을 사실적으로 고발하는 장면에서는 전율을 느끼지 않을 수 없다. 그리고 그런 일제와 맞서 독립을 되찾기 위해 노력을 다하며 죽어간 수많은 우리의 조상들이 흘린 피가 가슴으로 다가와 흐르는 듯하다. 이 인용 부분에서도 2부에서 그려졌던 러시아의 사회주의에 대한 동경이 상징적으로 서술된다. 다만, 러시아가 위치한 북쪽으로 날아가는 학을 통해 그것을 상징적으로 그려내고 있는 것은 앞의 부분과는 다소 이채롭게 읽힌다. 시의 묘미가 느껴진다. 또한, 러시아에 가 보지 못한 아쉬움을 자위하며, 다가올 독립을 가슴속에 되새기는 서술을 하는 과정에서 간도를 둘러싼 지명과 자연물을 동원하는 수법은 시인의 예사롭지 않은 시적 자질이다.

먼저, 8연은 일본의 만행에 대한 화자를 포함한 많은 함경 사람들의 항쟁을 그린다. 8연부터 전개되는 일제에 대한 항쟁은 3·1만세운동 당시의 상황을 묘사한 것인지 본문만으로는 확실하지가 않지만, 8연의 "아 피의 3월"을 바탕으로 독해를 하다 보면, 3·1만세운동의 여파로 일제가 우리에게 저지른 만행으로 다가온다. 그러나 자료를 참고로 해서 보면, 1931년 간도에서의 추수폭동을 다루고 있다는 설도 있어 선뜻 결론에 다가서기가 쉽지 않은 것이 사실이다. 다음이 그러한 내용이다.

1930년대 초기, 조선의 노동 대중의 혁명전쟁은 특히 동 만주(간도성)에서 강력하게 펼쳐졌다. 당시의 만주에는 백만 명에 달하는 조선인이 거주하고 있었지만, 특히 동 만주에서 주민의 80% 이상을 조선인이 차지하였고, 그 혁명 투쟁은 무척이나 치열하였다.

1931년 9월, 간도성의 연길성延吉縣과 왕청현汪淸縣을 중심으로 한 농민 대중은, 김일성 장군을 선두로 하는 조선공산주의자들의 지도하에 추수폭동을 결의했다. (…중략…)

이처럼, 실로 십여 만의 조선 농민이 참가한 추수폭동은, 일본제국주의와 국민당 군벌의 무력탄압에도 굴하지 않았으며, 왕청, 혼춘琿春, 화룡和龍, 그 외의 각 현에서도 강력하게 전개되었고, 간도 일원을 말려들게 하며 같은 해 12월까지 계속되었다.[9]

인용문은 시의 8연에 보이는 민중의 봉기를 간도에서의 추수폭동으로 규정하는 설명 부분이다. 이러한 예例의 제시에도 불구하고, 시에서 어떤 사건을 다루고 있는지 확실해 보이지 않는다. 즉, 1931년의 추수폭동을 직접적으로 언급하고 있는 시어를 찾을 수 없다는 뜻이다. 저자는 이 부분에 대해 구체적으로 사건의 실체를 알 수 있는 시어를 찾기가 어렵다고 판단하여, 그에 대한 언급은 하지 않기로 한다. 다만, 이에 대한 역사적 자료를 밝히는 연구를 기대할 뿐이다.

어쨌든 일제에 대한 만행과 항거는 이 시기에 함경의 지역을 피로 붉게 물들였다. 그리고 화자는 이 시기에 사랑하는 부모와 누이를 잃은 안타까움을 전하고 있다. "아버지 어머니 누나에게 나는 영구히 이별을 고했다 / 포탄에 무너진 모래 속에 잃어버린

---

9   Ibid., pp.208~209.

세 사람의 모습을 / 흰옷을 피로 물들이며 벌판에 쓰러진 마을 사람들 사이에 / 붉은 소나무에 거꾸로 걸린 주검 사이에 / 총검과 기마대에 숨으면서 / 밤에도 낮에도 나는 찾으며 걸었다"(10연)는 그 구체적인 서술이다. 얼마나 많은 사람이 죽어갔을까. 자신의 세 식구의 주검을 찾는 데도 상당한 시간이 소요되었음을 알게 한다.

일제의 함경 사람에 대한 극단적인 만행은, "네 위에 서서 헤매는 주검의 냄새는 너무나도 애처롭다 / 총검으로 벌집처럼 찔렸고, 산 채로 불 속에 내던져진 남자들! / 강간당하고, 살이 도려 나가고, 내장까지 끄집어내진 여자들! / 돌멩이를 손에 쥔 채 목이 졸려 죽은 노인들! / 작은 손에 모국의 깃발을 꽉 쥐고서 머리를 숙이며 엎드린 아이들!"(11연)에서 절정에 달한다. 역시 남녀노소의 비참한 주검을 각각 한 행씩 할애하며 서술하는 화자는 이 나라가 왜 가련한 고국이었는지를 담담하게 사실적으로 묘사한다. 이런 일제의 만행이 단지 함경에 국한된 것만이 아니라는 것은 새삼 말할 필요도 없다. 조국의 독립을 위해 죽어간 많은 주검(시에서는 일만 오천으로 표현)은 제대로 된 장례를 맞이해 보지도 못했다. 그러나 화자는 조국의 독립에 대한 희망을 잃지 않았음을 또렷하게 기억해 낸다. 화자가 꿈꾸는 희망의 땅인 러시아로 향하는 학들의 행렬에서 "열두 살 소년의 가슴은 뛰었다"(11연)고 회상한다. 이 구절에서 드러난 것은 시의 화자가 함경도 출신의 항일 빨치산 대원이었으며, 12살 때에 일제와 맞서 싸웠다는 사실이다. 13년의 세월이 흐른 후 회상이라는 형태를 빌려와 시를 구성했다는 것도 이 시의 가치에 중요한 기능을 하고 있다. "나는 뺨을 붉히며 / 손을 들어 학에게 대답했다"(11연)는 조국의 독립을 굳게 믿고 있는 강한 의지의 발로로 해석된다. 학을 보는 시점이 "새벽 하늘"인 것도 이러한 희망에 동조하는 분위기를 연출한다. 이처럼 시인은 극적인 구성을 동원하여 시에서의 중요한 생명력의 원천인 팽팽한 긴장과 상징을 적절하게 사용하고 있다. 이 시의 가치가 단순히 서사시 이상인 것은 이러한 시인으로서의 자질에서 언급되어야 할 것이다. 물론 그러한 시적 자질은 이 11연에 한정된 것이 아니라 시 전체에 내재한다.

10연은 화자가 함경의 땅을 건너와 적지 않은 시간을 간도에서 빨치산으로 활동하고 있음을 구체적인 지명을 들어 서술한다. 두만강, 장백의 평지, 간도, 해란강, 왕청 같은 지명은 시인이 단순히 심상의 세계를 그린 것이 아니라, 마치 현장을 발로 뛰어 얻어낸 깊은 고뇌와 노력의 산물인 것처럼 다가온다. 그의 연보에 간도와 함경을 방문했다고 하는 기록이 없는 것으로 보아, 시인의 서사적 상상력은 독자들에게 감흥을 불러일으키기에 충분하다. 앞에서 진술되었던 러시아에 대한 동경은 "지금 내가 사는 곳은 제2의 러시아 / 민족의 담장을 철거한 소비에트"라는 표현을 통해서도 이어지고 있다. 그러나 일시적인 감정에 치우치지 않는 이성적인 시인으로서의 감각은, 러시아에 가 보지 못한 것에 대해 "나는 결코 후회하지 않는다"(12연)로 집약되는 양상을 보인다. 역시 여기에서도 빨치산으로서의 노력이 "들어라! 총을 손에 / 해란의 강 여울 소리 / 밀림으로 야습하는 소리를 메아리치는 왕청汪淸의 나무들 하나하나"(12연)와 같은 자연을 빌려오는 수법을 통해 독자들에게 전달됨으로써 시적 시너지가 제대로 발휘되고 있다.

이처럼 3부에서는 일제의 서슬 퍼런 만행이 구체적이고 사실적으로 그려지고 있으며, 또한 여기에 희생된 화자의 식구들과 함경 사람들의 안타까운 주검이 잘 묘사되고 있으나, 그에 못지 않게 조국 독립의 희망을 꿈꾸는 굳건한 의지를 북향하는 학을 통해 형상화하고 있다. 그런 심정을 간도라는 땅에 쏟아붓고 있는 이성적 자세 역시 격렬한 일제의 만행과는 달리 균형 잡힌 화자의 시각에서 비롯되었다.

4. 불사신으로 묘사한 간도 빨치산

간도에 정착한 후, 화자의 생활은 어떠했을까. 화자는 조국 독립을 위해 어떤 다짐을 하고 있을까. 다음 13연과 14연, 15연을 통해서 확인해 보자.

바람이여, 분노의 울림을 담고 백두에서 우르르 불어오라!

파도여, 격분의 물보라를 일으키며 두만강으로 달아나라!

오오, 일장기를 펄럭이는 강도들!

부모와 누나와 동지의 피를 땅에 뿌리고

고국 땅에서 나를 몰아내고

지금 칼을 차고 간도를 압박하는 일본의 병비兵匪

오오 너희들 앞에 우리들이 또 굴종하지 않으면 안 된다는 거냐

뻔뻔스러운 강도들을 대우하는 방법을 우리들이 모른다는 거냐

봄은 소리를 내며 여울로 흐르고

바람은 목서木犀¹⁰ 향기를 전해온다

이슬을 머금은 잔디에 둥그렇게 둘러앉아

지금 우리들에게 보내진 훌륭한 전단을 읽는다 (…중략…)

전단을 주머니에

우리들은 또 총을 쥐고 몰래 가자

눈 녹은 얕은 여울은 우리들의 진군을 전하고

본 적이 있는 자귀나무 숲은 기꺼이 우리들을 맞이할 것이다 (…

중략…)

---

10 물푸레나무. 산이나 들에 자생한다. 높이는 10미터가량.

우리들은 불사신이다!

우리들은 몇 번인가 실패는 했다

총검과 말발굽은 우리들을 몰아내기도 했다

그렇지만

밀림에 숨은 열 명은 백 명이 되어 나타나지 않았나! (…중략…)

우리들은 간도의 빨치산. 몸으로 소비에트를 지킬 철완鐵腕. 생사
를 빨간 깃발과 함께 하는 결사대

우리들의 것 우리들의 것……

지금 장백의 봉우리를 넘어

혁명의 진군가를 전 세계에 울린다

―바다를 사이에 두고 우리들 결의해 간다

―자 싸워라 자, 분기하라 자

―아아 인터내셔널 우리들의 것……

風よ、憤懣の響きを籠めて白頭から雪崩れてこい! / 濤よ、激憤の
沫きを揚げて豆滿江に逃れ! / おお、日章旗を醜す強盗ども! / 父母
と姉と同志の血を地に灑ぎ / 故國からおれを追い / いま劍をかざ
して間島に迫る日本の兵匪! / おお, / お前らの前におれたちがまた
屈從せねばならぬと言うのか / 太て太てしい強盗どもを待遇する
途をおれたちが知らぬというのか // 春は音を立てて河瀬に流れ /
風は木犀の香を傳えてくる / 露を帶びた芝草に車座になり / おれ

たちはいま送られた素晴らしいビラを讀み上げる （…中略…） // ビ
ラをポケットに / おれたちはまた銃を取って忍んで行こう / 雪溶
けのせせらぎはおれたちの進軍を傳え / 見覺えのある合歡の林は
喜んでおれたちを迎えるだろう （…中略…） / おれたちは不死身だ!
/ おれたちはいくたびか敗けはした / 銃劍と馬蹄はおれたちを蹴散
らしもした / だが / 密林に潛んだ十人は百人となってあらわれな
んだか! (…中略…) / おれたちは間島パルチザン,身をもってソビエ
—トを護る鐵の腕.生死を赤旗と共にする決死隊 / われらがものわ
れらがもの…… / いま長白の嶺を越えて / 革命の進軍歌を全世界に
響かせる / —海を隔ててわれら腕結びゆく / —いざ戰わんいざ,
奮いたていざ / —ああインター—ナショナルわれらがもの……

　무엇보다도 이 세 연의 중요한 역할은 간도 빨치산에 대한 강
인한 인상을 심어 주고 있다는 점이다. 간도 빨치산은 어떠한 일
제의 압박에도 굴복하지 않으며, 조국 독립을 위해서는 절대로
죽지 않는 불사신으로 묘사된다. 그들의 불굴의 정신이 느껴진
다. 또한, 일제의 타파를 위해서는 일제를 반대하는 조직의 단합
된 힘이 필요하다는 메시지가 강하게 전달되어 온다. 그것은 당
시의 일본 프롤레타리아문학이 지향했던, 세계 프롤레타리아 혁
명 문학 속에서 일본이 그 대표 국가의 하나가 되고 싶었던 희망
과 그 맥을 같이 한다고 볼 수 있다.

당시 일본의 프롤레타리아문학은 20세기 초의 세계적인 문학 동향의 일부를 형성했으며, 대표작으로 고바야시 다키지小林多喜二의 『해공선蟹工船』이나 도쿠나가 스나오德永直의 『태양이 없는 거리太陽のない街』, 나카노 시게하루의 『초봄의 바람春さきの風』등을 비롯해 많은 수의 작품이, 국제혁명작가 동맹 기관지「국제문학國際文學」과 그 외에 번역되어 실렸고, 일본의 현대문학은 이때 비로소 세계에 동시대 문학으로 알려지기에 이르렀던 것이다.[11]

이처럼 일본의 프로문학이 세계를 지향했다는 사실에 비추어 보면, 프롤레타리아 사상에 심취해 있었던 시인 마키무라가 시를 통해서 일제 타파를 외치는 목소리를 세계로 향했다는 것은 그리 이상하지도 낯설지도 않다. 이는 그가 기성의 프롤레타리아 작가들의 작품이 세계의 문학으로 소개되었다는 사실에 고무받았을 것이라는 가정을 하지 않더라도, 충분히 시를 통해 일제 항거에 대한 국제 조직의 공조를 구체화하려는 염원이 있었음을 예상할 수 있는 것이다.

그래서일까. 시를 통해 보면, "우리들은 불사신이다!"(15연), "아아 인터내셔널 우리들의 것"(15연)에 눈길이 간다. 여기에서 인터내셔널은 사회주의운동의 국제적인 조직이라는 의미다. 이 시

---

11 日本近代文學館 編,『日本近代文學大事典』第4卷, 講談社, 1984, p.452.

어에는 일제를 응징하는 조직의 공조 혹은 동반자적 의식이 진하게 배어 있다. 이 시가 갖는 중요한 의미 중의 하나는 바로 한국인의 관점에서 시를 꾸리기는 했지만, 한일 양국 나아가 동북아 및 국제적인 조직으로 일제를 반대하고 타파하자는 의지를 담아내고 있다는 점이다. 이것은 이 시가 프롤레타리아 문학사에 길이 남을 작품으로 기록되어야 할 결정적인 이유의 하나로 꼽을 수 있다. 이러한 시각은 후일 이 시가 "당시의 일본 군벌에 의해 일자일구一字一句, 제목까지 발금發禁"[12] 되는 사태를 불러오기도 한다.

물론 13연과 14연에서도 일제에 대한 격렬한 비판이 잇따른다. "일장기를 펄럭이는 강도들"(13연), "일본의 병비兵匪"(13연), "놈들"(15연)은 그러한 시어들이다. 그리고 빨치산 생활의 한 단면을 통해 그들의 생활이 평화와 긴장을 동시에 품고 있음을 그려낸다. 이 시어들은 빨치산의 생활이 늘 긴장의 연속일 것이라는 선입견을 불식시켜준다. "봄은 소리를 내며 여울로 흐르고 / 바람은 목서木犀 향기를 전해온다 / 이슬을 머금은 잔디에 둥그렇게 둘러앉아 / 지금 우리들에게 보내진 훌륭한 전단을 읽는다"(14연)는 여유와 긴장이 그들의 생활을 알려주는 듯하다. 역시 이 부분에서도 시인은 "목서 향기"와 "이슬을 머금은 잔디"라

---

12 朴春日,『近代日本文學における朝鮮像』, 未來社, 1969(增補版, 1985), p.206.

는 대자연의 사물을 시어로써 공존시키며, 감정이 날뛰기 쉬운 시의 성격을 차분하게 정화시켜 주는 효과를 발휘하고 있다.

이처럼 4부는 일본인 화자가 한국인의 입장에 서서 한국의 독립을 간절히 바란다는 점 이상의 의미를 내포한다. 즉, 일제 타파에 대한 동아시아 사람들 및 국제적 차원에서의 공조의식의 강조다. 3부에서까지 표현되었던 화자의 사상성은 이곳 결미에서 앞으로의 행동강령을 알려주는 듯한 결의가 제시되면서 그 이미지는 극대화된다. 물론 그 이미지의 극대화는 강온强穩이 적절히 결합된 시어 사용으로 인해 시적 우수성도 확보하고 있다.

5. 마무리 글

이 시의 의미구조를 살펴본 결과, 다음과 같은 몇 개의 결론에 도달한다.

15연 183행이라는 긴 호흡이 말해 주듯이 시 전체에는 한 편의 소설을 펼친 듯한 줄거리에 일제 강점기를 함경과 간도의 땅에서 살아온 개인의 비극사가 고스란히 내장되어 있었다. 부모와 누나를 잃고 고향을 떠나야 했던 슬픔이 그에게 찾아왔다. 또한, 그는 일제에 의해 죽어간 수많은 사람들의 주검을 통해 천인공노할 일제의 만행도 겪었다. 그러나 12살 어린 나이의 화자는 그 비극에 묻혀 삶을 포기하는 것이 아니라, 적극적인 방법으로 삶을 개척하고 있었다. 그것은 곧 일제를 타도하기 위해 적극적으로 빨치산에 가담하여 택한 싸움의 길이었다. 일제를 향한 강한 항거의 정신을 "우리들은 불사신이다!"와 같은 시어를 사용하여 나타내는 등, 훌륭하게 시로 형상화해냈다.

그러한 과정을 그리면서 나타난 시인 마키무라의 사상적 측면을 들여다보았듯이, 러시아의 사회주의 혹은 프롤레타리아 사상을 이상으로 생각하고 있었음을 확인할 수 있었다. 물론 한국인의 입장에서 보면 무엇보다도 한국의 독립을 간절히 바라고 평화를 사랑하는 시인의 사상이 감동으로 다가왔다. 이러한 사상이 시 전편에 넘치고 있음을 확인한 것은 이 시가 비단 일본인이 쓴 품격 높은 일본의 대표적 프롤레타리아문학이라는 것 이상의 값어치다. 다시 말해서 일본인을 화자로 내세워 쓰인 다른 프롤레타리아문학 작품과는 달리 한국인을 화자로 내세워 쓰인 작품이라는 점에서 이 시가 주는 메시지는 남다르다. 그것을 기억해야 할 것이다.

한국과 일본의 프롤레타리아트들이 연대하여 일제를 몰아내는 데 앞장서자는 주제에서 파악해 보면, 이 시는 이미 우리가 알고 있는 나카노 시게하루의 시 「비 내리는 시나가와역」과 함께 피지배 민족에 대한 절대적인 공감을 주는 작품이었다.

한편, 이 시는 위에서 얻어진 결론들과 함께 다음과 같은 시적 우수성도 확인되었다. 먼저, 화자의 과거에 대한 추억과 일제 만행에 대한 현실 묘사의 생생함, 미래지향적인 평화의 희구라는 함의가 담긴 시어 등을 통해, 시제들이 적절하게 조화를 이루며 감동을 던지고 있었다. 이것은 시적 구성의 치밀함을 보여주는 사례로 꼽을 수 있는 것이다. 그리고 시적 전개과정에서 보여준 간도와 함경을 둘러싼 지역에 대한 지리적 해박함과 시의 여기저기에 걸쳐 나타난 식물의 이름에서 확인된 것이지만, 이 시는 철저한 조사를 바탕으로 탄생하였다. 물론 시인이 직접 이곳을 직접 방문했다는 기록이 없다는 것과 시를 쓴 시인의 나이가 19세 청년이라는 것을 감안하면, 마키무리는 웅장한 상상력의 소유자였다. 또한, 자연물을 나타내는 시어에 화자의 감정을 적절하게 살려냈다. 시어들을 융합해낸 솜씨는 뛰어난 시인이라는 평가에 상당 부분 기여하고 있었다.

이처럼 이 시는 19세의 일본 청년이 쓴 일제하 반식민지 투쟁에 관한 시적 사유의 중요한 성과였다. 이 작품은 앞으로도 한국과 일본의 근현대문학사에서, 또한 양국의 사상사적 측면에서도 새롭게 조명되고 평가되어야 할 것이다.

제2장

/

오구마 히데오小熊秀雄의 '한국'

일제의 서슬이 시퍼렇게 살아있던 1930년대 중반, 일본인 시인 오구마 히데오小熊秀雄는 당시의 조선 할머니를 시의 주인공으로 내세워 시를 꾸린다. 그리하여 무려 270행이나 되는 장편 서사시 「장장추야長長秋夜」를 일본에서 발행하는 잡지인 『시정신詩精神』 1935.12에 발표하기에 이른다.

이 시는 화자가 한국인의 입장에 서서 한국적 정서를 드러낸 시어를 사용하였으며, 일제의 탄압에 항거하는 서술이 큰 줄기를 형성한다. 보편적 인류애가 그 바탕이다. 당시의 정치적 상황과 여러 가지 악조건을 감안하지 않더라도, 한국인이 아닌 일본인이 이러한 작품을 써서 발표했다는 것은 한국인의 입장에서 보면 흥미의 차원을 넘어서서 경이롭기까지 하다. 일본에서 일본인이 이 시를 보다 구체적으로 연구하고 분석하여 연구논문으로 제출하는 일을 기대하는 것은 쉽지 않을 것이다.

그렇지만 작품 발표 후 90여 년이 가까워지고 있는 오늘날까지 한국에서 이 시에 대한 보다 구체적인 연구 성과가 거의 없다는 것은 불가사의에 가까운 일이다. 이에 저자는 일본 시 연구자의 한 사람으로서, 하루속히 이 시를 분석하여 자료로 남겨야 한다는 소명의식을 가진다. 거기에 자괴감도 함께 존재함은 물론이다.

이러한 점은 저자가 이 시를 분석하여 그 의미구조를 분석하고자 하는 중요한 계기가 되며, 이 글의 목적과도 그 궤를 같이한다.

이 작품에 대한 기존 연구 성과를 살펴보면, 일본 쪽에서 먼저 박춘일朴春日의 연구를 들 수 있다. 그는, "이 시는 조선 고래朝鮮古來의 의상 풍속의 하나인 백의白衣, 그 백의의 착용을 금지하기 위해 먹물까지 거리로 갖고 와서 억압을 가했던 총독부의 정치 실태를 폭로했다"고 언급하고 있다. 무엇보다 그는, "이 시가 허남기許南麒의 시「또 영산강」1952, 시집『조선의 겨울 이야기』소수所收를 생각하게 한다"[1]고 하면서, 이 시의 영향 관계를 언급한 것은 날카로운 분석력과 풍부한 지적 능력을 보여주는 좋은 사례가 되기에 충분하다. 그러나 전체적인 시 분석 작업은 없고 약간의 언급에 그쳐 있다. 이 점은 아쉬운 대목이다. 또한, 하야시 고지林浩治는

---

1   朴春日, 『近代日本文學における朝鮮像』, 未來社, 1969(增補版, 1985), pp.182~185.

이 시의 성격과 탄생 배경을 설명하는 글을 통해, "잡종의 자식
으로서의 자각이 한국 민중에 대한 깊은 이해와 결부되어 있었
다"[2]고 하는 취지의 글을 쓰고 있어, 이 시를 이해하는 데 많은
도움을 주고 있다. 그러나 작품의 분석은 싣고 있지 않다. 한국
의 연구자 중에서는 이인복의 글[3]이 눈에 띈다. 그는 전체 270
행에서 비교적 많은 작품을 인용하면서 분석을 시도하고 있어,
텍스트에 충실한 연구 성과를 보여 주고 있다. 그러나 인상 비평
에 머무른 느낌을 주고 있다. 한국의 원로시인 김광림金光林의 글[4]
역시 감상수준에 머물고 있다. 그러나 시의 번역에서 보면 좋은
번역이라고 평가할만해 나름대로 공적이 인정된다.[5]

이에 이 글은 충분한 텍스트 인용을 통해 시의 의미구조 분석
에 접근할 것이다. 이 시에 대한 연구는 한국인의 입장에서 쓴
일본 시인의 시를 소개하는 것 이상의 효과를 발휘하여, 향후 한
일 근현대문학에서 문학사적 연구나 사상사 혹은 역사학에서도
귀중한 자료로 남기를 기대한다.

---

2   하야시 고지, 「잡종의 자식으로서 학대받는 존재와 연대하다-오구마 히데
    오」, 『그때 그 일본인들』, 한길사, 2006, 337~342쪽.
3   이인복, 「민족적 에고이즘을 극복한 순수 인간애의 시인」, 『일본 그 슬픈 악
    연』, 답게, 2000, 121~136쪽.
4   金光林, 「동정 아닌 분노, 약자와의 일체감-小熊秀雄의 〈長長秋夜〉의 경우」,
    『日本現代詩散策』, 푸른사상, 2003, 190~202쪽.
5   이밖에도 오영진도 이 시에 대해 번역과 함께 다루고 있으나, 역시 감상수준
    에 그치고 있다. 「日本近代詩에 나타난 韓國觀 1」, 『日語日文學研究』13輯,
    韓國日語日文學會, 1988, 349~351쪽.

시 분석을 통한 이러한 기대 효과를 지향하며, 이 글은 다음과 같은 점의 규명에 초점을 맞추고자 한다. 첫째, 일제강점기에 행해진 사건들(조선인 징용징발과 색옷장려운동 등)이 조선인들에게 가해지는 억압의 양상을 살피고, 그러한 일제 폭력에 대해 조선의 할머니들은 어떻게 그 고통과 슬픔을 인내하고 극복하였는가. 둘째, 이러한 서술을 하는 일본인 시인의 약자에 대한 생각을 읽음과 동시에, 이 시의 탄생 배경 등을 헤아릴 것이다. 「장장추야」는 270행으로 된 장편 서사시다. 이에 시 분석의 효율성을 높이기 위해 작품 전체가 4부로 구성되어 있다고 판단하여, 각각 4부로 나누어서 살핀다. 또한, 오구마가 한국에 잘 알려져 있지 않은 시인임을 감안하여 그의 생애와 한국과의 관련성도 언급한다.[6]

---

6   저자가 4부로 나눈 기준은 다음과 같다. 1부(1행에서 39행까지)는 할머니들의 다듬이질을 통한 조선 전통의 연속성과 일제에 대한 항거를 묘사하고 있다. 2부(40행에서 98행까지)는 일제의 조선 청년 징용징발과 유민의 아픔을 그려내고 있다. 3부(99행에서 244행까지)는 이 시의 중요한 시작(詩作) 계기를 부여하고 있는 색옷장려운동과 조선 여인들의 저항을, 4부(245행에서 270행)는 일제에 의해 짓밟혀진 흰옷을 빠는 할머니를 통해 조선인이 슬픔을 극복하고 평화를 희구하는 양상을 그려낸다고 각각 파악한다.

1. 오구마 히데오와 한국과의 인연

「장장추야」를 쓴 오구마 히데오는 1901년 홋카이도 오타루北海道小樽 태생이다.[7] 아버지 미키 세이지로三木淸次郞와 어머니 마쓰マツ 사이에서 장남으로 태어난 그가 아버지 성을 따르지 않고 어머니의 성을 따른 점은 후에 그의 인생과 작품에 중요한 모티프를 제공하게 된다. 어머니 마쓰는 아버지 미키와 결혼할 당시 일곱 살 딸이 있는 몸이었다. 오구마는 마쓰가 3년 후에 사망하여 호적에는 '오구마 마쓰의 사생아'로 기록된다. 그녀가 죽은 뒤 재혼한 아버지는 오구마보다 일곱 살 위의 누나를 양녀로 보냈는데, 결국 누나는 요정에 팔려가는 생을 살게 된다. 그 후, 오구마는 사할린으로 이주하여 살면서, 1916년 토마리오로 심상고등소학교를 졸업하고, 어장 작업원, 벌목 작업원, 농부 등의 직업을 가지면서 노동자로서의 삶을 살아간다. 식민지에서 겪은 소년 노동자로서의 경험 또한 학대받은 자에 대한 공감을 형성하는 데 일조한다. 1921년, 징병검사를 받을 때 호적등본을 보고 비로소 자기가 호적상 오구마 마쓰의 사생아로 되어 있는 것을 알고는 '미키'라는 성을 '오구마'로 바꾼다. 이 무렵 아버지 '세이지로'가 재혼 후에

---

7 홋카이도 오타루에는 이 지역 출신인 오구마 히데오를 비롯해 고바야시 다키지(小林多喜二)와 이토 세이(伊藤整) 등의 작품집과 친필 원고 등을 자료로 모아놓은 시립 오타루 문학관이 있어, 일본인들이 오구마 문학을 이해하는 좋은 장소로 활용되고 있다. 이곳은 1978년 11월 개관되었다.

양녀로 들인 딸을 임신시키는 사건이 일어나 커다란 충격을 받는다. 이러한 일련의 자신을 둘러싼 가정환경과, 신흥 제국주의국가의 성립과정 사이에서 반항적으로 자라난 역사적인 정감이 이 시인의 혼을 형성하고 키우는 근본을 이루게 된다. 1922년『아사히카와신문旭川新聞』의 견습기자가 되었으며, 단가, 산문시, 수필 등을 쓰게 된다. 1930년 시인 온치 데루타케遠地輝武, 1901~1967 등과 서로 알게 되었고, 프롤레타리아 시인회에 참가한다. 이후 프롤레타리아 시 운동의 제일선에서 활약한다. 철저한 풍자성과 민중의 생활에 의거한 그의 시풍은 프롤레타리아 운동이 곤란한 시기를 맞았던 쇼와昭和 10년대1935~1944에 들어와서도 쇠퇴하지 않고, 군국주의에 대한 저항을 계속했다. 1935년『오구마 히데오 시집小熊秀雄詩集』,『나는 썰매飛ぶ橇』를 간행했고, 1940년 39세의 나이에 폐결핵으로 사망하였다.[8]

한국인의 입장에 서서 쓴 작품「장장추야」의 내용을 보면, 한국을 직접 찾아서 그 고통을 노래한 것이라는 생각을 할 수 있겠으나, 연보를 참고로 하면 한국을 방문했다는 기록은 보이지 않는다. 다만,「장장추야」를 실은 잡지『시정신詩精神』에 작품을 실

8　이하 연보에 관련된 것은 다음의 것을 참고로 하였음. 日本近代文學館 編,『日本近代文學大事典』, 講談社, 1984, pp.311~312; 三好行夫 外3人 編集,『日本現代文學大事典』, 明治書院, 1994, p.76; 하야시 고지,「잡종의 자식으로서 학대받는 존재와 연대하다－오구마 히데오」,『그때 그 일본인들』, 한길사, 2006, 337~342쪽.

은 한국인 시인과 문학인 등의 작품[9]이 다수 게재되어 있는 것을 보면, 그들과의 교류가 있었음을 상상해 볼 수 있다. 즉, 한국의 사정은 그들과의 교류를 통해 흡수했을 것이라는 유추가 가능하다고 보는 것이다. 「장장추야」에 반영된 조선에 대한 그의 시적 상상력은 어느 정도였을까. 시를 읽기로 한다.

2. 가을밤 다듬이질과 낙동강

조선이여 울지 말라,

노파여 울지 말라,

처녀들이여 울지 말라,

빨랫대가 비웃는다

똑딱, 똑딱, 똑딱,

저런, 저 소리는 무슨 소리지,

네가 손에 쥔 나무 방망이에서

그 소리가 나는 거야

여기서도 저기서도 온 마을에서

---

9 그러한 사례를 들면, 임화의 시 「네 거리의 순이」(1934.6, 김용제 번역), 주영섭의 시 「겨울의 추억」(1935.1), 「숲에 노래하다」(1935.3), 김교희의 동요 「등불」(1935. 12) 등을 들 수 있다.

밤이 되면 똑딱, 똑딱, 똑딱,

조선의 산에 나무가 없다

그래? 그거 가엾구나,

집에는 먹을 것이 없다

그래? 그것도 가엾구나,

"아아, 착한 애구나, 착한 애구나.

그 모든 걸 신神은

다 알고 계신다네."

노파는 몸을 좌우로 흔들면서

익숙한 솜씨로 나무 받침대 위의

하얀 빨랫감을 방망이로 두드린다

똑딱똑딱

"아아, 얼씨구절씨구 좋구나."

내 딸이나 아들의 일은 알 수 없어도

우리 아버지나 조상의 일은

오랜 조선의 일은

이 늙은이의 더러운 귀지가

언제나 귓속에서 중얼중얼 얘기해 주지

푸른 달빛 아래 마을 지붕 밑의

여인네들이

긴 긴 가을밤

똑딱똑딱

몇 천 년 전 옛날부터

나무나 돌 받침대 위에서 흰옷을 두들기며

풀기를 떨어내며 주름을 펴서

남정네들에게 말쑥한 옷을,

입히고 즐거워한다,

조선 까마귀도 온화했고

낙동강 물도 동요하지 않았고

朝鮮よ、泣くな、/ 老婆(ロツパ)よ泣くな、/ 処女(チヨニヨ)よ泣くな、/ 洗濯台(パンチヂリ)に笑はれるぞ、/ トクタラ、トクタラ、トクタラ、/ それ、あの物音は何の音か、/ お前が手にした木の棒から / その音がするのだ、/ あつちでも、こつちでも村中で / 夜になるとトクタラ、トクタラトクタラ、/ 朝鮮の山に木がない / おや、それはお気の毒さま、/ 家には食ひ物がない / おや、それもお気の毒さま、/『あゝ、良い子だ、良い子だ、/ みんなそのことを神様が / 知ってござらつしやる。』/ 老婆(ロツパ)は体を左右にふりながら / 馴れた調子で木の台の上の / 白い洗濯物を棒で打ってゐる。/ トクタラ、トクタラ /『あゝ、えゝとも、えゝとも、/ 良い音がするぢや――。』/ わしの娘や息子のことは判らぬぢや / だが、わしの親父や先祖のことは / ふるい朝鮮のことは / この年寄の汚ない耳垢が / いつも耳の中でぶつ

ぶつ語つてくれるぢや、/ 青い月の光のもとの村の屋根の下の / 女
達が /長長秋夜ちやんちやんちゆうや / トクタラ、トクタラ / 幾千年の昔から / 木や石の
台の上で白衣をうつて / 糊をおとしてシワをのばして / 男達にさ
つぱりとしたものを、/着せて楽しく、/ 朝鮮カラスも温和しく /
洛東江の水も騒がなかつたし [10]

　이 시는 전체가 270행이나 되는 장편 서사시다. 서사시의 구
조에서 대체로 받는 인상이지만, 이 작품도 마치 한 편의 소설을
읽어 내려가는 듯한 느낌을 주고 있다. 특히 일제하에 행해졌던
'색옷장려운동'이라는 사건을 중심으로 한 할머니를 사건의 중
심인물로 설정하여 서술하였기에, 마치 한국인이 이 시를 쓴 것
같은 느낌을 지울 수 없다. 특히나 '장장추야'와 같은 시 제목에
한글 발음ぢやん、ぢやん、ちゆう、や과, '조선어로 길고 긴 가을밤이라
는 뜻朝鮮語で長い秋の夜といふ意味'이라고 별도로 표기한 것, 그리고 시
적 구성에서 중요한 역할을 수행하고 있다고 판단되는 주요 시
어인 '노파ロッパ', '처녀チョニョ' 등의 단어에 카타카나로 한글 발
음을 표기한 것은 한국인의 입장에서 그 정서를 대변하겠다는
시인의 강한 의지의 발로로 받아들여도 무방할 것 같다.
　인용한 1부(1행~39행)에서는 일제의 지배하에 놓인 조선의 산

10　이하 시 번역의 텍스트는 岩田宏 編, 『小熊秀雄詩集』, 岩波文庫, 1982, pp.178~
　　186에 의한다.

이 황폐했으며, 조선의 일반인들이 끼니 걱정을 할 만큼 가난하다는 설정을 통해, 조선을 위로하는 정조를 중심으로 서술하고 있다. 거기에 할머니들의 다듬이질 소리는 유구한 역사를 자랑하는 한민족韓民族의 일제에 대한 강한 항거를 상징한다고 보인다.

그래서일까. 관심이 가는 시어도 서두인 1행에서 4행까지에 나타난 "조선이여 울지 말라, / 노파여 울지 말라, / 처녀들이여 울지 말라, / 빨랫대가 비웃는다"다. 특히 1부에서뿐만 아니라 시 전체에 걸쳐, "똑딱, 똑딱, 똑딱"과 같은 다듬이 소리를 나타내는 의성어의 반복은 시의 효과를 극대화하는 데 중요한 기능을 하고 있다. 즉, 비록 일제의 지배를 받고 있는 현실이지만, 집집마다 다듬이질을 통해 상실되지 않은 민족의 혼을 일깨우는 느낌을 주는 것이다. 조선의 오랜 전통의 연속성을 환기시키는 효과를 불러일으킨다. 또한, 한민족이 흰옷을 좋아하는 민족임을 서두에서부터 제시함으로써, 다듬이질과 조화를 이룬다. 그렇게 다듬이질을 통해 말쑥해진 옷을 남자들에게 입히며 즐거워하는 조선 여인들의 오랜 습성도 전해진다. 1부의 마지막 행에 나타난 "조선 까마귀도 온화했고 / 낙동강 물도 동요하지 않았고"는 이 시의 공간적 배경이 낙동강을 끼고 있는 경상도의 어느 땅임을 제시해주고 있으며, 과거 이곳이 평화의 땅이었음을 회상하는 장면이다.

이처럼 39행까지 전개된 1부에서는 일제하에 황폐화된 산과 가난하게 살아가는 낙동강 강변의 한 할머니를 통해, 다듬이질은 조선의 오랜 전통의 연속성을 나타내는 것이며, 그것은 곧 일제에 대한 항거의 이미지를 연출할 수 있음을 시로 형상화했다.

3. 징용의 시련과 일제에 대한 저항을 시에 담다

그럼, 낙동강 강변의 평화로운 땅에 살고 있던 이들에게 일제는 어떤 사건을 일으켰고, 그들에게 어떤 고통을 주었을까. 당시 일제에 의해 자행된 조선 청년들의 징용 징발과 고향을 떠나는 유민의 모습이 2부에는 어떻게 그려지고 있을까.

지금처럼 면사무소의

면장이 이러쿵저러쿵 하며

서류를 갖고 와서 귀찮게

집집마다 찾아오지 않는다면

아들이나 딸도 마을에 정착했을 터인데

늙은이들의 좋은 말벗이 되었을 터인데

요즘은 왠지 어수선한 바람이

마을 사람들의 흰옷자락을 뒤흔들었다

고개를 넘기만 하면

고개 건너편에 행복이 있다고 하면서

마을을 떠나 고개를 넘고 싶어 하고

쫓기듯이

젊은이는 고개를 넘어간다

너의 귀여운 약혼녀는

가난한 마을을 떠나갔다

지금은 건강하게 도쿄에서

일하고 있다고 하지

그리고 쓰레기통이나 시궁창을 뒤지며

금덩이를 찾고 있다고 하지

한번 찾아낸다면

곧장 아가씨야 너를 데리러 온다

아아 그렇지만 그게 도대체

언제 일이 될까나

떠나가는 자는 있지만

돌아오는 자는 없다.

밤새 노래 불렀던

목청 자랑하던 일 자랑하던

내 동료도 죽고 말았다

내 송곳니도 이미

실 끊을 힘도 없어졌다

빨랫감 두드리는 빨래 방망이도 무겁다

아무리 쫓아도 조선 까마귀는 달아나지 않는다

벌레는 울음을 그치지 않고

그 모두 다 온갖 짓을 해서

이 노파를 바보 취급한다

즐거운 조선은 어디로 갔는가

오랜 역사의 조선은 어디로 갔는가

신이 하늘이

조선을 억누르고 계시는 걸까?

(…중략…) 언덕 위에 달이 떠도

옛날처럼 젊은이들은 달빛 아래를 서성이며 거닐지 않는다

아이고—악마에게 잡아먹히고 있는 거다

노파는 들었다

오도독오도독 소리를 내며 악마가 산의 나무를 먹어치운 것을

아가씨는 강에 물 길러 갔다가 빠져 죽고

젊은 사람은 술에 빠지고

노름을 하거나

지주에게 대들거나

농민조합을 만들기도 하고

마을을 뛰쳐나가거나

젊은 사람은 어떤가 하면

금방 마을의 반종半鐘을 치고 싶어 한다.

今のやうに面事務所の／面長がなにかにと／書きつけをもつてう
るさく／人々の住居を訪ねてこなければ／息子や娘も村にをちつい
てゐて／老人たちの良い話相手であつたのに／近頃はなんと、そ
はそはしい風が／村の人々の白衣の据を吹きまくり／峠を越しさ
へすれば／峠のむかふに幸福があると云ひながら／村を離れて峠
を越したがり／追ひ立てられるやうに／若い者は峠をこえてゆく／
お前の可愛い許嫁は／貧乏な村を去つて行つた／いまは壮健で東京
で／働いてゐるさうな／そしてゴミの山やドブを掘つくりかへし
て／金の玉を探してゐるさうな／一つ探しあてたら／すぐ処女よ、
お前を迎へにくる／あゝ、だがそれはいつたい／何時のことやら／
去つてゆくものはあるが／帰つてくるものがない、／夜つぴて歌
をうたつた／声自慢、働き自慢の／わしの連れ合ひも死んでしま
つた、／わしの糸切歯ももう／糸を切る力がなくなつた、／洗濯台
をうつ棒も重い／いくら追つても朝鮮烏奴は逃げない／虫は泣きや
まない／なにもかにもみんなして／この老婆を馬鹿にしくさる／た
のしい朝鮮は何処へ行つた、／古い朝鮮はどこへ行つた、／神さ
まや、天が、／朝鮮を押へつけて御座らつしやるのか。（…中略…）
／丘の上に月がでても／昔のやうに若者たちは／月の下をさまよひ
歩かない、／哀号──、悪魔に喰はれてゐるのだ、／老婆は聴いた
／ボリボリと音をたてて悪魔が／山の樹を喰つてしまつたのを、／
娘は河へ水を汲みに行つて溺れ死ぬ／若い者は飲んだくれたり／

博打をうつたり / 地主さまに楯突いたり、/ 農民組合とやらをつく
つたり / 村をとびだしたり / 若い者は何かと言へば / すぐ村の半
鐘をうちたがる、

인용 부분(40행에서 98행까지)은 일제에 의해 강제 징용으로 전
쟁터로 끌려갔거나 일제의 금 캐기금 캐기 현장에 강제 징집당해
갔던 조선 청년들이 고향으로 돌아오지 않는 현실을 그려낸다.
또한, 정든 고향을 버리고 이주하는 사람들도 묘사한다. 이 시의
발표 시기가 1935년 12월인 점을 감안하면, 당시 일제가 한민
족에게 가한 상황을 짐작하게 한다. 조선 젊은이들의 강제 징용
과 금 캐기 현장으로의 동원은, "서류를 갖고 와서 귀찮게 / 집집
마다 찾아오지 않는다면 / 아들이나 딸도 마을에 정착했을 터인
데"와 "그리고 쓰레기통이나 시궁창을 뒤지며 / 금덩이를 찾고
있다고 하지"에 잘 나타나 있다. 마을에 남아 있던 젊은이들의
심경 또한, "아가씨는 강에 물 길러 갔다가 빠져 죽고 / 젊은 사
람은 술에 빠지고 / 노름을 하거나 / 지주에게 대들거나 / 농민조
합을 만들기도 하고 / 마을을 뛰쳐나가거나 / 젊은 사람은 어떤
가 하면 / 금방 마을의 반종半鐘을 치고 싶어 한다"고 묘사해, 당
시 젊은이들의 총체적인 슬픔과 고통을 감지하게 한다. 여기서
'반종'이란 화재 따위를 알리기 위해 망루 등에 매단 조그마한
조종吊鐘이나 경종警鐘을 가리키는 말이다. "고개를 넘기만 하면 /

고개 건너편에 행복이 있다고 하면서 / 마을을 떠나 고개를 넘고 싶어 하고 / 쫓기듯이 / 젊은이는 고개를 넘어간다 / 너의 귀여운 약혼녀는 / 가난한 마을을 떠나갔다"는 유민의 한 모습으로 파악된다. 마침내 아무도 돌아오지 않는 공허함은 할머니에게 있어서도, "밤새 노래 불렀던 / 목청 자랑하던 일 자랑하던 / 내 동료도 죽고 말았다 / 내 송곳니도 이미 / 실 끊을 힘도 없어졌다 / 빨랫감 두드리는 빨래 방망이도 무겁다"처럼 비슷한 처지의 할머니의 죽음과 노령으로 인한 육체적 허약함이 동반되어, "즐거운 조선은 어디로 갔는가 / 오랜 역사의 조선은 어디로 갔는가"에 이르러서는 절정을 이루는 듯하다. 그리하여 할머니는 이러한 현실을 맞게 된 데에 대하여, 신이나 하늘을 원망하는 감정을 내비치기도 하지만, '악마'라는 시어에서 나타나듯이, 조선의 황폐함의 원인 제공자로 일제를 지목하며 그 울분을 풀어내고 있다.

이처럼 시의 2부는 일제에 의한 조선 젊은이들의 징용 징발 및 그에 따른 마을 사람들의 공허감과 함께 일제를 악마로 비유하며, 당시 민초들의 심경을 잘 형상화해내고 있다.

4. 일제의 색옷장려운동을 비판하고 흰옷 입은
조선 여인들의 저항을 노래하다

이 서사시에 서술된 주된 사건의 하나는 '색옷장려운동'[11]이
다. 당시 흰옷을 즐겨 입던 조선인들에게 일제는 색옷을 입을 것
을 권장했다. 색옷은 검은 옷이다. 이것은 총독부가 한국 고유의
풍습을 말살하려는 의도로 이루어진 것이다. 3부에서는 색옷장
려운동과 그에 반발하는 할머니들의 저항과 이를 강제적으로 밀
어붙이려는 일제의 폭력이 어떤 구체성을 띠고 나타나는지를 보
기로 한다.

---

11 일제의 색옷장려운동을 작품의 소재로 다룬 것은 김사량의 소설『풀 찾
 기』(1940)가 있다. 또한, 심훈의 소설『상록수』(글누림, 2007)에서도 그 구
 절을 볼 수 있는데, 다음과 같은 구절이 나온다. "저녁때에야 회관 문은 열렸
 다. 연합진흥회장인 면장과 면협 의원들과, 주재소에서 부장이 나오고, 금융
 조합 이사며, 근처의 이른바 유력자들이 상좌에 버티고 앉았다. '한곡리'에 거
 주하는 백성들은 매호에 한 사람씩 호주가 참석을 하게 되었는데, 상투는 거
 의 다 잘랐지만 색의를 장려한다고 면서기들이 장거리나 신작로에서 흰옷 입
 은 사람만 보면 잉크나 먹물을 끼얹기 때문에 미처 흰 두루마기에 물감을 들
 여 입지 못한 사람은, 핑곗김에 나오지를 않았다. 그래도 대동의 큰 회합이니
 만치 회관이 빽빽하게 들어찼다."(340쪽)
  또한, 색옷장려운동과 관련한 자료는 이이화,『빼앗긴 들에 부는 근대화 바
 람』(한국사 이야기 22), 한길사, 2004, 177~180·252쪽 등에도 나온다. 잠
 시 일부를 인용한다.(178쪽) "1917년 총독부는 흑색 견습생을 모집하고 흑
 색의 좋은 점과 흑색으로 물들이는 방법 등을 교육시켰다. 부인들을 모아 염
 색실습을 시키고 곳곳에서 유지를 모아 좌담회를 여는 등 장려운동을 펼쳤다.
 다음 해에는 말끔하게 물들인 순사복을 모범 흑색복으로 제시하여 관심을 끌
 려 했다. 그러나 말을 듣는 사람은 거의 없어 총독부 관리들은 조센진은 말로
 해서는 안 되는 민족이라고 억지 주장을 펴기도 했다."

똑딱 똑딱 똑딱

할머니가 정성을 들여

다듬이질로 희고 새롭게

다듬은 조선옷도

젊은이는 입고 싶어 하지 않는다

밀짚모자를 쓰거나

양복을 입거나 포마드를 바르거나

그리고 할머니들에게까지

어제 면장님으로부터 호출이 있었다

면사무소에 속속 마을 사람들은

모여들었다

높은 곳에서

면장은 마을 사람들에게 호통을 친다

── 세상은 일진월보日進月步하고

문명문화文明文化의 오늘날은

첫째로 규칙을 지켜야 해

납세의 의무

그러니까 조세는 반드시 받쳐야 해

그리고 할망구들은 특히 잘 들어

쓸데없는 완고한 것들은

밤새도록

똑딱똑딱

다듬이질을 하고 있어

도무지 시끄러워 못 참겠어

첫째로 저 똑딱 소리는

소한테 좋지 않아,

소 신경에 거슬리니까

젖 나오는 게 좋지 않아

둘째로 복장 개량의

취지로 보아서도

흰 조선옷은 내일부터

일체 입어서는 안 돼

검정 옷으로 갈아입어

검정 옷은 더럼을 타지 않거든

따라서 빨래를 할 필요가 없어

똑딱똑딱 거리며

빨래하는 할망구들은 방망이질 그만두고

내일부터 새끼를 꼬아

똑딱똑딱 하면 괘씸한 년들이다

면장은 부르르 몸을 떨며 고함지른다 (…중략…)

─아이고, 면장님, 앞으로 얼마 안 남은 늙은이에게 너무 어려운

요구입니다

새삼스레 흰 조선옷을

아이고

그만두고 색옷을 입으라고 하시지만

그렇다면 할망구를 죽여주십시오

아이고―, 신이 내려주신 흰옷을 어찌 벗을 수 있단 말이오

아이고―, 하느님, 조상님,

면장 놈이 내 흰옷을 빼앗아가서 까마귀 같은 검은 옷을 입으라

고 지껄인다, 벌 받을 면장 놈,

난 싫어,

흰옷은 내가 죽어도 나를 죽여도 못 벗어

아이고―, 아이고―, 아이고― (…중략…)

시끄러워 할망구들

너희들은 얼마 전에도,

울고불고 지랄했지.

기회 있을 때마다 총독부 개정에는

떠들며 반대하고 나서고

흰옷을 색옷으로 바꾸지 않는 패거리들은

……총독부의 뜻에

……제대로 안 따르면

거꾸로 메달 거다

면장은 달래고 어르고 하면서

조선의 전통 옷을 새 옷으로 고치려고 한다. (…중략…)

저녁 안개 속에 할머니 일행이 돌아오면

안개 속에서 갑자기 할머니의

닭 울음소리 닮은 외침이 들려온다

몇 명의 사내와 할머니의 무리는 서로 뒤얽혀 싸우며

산길에서 벼랑으로 도망치려고 한다.

사내의 일행은 그 갈 길을 가로막는다

―제기랄, 이 할망구들

너희들 옷을

이렇게 더럽혀 주마

―변변찮은

똑딱똑딱 방망이질하는 할망구들

어떻게든 네 년들이 그 옷을 벗으려고 하지 않는다면, 우리들이

색옷장수

일을 해야겠다

갈팡질팡 달아나는 노파는 사내들의

다리에 걸어 채이고

손으로 두들겨 맞고

사내들은 까불거리며 떠들고

개가 늙은 닭을 뒤쫓아 다니듯이

손에 손에 먹물을 듬뿍 묻힌

붓을 치켜 올려

어깨에서 비스듬히 먹물을 노파의 흰옷에 끼얹는다 (…중략…)

면사무소 사내들은 계획적인

먹물 습격으로 시꺼멓게 더럽혀진

노파의 참혹한 흰옷, 헝클어진 머리,

일그러진 얼굴로 일어서서 그 자리에서 사라진다

トクタラ、トクタラ、トクタラ 老婆が精魂こめて / パンチヂリ で白く新しく / 晒した朝鮮服も / 若いものは着たがらない / 麦藁 帽子をかぶつたり /洋服をきたり、ポマードをつけたり / そして老 婆達にまで / 昨日、面長さまから呼び出しがあつた / 面事務所に ぞくぞくと村の衆は / 集つてきた、 / 高いところから / 面長は村 の衆に呶鳴る、(…中略…) / ――哀号、面長さま、この老い先 / 短 い年寄に / 難題といふものだ / いまさら白い朝鮮服を / 哀号 / よ して色服を着ろとおつしやるが / そんなら婆を殺して下されや / 哀号――、 / 神さまからお授り物の白衣を / どうして脱がれませ う、 / 哀号――、天帝よ、先祖よ、 / 面長奴が、わしから白服をう ばつて / カラスのやうな黒い服 / 着ろとぬかす、面長の罰あたり 奴、 / わしは嫌ぢや / 白い服は死んでも殺されても脱がぬわ / 哀号 ――、哀号――、哀号――、(中略) / ――騒ぐな婆ども / うぬ等 は、ついこないだ / 泣いたり、咆へたりした許りだ / なにかにと

·········の改正には / 出しやばつて反対しくさる、/ 白服を色服に
変へぬ輩は / ·················の主旨に / ···········ロクでな
しぢや、/ さかさハリツケものぢやぞ、/ 面長はなだめたり、すか
したり / 朝鮮の伝統的な白服を / 新しい服装に改めさせようとす
る、(…中略…) / 夕靄の中に老婆の一団がかへつてゆくと / 靄の中
から突然老婆の / 鶏の叫び声に似たさけびがきこえてくる、/ 数人
の男と老婆の群はもみあつて / 山路から崖へ逃げをりようとす
る、/ 男の一団はその行手をさへぎる ―― くそ婆奴 / 貴様の着物
を / これこの通り汚してやらう、/ ―― ろくでなしの / トクタラ婆
奴 / どうしてもウヌ等が / その服を脱がうといはぬなら、/ わし
らは染屋の / 役をかつて出るわい、/ 逃げまどふ老婆は男達の / 足
で蹴られたり / 手でうたれたり / 男たちは大はしやぎで / 犬が老
いた鶏を追つかけ廻すやうに、/ 手に手に墨汁をたつぷりつけた /
筆をふりあげて / 肩から斜めに / 墨をもつて老婆の白衣にきり
かゝる(中略) / 面事務所の男達の計画的な / 墨の襲撃にまつ黒に汚
れた / 老婆のみじめな白衣、みだれた髪、/ 顔を歪ませて立ちあが
り、立ち去る。

인용 부분은 '색옷장려운동'과 관련하여 99행부터 244행까지
무려 145행이나 할애하여 묘사하고 있다. 이 시의 중요한 소재
로 '색옷장려운동'을 다루고 있음을 알게 하는 대목이다.

일제에 의해 강제적으로 이루어진 이 운동을 강하게 저항하는 조선 할머니들의 반발과 그에 따른 일제의 남자들이 저지르는 먹물 습격과 폭행을 묘사하는 부분에서는 전율을 느끼지 않을 수 없다.

따라서 위의 인용에서 관심이 특히 가는 부분도 그들이 강요하는 '조세의 의무 준수'와 '다듬이질 금지' 그리고 '복장 개량'이다. 색옷장려운동에 반발하는 할머니들의 저항도, "그렇다면 할망구를 죽여 주십시오 / 아이고―, 신이 내려주신 흰옷을 어찌 벗을 수 있단 말이오 / 아이고―, 하느님, 조상님, / 면장 놈이 내 흰옷을 빼앗아가서 까마귀 같은 검은 옷을 입으라고 지껄인다, 벌 받을 면장 놈, / 난 싫어, / 흰옷은 내가 죽어도 나를 죽여도 못 벗어"에서 볼 수 있듯이, 죽음을 각오한 비장한 것이다. 일제가 색옷장려운동을 반대하는 조선의 할머니들에게 가하는 폭력 행위의 구체적 사례는, "갈팡질팡 달아나는 노파는 사내들의 / 다리에 걸어 채이고 / 손으로 두들겨 맞고 / 사내들은 까불거리며 떠들고 / 개가 늙은 닭을 뒤쫓아 다니듯이 / 손에 손에 먹물을 듬뿍 묻힌 / 붓을 치켜 올려 / 어깨에서 비스듬히 먹물을 노파의 흰옷에 끼얹는다"다. 다듬이질을 통해 흰옷을 깨끗하게 입으려는 행위는 조선의 유구한 전통을 지키고자 하는 할머니들의 결연한 의지로 읽혀 커다란 감동을 준다. 그것은 곧 시인 오구마의 일제 만행에 대한 고발이 정점에 이르렀다고 볼 수 있는 사례가 되기에 충분하다.

이러한 오구마의 일제 만행에 대한 고발과 관련하여, 다음의 지적
은 공감할만하다.

더러워진 흰옷을 입는 가난한 한국인에게 색옷의 은혜를 주려는
색옷장려를, 한국인의 처지에서 파악할 수 있었던 오구마의 한국 문
제에 대한 지식은 상당한 것이었다. 이 색옷장려운동의 희생자는 한
국 민중이다. (…중략…) 오구마가 택한 소재는, 한국 민중의 상징적
인 모습을 더럽히는 것과, 빨래 방망이로 이 더러움에 대항하는 늠름
한 한국 민중의 모습이었다. 식민지의 민중을 그리는 오구마의 상황
에는 두 가지 면이 있었다. 하나는, 러일전쟁의 결과 대일본제국이
획득한 식민지 '사할린 남반부'에서 육체노동을 한 경험에서 온 것이
다. 노동자로서 자립의 정신을 가진 오구마의 젊은 정신은 이 시기에
피식민지 민족인 아이누 민족에 대한 뜨거운 연대를 느끼고 있었다.
그러한 생각은 같은 식민지 사람인 한국 민족, 그것도 한국의 민중에
대한 동정으로 이어져 갔다. 또 하나의 처지 그것은 오구마의 자기혐
오와 깊이 연결되어 있다. '짐승의 자식'으로서의 자각, 아이누 침략
에 대한 시사무(아이누 이외의 일본인)로서의 자각, 식민지 입식자
로서의 자각이다.[12]

---

12 하야시 고지, 「잡종의 자식으로서 학대받는 존재와 연대하다— 오구마 히데
오」, 『그때 그 일본인들』, 한길사, 2006, 340쪽.

인용문은 오구마가 '장장추야'라는 시를 쓰게 된 배경을 두 가지로 잘 요약하여 설명하고 있다. 즉, 하나는 자신이 젊은 시절 사할린이라는 식민지 땅에서 노동자로서의 삶을 보낸 경험이며, 또 하나는 자신의 생부의 짐승 같은 행위에 대한 인생 잡종으로서의 자각이 이 시를 낳았다는 것이다. 그러나 무엇보다 오구마가 생전에 한국을 직접 찾았다는 기록이 없는 점 등을 감안하면, 그가 당시 파악한 한국에 관한 정보는 정확한 것이었고, 시적 소재로 선택한 다듬잇돌, 흰옷, 노파, 처녀 등도 한국인과 공감대를 형성할 수 있는 것이었다. 거기에 가미된 시적 상상력은 시인 오구마의 시적 자질에서 생성되었다고 볼 수 있다.

이처럼 145행에 걸쳐 펼쳐진 3부의 긴 호흡은, '색옷장려운동'과 그를 강제로 추진하려는 총독부에 대한 조선 할머니들의 눈물겨운 저항운동의 형상화였다. 할머니들의 저항과 그들이 할머니들에게 폭력을 행하는 장면을 직접화법을 동원하여 표현한 점은 이 서사시가 보다 가치 있는 작품으로 승화하는 데 일조하였다.

5. 낙동강변 빨래터의 애환과 저항의 몸짓을 노래하다

'색옷장려운동'을 거부하는 할머니들에 대한 사내들의 폭행에 당시의 할머니들은 어떻게 극복하고 살아갈 수 있었을까. 마지막 스물다섯 개행의 시를 읽기로 한다.

날이 새면
마을의 노파들은 아무 일도 없었다는 듯
근처 이웃과 함께
낙동강 강가로 모두 한 곳에 모여 나간다
더럽혀진 흰옷을
철썩 물에 담그면
강은 순식간에 검은 흐름이 된다
그리고 이윽고 검은 한 줄기 흐름은
점차 엷어지고
강 아래로 떠나간다
분노의 노파 표정도
점차 부드러워져 간다
똑딱, 똑딱, 똑딱
밝게 방망이질을 한다
서로의 얼굴 바라보며

강하게 모든 일을 긍정하려고 하며

애처롭게 미소 띤 얼굴로 바뀌어 간다

가냘픈 손을 치켜 올리며

강하게 빨랫돌을 두드린다

힘차게 조선의 노래를 부르기 시작한다

검게 더럽혀진 흰옷을 방망이로 친다

치는 방망이도 울고 있다

맞는 흰옷도 울고 있다

두드리는 노파도 울고 있다

맞는 돌도 울고 있다

모든 조선이 울고 있다.

夜が明けると / 村の老婆たちは何事もなかつたやうに / 近所誘ひ
あつて / 洛東江の河岸に打揃つて出かけてゆく、/ 汚された白衣を
/ ざぶりと水にひたすと / 河は瞬間くろい流れとなる / そしてやが
て黒い一条の流れは / しだいに薄れて / 河下に去つてゆく / 老婆
の憤りの表情も / しだいになごやかになつてゆく / トクタラ、ト
クタラ、トクタラと / 洗濯台を陽気に打ちだす / たがひに顔見合は
せて / 強くすべての出来事を肯定しようとして / いたいたしい微
笑の顔にかはつてゆく / かよわい手をふりあげて / 強く石をうつ /
強く朝鮮の歌をうたひだす / 黒く汚れた白衣を棒でうつ / うつパン

チも泣いてゐる / 打たれる白衣も泣いてゐる / うつ老婆(ロッパ)も泣いてゐ
る / 打たれる石も泣いてゐる / すべての朝鮮が泣いてゐる。

인용한 마지막 4부(245~270행)는 간밤에 온갖 수모를 겪은 할
머니들이 다시 새벽이 오자, 지난날의 슬픔을 잊은 채 다시 같이
모여 짓밟힌 흰옷을 빨래한다는 내용을 담고 있다. 그것은 곧 슬
픔의 극복이며, 언젠가는 평화로운 조선의 땅을 되찾을 수 있다
는 의지의 표출인 것이다. 모든 것이 울고 있지만, 당시를 살았
던 할머니들의 인내가 무척이나 감명 깊다.

이러한 할머니들의 의지를 대변해주는 표현은, "똑딱, 똑딱,
똑딱 / 밝게 방망이질을 한다 / 서로의 얼굴 바라보며 / 강하게
모든 일을 긍정하려고 하며 / 애처롭게 미소 띤 얼굴로 바뀌어
간다 / 가냘픈 손을 치켜 올리며 / 강하게 빨랫돌을 두드린다 /
힘차게 조선의 노래를 부르기 시작한다"에 잘 나타나 있다. "더
럽혀진 흰옷을 / 철썩 물에 담그면 / 강은 순식간에 검은 흐름이
된다 / 그리고 이윽고 검은 한 줄기 흐름은 / 점차 엷어지고 / 강
아래로 떠나간다 / 분노의 노파 표정도 /점차 부드러워져 간다"
역시 낙동강 물에 빨래를 하는 할머니들의 의지와 잘 조화시켜
훌륭한 상징의 세계를 획득하고 있다. 결국, 시의 말미는 시의
서두에서 읽었던, "조선이여 울지 말라, / 노파여 울지 말라, / 처
녀들이여 울지 말라, / 빨래대가 비웃는다"와 연계성을 보여주기

에 이르러, "치는 방망이도 울고 있다 / 맞는 흰옷도 울고 있다 / 두드리는 노파도 울고 있다 / 맞는 돌도 울고 있다 / 모든 조선이 울고 있다"로 마무리하고 있다. 서사시 구조의 시적 효과의 극대화를 꾀하고 있는 것이다.

그것은 곧 조선에 대한 위로와 슬픔의 조화이기도 하지만, 단순한 위로와 슬픔의 조화 차원을 넘어서서, 그 바탕에 일제가 가한 고통을 인내하고 평화를 희구하는 한민족의 정서가 자리 잡고 있음을 상기시켜 주는 것이다.

이처럼 4부에서는 이 시의 공간적 배경인 낙동강 강변을 중심으로 살아가는 할머니들이 일제의 폭행으로 더럽혀진 흰옷을 빨며, 특유의 긍정적 사고를 발휘하면서 슬픔을 극복하는 모습이 시로 형상화되어 있다. 여기에는 물론 '낙동강 물'과 '빨래 방망이', '흰옷'을 슬픔을 걷어내는 정화작용의 시적 장치로 활용한 시인의 자질이 스며들어 있다.

6. 마무리 글

시 「장장추야」는 일제의 지배를 받던 1930년대 중반, 낙동강 강변에서 살아가는 한 할머니가 일제의 횡포에 항거하며 평화 희구에 대한 생각을 버리지 않고 꿋꿋하게 살아가는 모습을 중심축으로 삼아 전개된 작품이었다. 일본인 시인 오구마 히데오가 쓴 무려 270행이나 되는 장편 서사시였다.

시에 그려진 구체적이고 중심적인 일제의 횡포는 조선인에게 강제로 흰옷 대신 검은 옷을 입히려는 '색옷장려운동'이었다. 또한, 조선 청년들에 대한 강제 징용과 사금 캐기, 그리고 그들을 유민으로 내모는 행위였다. 이러한 횡포를 고발한 이 작품은 당시를 살아가던 우리 조상들의 인내와 고통 감내를 제대로 형상화하고 있었다는 점에서, 그 우수성을 거론할 수 있다.

특히, 시의 3부는, '색옷장려운동'에 대해 강력하게 일제에 항거하던 조선 할머니들의 모습과 더불어, 일제가 동원한 남자들이 할머니들을 폭행하는 행위를 직설 화법을 통해 사실에 가깝게 묘사했는데, 이는 시적 극대화와 함께 독자들의 공감을 불러일으키는 중요한 역할을 담당했다. 여기에 평화로운 조선을 꿈꾸는 할머니들의 희망의 메시지는 시의 서두부터 후반부까지 시종 하나의 톤을 유지하며 전개되고 있었고, 그것은 흰옷을 빨아 다듬이질을 하는 할머니들의 다듬이 소리로 상징화되었다. 이와 함께, 낙동강, 빨래 방망이 등도 슬픔을 극복하는 훌륭한 시적 장치로 활용하고 있는 점을 생각하면, 이 작품은 시인 오구마의 우수한 시적 자질이 고스란히 녹아 있다는 평가에 도달할 수 있게 된다.

무엇보다 이 작품의 탄생 배경과 관련하여 놀라운 점은, 이 시를 쓴 오구마가 한국을 방문한 적이 없음에도 불구하고, 한국인 지인이나 자료를 통해 섭렵한 한국 사정을 바탕으로 펼친 시적 상상력이 사실에 가까웠다는 것이다. 이는 일제에 대한 명료한 반식민지 성향이다. 그러한 사실에서 보면, 이 시는 일본인 시인이 당시 피지배 국민이었던 조선인과 동일한 관점에서 서술한 보편적 인류애를 근간으로 하는 작품이었다.

/

제3장

'조선'이라는 풍경과 아이덴티티

이토 신키치, 우치노 겐지, 김용제, 김병호의 '조선' 소재 시편과
일본 프롤레타리아 시문학의 성취

이 글은 일제강점기에 한국과 일본에서 발표된 프롤레타리아 시편들에서, 한국 또는 한국인과 관련된 소재 혹은 주제로 삼고 있는 작품을 분석하여 그 의미구조를 밝히는 데 목적이 있다. 물론 텍스트가 된 시들은 문학적 가치가 있는 우수한 것이라는 판단을 전제로 한다.[1] 이와 관련하여 이미 한국에서도 여러 연구 결과가 발표[2]되어 있는 만큼 이 글도 성격상 그러한 연구의 연

---

1 예를 들면, 박춘일은 그 당시 일본에서 쓰인 프롤레타리아 작품 중에서, 높은 예술성을 가지며 동시에 조선을 주제로 한 시로, "나카노 시게하루(中野重治)의 「비 내리는 시나가와 역(雨の降る品川駅)」, 이토 신키치(伊藤信吉)의 「해류(海流)」, 오구마 히데오(小熊秀雄)의 「장장추야(長長秋夜)」, 마키무라 히로시(槇村浩)의 「간도 빨치산의 노래(間島パルチザンの歌)」" 등을 들고 있다. 朴春日, 『近代日本文學における朝鮮像』, 未來社, 1969(增補版, 1985), p.175 참조. 또한 오무라 마스오(大村益夫)는, "본격적인 프롤레타리아 시인으로 일본을 무대로, 일본의 프롤레타리아 문학자들과 어깨를 나란히 하며 활약한 조선인 문학자는 김용제 이외에는 없었다. 그의 작품은 침체로 향하려고 하는 일본 문단에서 극히 전투적인 귀중한 존재였다"고 평가한다. 大村益夫, 『愛する大陸よ－詩人金龍済研究』, 大和書房, 1992, p.39 참조.

장선상에 위치할 것이다.

이에 저자는 크게 다음의 두 가지 점에서 기존 연구 성과와의 차별을 꾀하였다. 하나는, 일본인 시인이 한국에서의 삶의 경험을 바탕으로 프롤레타리아 시를 써서 발표한 것이 검토대상이라는 점이다. 한국인에게 무척이나 생소한 작품인 이토 신키치伊藤信吉, 1906~2002, 이하 '신키치'의 「해류海流」를 분석하여, 당시 일본인 시인이 한국과 한국인에 대해 어떠한 의식을 가졌는지를 구체적으로 살펴볼 것이다. 더불어, 우치노 겐지內野健児, 1899~1944, 이하 '겐지'의 「조선이여朝鮮よ」를 들여다보는 것도, 지금까지 이 시에 대한 보다 구체적인 논의가 없었다는 점 때문이다.[3] 연구대상으로서의 값어치가 충분하다. 여기에 더하여 겐지의 또 다른 작품 「조선 땅 겨울 풍경鮮土冬景」은 작품의 성격상 프롤레타리아적 요소는 다소 미약하나, 좋은 작품임에도 역시 한국에 소개되지 않은

2　이러한 기준에 의해 연구된 선행연구는 다음과 같은 것들이 있다.
오병우 · 박애숙, 「사타 이네코(佐多稻子)의 조선인상-프롤레타리아 시「朝鮮の少女一 · 二」를 중심으로」, 『日本語文學』第32輯, 2006, 313~337쪽; 오석륜, 「오구마 히데오(小熊秀雄)의 장장추야(長長秋夜)론」, 『日語日文學硏究』第70輯 2卷, 2009, 195~211쪽; 오석윤, 「마키무라 히로시(槇村浩)의 「간도 빨치산의 노래」論」, 『日語日文學硏究』第55輯 2卷, 2005, pp.369~388; 오석윤, 「나카노 시게하루(中野重治) 詩에 나타난 韓國觀」, 『일본문학에 나타난 한국 및 한국인상』, 동국대 출판부, 2004, 140~157쪽; 이영희, 「식민지시대 일본 사회주의 시인의 조선인식-조선 관련 詩를 중심으로」, 『일본어문학』45집, 2009, 385~420쪽.
3　최근 채지혜가 이에 관해 발표한 글이 있다. 채지혜, 「아라이 테쓰(新井徹)의 『흙담에 그리다(土墻に描く)』와 『까치(カチ)』에 나타난 조선체험」, 『日本語文學』第84輯, 日本語文學會, 2019.

점을 고려하였다.[4]

이 글이 다른 연구와 또 하나 차별을 꾀한 점은 한국인 시인 두 사람의 작품이 분석 대상이라는 것. 물론, 그들이 프롤레타리아 시를 발표한 곳은 일본 문단이었다. 그들은 일본인 평자들로부터 주목받았던 한국인 시인인 김용제金龍濟, 1909~1994와 김병호金炳昊, 1904~1959다. 그들의 작품은 각각 「현해탄玄海灘」과 「나는 조선인이다おりゃ朝鮮人だ」로, 특히, 김병호는 지금까지 한일 양국에 알려지지 않은 시인이지만, 저자가 『일본 프롤레타리아문학 대계日本プロレタリア文學大系』三一書房, 1954를 정독하던 중에 시집에 수록된 그의 시를 발견하고, 시의 내용과 역량 면에서 충분히 우수하다고 판단하여 분석대상으로 삼았다.

이처럼 이 글에서 택한 텍스트의 선별은 이 글이 기존 연구와의 차별성을 의식한 데서 비롯되었다. 향후 이 글이 한일 프롤레타리아문학 연구자들에게 귀중한 자료로 남고, 또한 두 나라의 근대문학사 연구에 작은 보탬이 된다면 나름대로 몫을 다하리라 본다.

---

4   최근 저자는 「뉴스토마토」에 출연하여, '항일시인 우치노 겐지를 아십니까'라는 제목으로 우치노 겐지를 소개하였다(2019.9.27). 또한 우치노 겐지의 『흙담에 그리다(土墻に描く))』가 한국에서 번역되어 나오기도 했다.(우치노 겐지, 엄인경 역, 『흙담에 그리다』, 필요한 책, 2019.)

1. 휴머니즘과 동정심 사이

「해류海流」에 나타난 한국인상

일본인들에게 일본문학 연구자로, 또한 서정 시인으로도 잘 알려진 이토 신키치는 일제강점기 당시 작품 「해류」를 발표하며, 프롤레타리아 시인으로서의 이미지도 갖기에 이른다. 시는 다음과 같은 것이다.

저물어 가는 바다, 조선반도의 동쪽을 흐르는 리만해류의 물결에
4월의 반도로 돌아가는 나의
─기선汽船은 지금 좌현左舷으로 기울어지고 있다

이별의 날, 신주쿠역新宿驛의 구내에
푸른 칸델라를 흔드는 역의 잡역부雜驛夫가 보이고
헤아릴 수 없을 만큼 늘어선 레일 저편
열차 창에서 나는 차고를 보았다
거기에서 도시의 울림을 듣고
거기에서 신주쿠 거리를 달리는 버스 클랙슨 소리를 들었다

두 개의 차고와 나란히
요란스럽게 울리는 철교 위를 전철이 달리고

퍼붓는 빗줄기로 철교 아래는 흙탕물 가득하던, 그 날

거기에서 만난 채 지금은 ✕잡힌 날들을 견뎌내는 친구여

지금도 신주쿠 거리를 달리고 달려

또는 입고入庫하고 목욕탕에 있을 것이다―차고의 동료여

기선은 물살을 가르고

한류寒流는 오로지 하나의 길로 줄곧 흐르고 흐른다

이 흐름에

나는 가슴 가득한 생각을 담아낸다

흐르고 흘러 퍼져

일본열도의 기슭에서 기슭으로 밀려와서 부딪치는 물결, 이 물결에―

물결은 내 생각에 언다

물결은 내 가슴에 물보라를 올린다

어디에 내 고향은 있는가―나는 안다

아시아 대륙에서 돌출한 반도의 봄―찾아온 봄에도 ✕밟힌 것의

그 빛깔을!

이 빛깔에, 물보라 치는 가슴의 혹독함을 지니고서 나는 선다

그 고향을, 끊이지 않는 바다의 술렁임을 가슴에 감추고서 나는

간다

아득한 친구여

나의 차고車庫여

리만 한류의 물결, 이 흐름에 나는 듣는다

겨우 찾아온 봄의 빛깔에도, ✕눌린 것이 일어서는 외침 ─

바다의 흐름에 그것을 듣는다!

─「해류」전문

暮れて行く海　朝鮮半島の東側を流れるリマン海流の波に

四月の半島に帰るおれの

─汽船はいま左舷にかたむいている

別れの日、新宿駅の構内に

青いカンテラを振る驛夫が見え

かぞえきれぬほど列んだレールのかなた

列車の窓からおれの車庫を見た

そこから町のひびきを聴き

そこから新宿通りを走るバスのクラクションを聴いた

二つの車庫に竝んで

がうがう鳴るガードの上を電鐵が走り

ドシャ降りの雨でガードの下はいっぱいの泥水、その日

そこで逢ったぎりいまは×はれの日々を耐へる友よ

いまも新宿通りを走りつづけ

または入庫して風呂場にゐるだらう――車庫の仲間よ

汽船は波をよぎり

寒流はただ一つの途へ流れつづける

この流れに

おれは胸いっぱいの思いをこめる

流れつづけてひろがり

日本列島の岸からへ岸へ押しよせぶつかる波、この波に――

波はおれの思いに凍る

波はおれの胸にしぶきをあげる

どこにおれの故郷はあるか――おれは知る

アジア大陸から突き出た半島の春――やってきた春にも×めつけ
られたものの

その色を!

この色に、しぶきする胸のきびしさをもっておれは立つ

その故郷を、鳴りやまぬ海のざわめきを胸にひそめておれは往く

はるかな友よ

おれの車庫よ

リマン寒流の波、この流れにおれは聴く

やうやくやってきた春の色にも、×められたものの立つ叫び――

海の流れにそれを聴く！

—「海流」[5] 全文

이 작품은 신키치의 「해류」전문으로 전체가 7연 32행으로
된 장시다. 우선 이 작품의 우수성은 한반도로 향하는 선상에서
화자가 조선인 노동자의 애처로운 삶과 조선의 독립을 바라는
희망을 해류와 조화롭게 빚어낸 솜씨에서 찾을 수 있을 것이다.
아마도 신키치는 이 시를 통해 도쿄의 신주쿠新宿에 있는 어느 일
본 기업체에서 쫓겨난 조선인 근로자를 떠올리며, 그가 겪고 있
는 인내의 시간을 노래하고 싶었으리라.

우선, 1연에서는 시적 공간과 시간적 배경이 동시에 읽힌다. 시
적 공간은 리만해류를 따라 조선반도로 돌아가는 선상. 기선은 증
기 기관의 동력으로 움직이는 배를 통틀어 이르는 말로, 우리가
흔히 알고 있는 증기선으로 이해하면 될 것 같다. 차가운 바다의
이미지로 읽히는 시어인 "리만해류"는 러시아 연방의 오호츠크해

---

5   『明治大正文學全集』36권, 春陽堂, 1931, pp.523~524.

방면에서 연해주沿海州를 따라 남하하는 한류를 가리키는 말인데, 좁게는 타타르 해협에서 사할린 남단에 이르는 해류만을 리만해류라고도 한다. 베링해와 오호츠크 해계海系의 저온·저염분수低鹽分水로 구성되어 있는 거대한 한류인 쿠릴 해류의 지류이기도 하다. 시간적인 배경은 4월의 저녁 무렵. 봄이지만 아직도 추위가 가시지 않은 계절이다. 그래서 화자는 찾아온 봄에도 제대로 빛깔을 내지 못하는 조선반도와 조선인의 심정을 차가운 리만해류의 물결, 그 흐름에 듣고 있다고 노래하고 있다. 시가 쓰인 시기가 1930년 무렵인 점을 감안하면, 이 작품은 일제강점기를 겪고 있는 조선과 조선인에게 진정한 봄, 즉, 빛을 회복하는 광복이 오기를 염원한 작품으로 평가해도 크게 어긋나 보이지 않는다.

시를 좀 더 정밀하게 들여다보자. 2연, 3연에는 신주쿠에 있는 일본인 회사에서 일하는 조선인 노동자와 동료였던 화자와의 추억이 그려져 있다. 양자 모두 신주쿠역에 근무하는 역의 잡역부, 혹은 그와 유사한 일을 하는 노동자일 것이다. 그것은 일본어 원문으로 표기된 "잡역부雜驛夫" "차고의 동료여"를 통해 추측 가능하다. 2연 2행의 "칸델라"는 휴대용 석유등을 가리키는 말이다. 칸델라를 들고 일하는 역의 잡역부가 있고, 많은 철도 레일이 깔린 곳, 그런 공간에서 듣는 버스 클랙슨 소리 등은 화자와 조선인 노동자가 일하는 곳의 현장감을 생생하게 나타내는 묘사로 읽힌다. 그런 일터의 현장감은 3연에서도 계속되어, 그들이 일했던 역의 환경과 헤어진 동료를 떠올리고 있다. 그 구체적인 표현이, "퍼붓는 빗줄기로 철교 아래는 흙탕물 가득하던, 그 날, / 거기에서 만난 채 지금은 ✕잡힌 날들을 견뎌내는 친구여"다. 일터에서 쫓겨난 조선인의 입장에서 파악하면, 2연 1행에 나타난 "이별"의 주체는 조선인으로 보아야 할 것이다.

2연, 3연과 달리 1연, 4연, 5연, 6연은 선상에 있는 화자를 그려낸다. 1연에 나타난, "좌현으로 기울고 있다"는 선상에 서 있는 화자의 이미지를 명료하게 표현한 것이다. "좌현左舷"은 뱃머리 쪽으로 향했을 때, 왼쪽에 있는 뱃전이다. 즉, 화자는 기선汽船의 좌현으로 기울어지고 있는 배를 타고 있다. 화자는 일터에서 쫓겨나 고국, 즉 한반도로 돌아가는 노동자로 파악해 볼 수 있다. 그리하여 4연의 "이 흐름에 / 나는 가슴 가득한 생각을 담아낸다"와 5연의 "물결은 내 생각에 언다 / 물결은 내 가슴에 물보라를 올린다 / 어디에 내 고향은 있는가 ― 나는 안다"에 이르러, 고국으로 돌아가며 만감이 교차하는 심정을 해류에 버무려 빚어낸다. 이 부분에서의 시적 기교는 이 시를 뛰어난 작품으로 평가하는 데 조금도 주저할 필요가 없게 한다. 그리하여 마침내 마지막 7연에서 헤어진 동료와 일터와의 이별에 대한 아쉬움을, "아득한 친구여 / 나의 차고車庫여"라고 토로하기에 이른다. 그리고 화자는 어렵게 찾아온 봄의 빛깔, 그것을 뚫고서 일어나는 자유로운 외침을 해류의 흐름에서 듣고자 한다. 마지막 연은 간절하게 광복을 희망하는 표현으로 해석해도 될 것 같다.

이 시를 쓴 신키치는 군마현群馬県 출신으로, 1928년에 상경하여 전일본무산자동맹인 「나프ナッブ」에 참가했으며, 당시 일본 시단을 대표하는 시인이었던 하기와라 사쿠타로萩原朔太郎, 1886~1942, 무로 사이세이室生犀星, 1889~1962에 사사하여 두 사람의 전집 편집을 맡는 활동을 하기도 하였다. 전쟁 전에는 프롤레타리아문학 운동에 참가했다. 전후에는 시인 연구자로 유명하며, 많은 전집류의 편집과 출판도 맡았다. 말년에는 고향인 군마현으로 거처를 옮겨 군마현의 문학 활동의 중심적 존재로도 활약했다. 제48회 요미우리문학상1997과 일본예술원상1999 등을 수상하기도 한 일본을 대표하는 시인이며 근대문학 연구자다.

이처럼 이 작품은 선상에서 고국으로 돌아가는 현재 시제와 신주쿠에서 역의 잡역부로서 일했던 시절을 회상하는 시제, 즉, 현재와 과거, 두 시제를 조화롭게 결합하였다. 일본인인 신키치가 나라 잃은 조선인 노동자가 되어 새로운 봄을 기다리고 기대하는 심정을 노래한 수작이다. 그런 의미에서 보면, 추방당한 조선인 노동자에게 보낸 휴머니즘 넘치는 작품인 나카노 시게하루의 「비 내리는 시나가와역」과 비슷한 성격의 작품이라고 할 수 있다.[6] 「해류」와 「비 내리는 시나가와역」은 일본 프롤레타리아

---

6   이와 관련하여 오무라 마스오(大村益夫)도, 이토 신키치의 프롤레타리아 시와 관련하여, "이토 신키치는 『프롤레타리아 시집(1931년)』에 수록된 시인

시편 중에서 조선과 조선인을 인도주의적 관점에서 그려낸 대표적인 수작의 사례로 꼽을 만하다.

2. '조선'을 향한 시적 정감

「조선 땅 겨울 풍경鮮土冬景」, 「조선이여朝鮮よ」에 나타난 한국

이러한 일본의 프롤레타리아 시인 중에는 특히 우리 한국인들이 주목해야 할 시인이 있었는데, 그가 바로 우치노 겐지内野健児, 1899~1944다. 그가 주목받아야 할 중요한 이유는 약 100년 전쯤, 일제강점기를 겪고 있는 당시의 한국에서 핍박받는 한국인을 노래하고 일제를 비판하는 작품을 썼다는 점 때문이다.

먼저 다음의 시를 읽어보자.

이다. 본원적으로는 서정시인인 이토 신키치도 당시의 풍조 속에서는 인맥상으로도 작풍으로도 나카노 시게하루에 가까운 프롤레타리아 시인이었다"는 평가를 한다. 大村益夫, 『愛する大陸よ―詩人金龍済研究』, 大和書房, 1992, p.41 참조.
또한, 박춘일도, 「해류」를 나카노 시게하루의 「비 내리는 시나가와역」에 답하는 듯한 내용의 시로, 귀국 도상의 배에서 일본의 동료들을 회상하고, 부르고, 또 새로운 '봄'을 지향하는 투쟁적 성향을 갖춘 노래라고 평가한다. 朴春日, 『近代日本文学における朝鮮像』, 未来社, 1969(増補版, 1985), p.180 참조. 「비 내리는 시나가와역」에 관한 상론은 별도의 원고 제2부 4장 '나카노 시게하루(中野重治) 시(詩)와 '한국''을 참고하기 바람.

어두운 생각이 막힌 커다란 하늘의 가슴을

콱 찌른 벌거벗은 나무 뾰쪽한 끝은

움직이지 않고 고뇌의 정점(頂點)을 가리켜 보인다

나무 저편에 늘어진 풍경의 막(幕)도 빛깔이 바래고

그저 검푸른 자색의 대지 표면에 그을린 빛의 풀옷을 깔끔치 못

하게 걸쳤다

나병 환자가 있는 민둥산이 줄곧 이어져 있을 뿐

가끔, 아득히 먼 곳에 놀러 가 있던 나무의 영혼이 돌아오듯이

참새들이 우듬지에 흡수되어 머물러 있지만

그것도 너무나 쓸쓸한 잎들이다

엷은 먹빛 떼가 울음을 울어본들

억눌린 겨울 마음을 어지럽히는 것에 지나지 않는다

하지만, 참새들이, 흩어져버려서

어두운 풍경의 막 그림자로 숨어버리면

또 한층 멍해지는 나무의 모습

아 그리고 그 밑을 지나가는 것은

느린 조선인의 발걸음으로

흰옷이 창백한 망령의 그림자를 이끌 뿐

— 「조선 땅 겨울 풍경(鮮土冬景)」 전문

暗い想ひのよどんだ大空の胸を

つんと突刺した裸樹のきつさきは

動かずに苦悩の頂点を指してみる

樹のかなたに垂れさがつた風景の幕も色ざめて

ただ黛赭色の地肌に焦色の草衣をだらしなくまとうた

癩病患者の禿山がつづいてるばかり

たまに、遥か遊びに行つてた樹の魂が帰つてくるやうに

雀どもが梢に吸収されてとまるけれど

それもあまりにさびしい葉の群だ

鈍色の群が鳴いたところで

圧へられた冬の心をかきみだすに過ぎない

だが、雀どもが、散つてしまつて

暗い風景の幕のかげへかくれてしまえば

また、ひとしほほうけた樹の姿

ああ、そしてその下を通ってゆくのは

にぶい鮮人の歩みで

白衣が蒼白い亡霊のかげをひくばかり。

—「鮮土冬景」[7] 全文

인용 작품은 일본인 시인 겐지가 자신의 첫 번째 시집 『흙담

---

7   内野建兒, 『土墻に描く』, 耕人社, 1929, p.61.

에 그린다土墻に描く』에 수록한 「조선 땅 겨울 풍경鮮土冬景」 전문이
다. 시는 겨울이 되어 헐벗은 나무와 그 나무와 함께 살아가고 있
는 조선인, 이 두 가지가 중심축을 이루고 있다. 이 두 가지 중심
축이 그려내는 시적 분위기는 전반적으로 쓸쓸하고 우울하다.
당시 한국의 겨울 풍경이 애상감 가득한 시각으로 그려져 있다.
서정성이 시 속에 내장되어 있다는 뜻이다. 이 시집의 출간이
1923년이었음을 감안하면, 이 작품을 창작했을 무렵의 시인은
스무 살을 갓 넘겼을 것으로 생각된다. 젊은 시인의 눈에 포착된
조선 땅 풍경이 원숙하게 그리고 섬세하게 묘사되어 있다는 점
에서, 그 시적 자질은 무척이나 우수하다.

　시를 좀 더 자세히 들여다보면, "벌거벗은 나무 뾰쪽한 끝"이
부동의 자세로 하늘을 향해 "고뇌의 정점頂點을 가리켜 보인다"는
것과, "우듬지에 흡수되어 머물러 있"는 참새들, 그리고 "쓸쓸한
잎들"은 겨울나무에 대한 구체적 묘사다. 그런 나무의 모습도 말
미에 이르러서는 나무에서 이탈한 참새들로 인해 "멍해지는"(14
행) 것으로 귀결되는 양상이다. 더불어, 이파리 다 떨어진 겨울
나무와 그 우듬지에 앉은 참새들이 울음을 울어본들 억눌린 겨
울 마음을 어지럽히는 것에 지나지 않는다는 표현도 같은 맥락
으로 읽힌다. 그런 시각을 바탕으로 마지막 세 개행인 15행에서
17행까지는 충분히 우리들의 관심을 끌 만하다. 그 적막한 풍경
에 흰옷을 입은 조선인이 느린 발걸음으로 창백한 망령의 그림

자를 이끌고 가고 있다는 서술이 우리들의 마음을 아리게 하는 것이다. 거기에는 나라를 빼앗긴 우리의 산천 풍경과 함께 당시의 겨울을 견뎌내는 조선인의 슬픈 모습이 겹쳐 나타나기 때문이다. "어두운 생각이 막힌 커다란 하늘의 가슴", "나무 저편에 늘어진 풍경의 막幕도 빛깔이 바래고", "나병환자", "민둥산"도 당시의 조선 풍경을 묘사하는 데 유효한 기능을 하고 있다.

그런 의미에서 이 시는 일제강점기를 겪고 있는 조선의 풍경을 나목이 된 겨울나무와 그를 둘러싼 우리의 산천, 그리고 힘든 시절을 살아가는 우리 조상들의 모습을 조화롭게 빚어낸 작품으로 평가할 수 있다. 그것을 일본인 시인 겐지가 조선에서 생활하면서 예사롭지 않은 필치로 묘사해 낸 것이다.

이 시를 쓴 우치노 겐지는 1899년 일본 나가사키현長崎県 출신이다. 한국에 산 것은 1921년에서 1928년까지 7, 8년 정도. 1921년 3월에 부모의 희망으로 조선총독부에서 일했으며, 대전중학교와 경성공립중학교 등에서 교사로 근무했던 이력도 갖고 있다. 1923년 『흙담에 그린다』를 출간하고 나서 '치안방해'라는 이유로 일제에 의해 발매금지 및 압수당하는 일을 겪기도 한다. 그후 '일부 말살'이라는 조건으로 발매금지 조치가 풀리지만, 약자에 대한 휴머니스트적인 입장에서 글을 쓴 시인이었던 그는 결국, 1928년 부인과 동생과 함께 조선에서 추방당하여 일본으로 가게 된다. 부인인 고토 이쿠코後藤郁子, 1903~1996 역시 일본의 프롤레타리아 시인이고 낭만파 시인이었다. 이후, 겐지는 일본으로 건너가 프롤레타리아문학 운동에 참가하며 '아라이 데쓰新井徹'라는 필명으로 일제에 항거하는 시를 썼다. 일본 패전 전 해인 1944년 결핵으로 사망하였다. 이때 그의 나이 45세였다.

다음 인용시는 일제에 항거하는 성향이 농후한 작품의 하나다.

어느 놈이냐 나를 쫓아내는 놈
직업을 박탈당했다 빵을 빼앗겼다
나가라고 내동댕이쳤다
온돌이여 흙담이여 바가지여 물동이여
모두 이별이어라 흰옷의 사람들
이군李君 김군金君 박군朴君 주군朱君
이름도 없는 거리의 전사戰士·거지 군君

고역의 부초浮草·자유노동자 지게꾼
안녕 안녕
안녕 가난한 내 친구들
쳇!
쫓겨난다고 해서 그대들을 잊을 것인가
쫓겨난다고 해서 포플러가 우뚝 솟은 석간주赭土를 잊을 것인가
저놈이다 저놈의 목소리다

"진실이 불리고 있으니까 안 되는 것이다!"
부정存定한 저놈은 엄연히 존재한다
늠름하게 있는 엄격한 우상偶像
저놈은 부정한다

진실을 말하는 자의 생존을
부정하는 데에 무엇이 남을까
무엇이 칠해질까
위만偽瞞의 탑이 방연히 우뚝 서는 것이다
위만의 탑은 홀연히 대풍大風에 당하고 말 것이다
기생의 아리랑 발효한 막걸리
일말의 구름과 날아서 흩어져라
그대들 가난한 나의 친구들
이군 김군 박군 주군
이름도 없는 거리의 전사·거지 군
고역의 부초浮草·자유노동자 지게꾼

경계하라!
당하지 말라!
쳇! 나는 쫓겨나는 것이다
우울한 연기를 뿜어내는 배

냉정의 물보라를 끊어내는 배

배는 저놈들의 채찍이 되어

나를 현해의 건너편으로 내팽개치는 것이다

내쫓기는 거라고

이를 가는 것도

현측舷側을 잡고 뚝뚝 눈물을 흘리는 것도

지금은 쓸데없다

다시 올 날까지

저놈들과 그대들이 있는 수평선

안녕 안녕 잠깐의 안녕

1929년 6월

—「조선이여」 전문

何者だ? 俺を追う者

職を剝がれた パンを奪られた

出てゆけとホッポリ出された

温突よ 土墻よ パカチよ 水甕よ

みんな別れだよ 白衣の人々

李君 金君 朴君 朱君

名もない街頭の戦士・乞食君

苦役の浮草・自由労働者擔軍

さよなら さよなら

さよなら 貧しい俺のお友達

チエツ!

追はれたつて君らを忘れるもんか

追はれたつてポプラの突立つた赭土を忘れるもんか

アイツだ アイツの聲だ

「眞實が歌つてあるからいけないのだ!」

否定したアイツは嚴としてゐる

凛としてゐるきつい偶像――

アイツは否定する

眞實を語る者の生存を

否定するところに何が残るか

何が塗り上げられるか

僞瞞の塔が屹然とつつたち上るのだ

僞瞞の塔は忽然として大風にやつつけられるのだ

妓生のアリラン 靡爛のマツカリ

一抹の雲と飛散せよ

君等 貧しい俺のお友達

李君 金君 朴君 朱君

名もない街頭の戦士・乞食君

苦役の浮草・自由労働者擔軍

警戒せよ!

してやられるな!

チェツ!俺は追はれるんだ

憂鬱な煙を吐きやがる船

冷情の潮を切りやがる船

船はアイツの鞭となり

俺を玄海の彼方にホッポリ出すんだ

ホッポリ出されるもんかと

歯ぎしりすることも

舷側を握つてポタポタ涙することも

今は無用だ

再び來る日まで

アイツと君らのゐる水平線

さようなら さようなら 暫しのさよなら

1929.6

―「朝鮮よ」[8] 全文

---

8   内野建兒, 『カチ詩集』, 宣言社, 1930, pp.40~44.

인용시는 겐지가 1930년에 출간한 시집 『까치ħチ』[9]에 수록된 「조선이여朝鮮よ」 전문이다. 시의 말미에는 "1929년 6월"이라고 되어 있다. 이 시를 읽으며 느껴지는 주된 분위기는 역시 추방당하는 화자의 심정이다. 애절하다. 동시에 자신이 살았던 조선의 풍물과 조선인에 대한 아쉬운 이별의 심정도 전해진다. 시는 배를 타고 현해탄을 건너면서 쓴 작품으로 파악된다. 그것은 5연에 등장하는 "현측舷側"을 통해서 알 수 있는데, 여기서 현측이란 배의 양쪽 가장자리 부분을 나타내는 말이다.

먼저 일본으로 추방당하는 화자의 심정을 읽어보자. 화자는 스스로 현해탄을 건너 일본으로 가는 것이 아니라, 쫓겨간다고 토로한다. 일제에 의해서 쫓겨가는 묘사는 시의 곳곳에서 보인다. "직업을 박탈당했다 빵을 빼앗겼다", "나가라고 내동댕이쳤다"(1연 2행, 3행)와 "쫓겨난다고 해서"(2연 5행과 6행)의 중복 표현, 그리고 "나는 쫓겨나는 것이다", "나를 현해의 건너편으로 내팽

---

9 우선 시집 제목을 순우리말인 '까치'라고 붙인 것에서도 겐지의 한국 풍물에 대한 애정의 정도를 짐작할 수 있다. 그는 시집에서 '까치'라는 제목에 대해서, "까치는 조선의 하늘을 덮으며 난다. 까치는 일본의 카사사기(鵲)의 일종, 조선 까마귀라고 통칭한다. 조선인은 이 새에 의해서 운명을 점친다. 그 깃털은 검은색과 흰색. 공작에 속하지도 하고, 봉황으로 분류해야 하는 것도 아니다. 그러나 그 소리, 까치, 까치, 하는 지저귐은 아득한 창궁(蒼穹)의 민둥산에 메아리친다"라고 해제에서 밝히고 있다. 특히 "까치에 의해서 운명을 점친다"는 표현은 까치가 울면 길하다고 믿는 한국인의 사고를 반영하는 것으로, 시인은 한국인의 생활에 익숙한 사람이었음을 추측하게 한다. 시집의 4장에 한국의 풍물 사진도 싣고 있어, 이 시집의 성격과 특징을 잘 보여준다.

개치는 것이다", "내쫓기는 거라고"(4연 3행, 7행, 8행)가 그것이다. 일제에 의해 억울하게 추방당하는 것에 대한 호소며 폭로다. 이 작품이 출간된 시기가 일제강점기였던 1930년이라는 점을 감안 하면, 그가 추방당하는 이유가 시인의 작품 및 행위에 대한 일제 의 검열과 강제성에 의한 것이라고 유추하는 것은 크게 어렵지 않다. 일제에 대한 강한 비판도 작품 곳곳에 등장하여, "어느 놈 이냐", "저놈이다", "저놈의 목소리다", "부정否定한 저놈", "늠름 하게 있는 엄격한 우상偶像", "위만僞瞞의 탑", "저놈들의 채찍" 등 은 일본 제국주의 혹은 일본 천황을 직설적인 욕으로 묘사하여, 그들에 대해 강한 적개심을 드러냈다.

또한, 화자는 일본으로 추방당하면서 한국에 살았을 때의 추 억과 한국인들을 떠올리며 그들에 대한 동정과 애정을 표현하기 에 이른다. 그런 예도 시의 곳곳에서 나타나는데, "온돌이여 흙 담이여 바가지여 물동이여", "흰옷의 사람들", "이군 김군 박군 주군", "이름도 없는 거리의 전사戰士 · 거지 군君", "고역의 부초浮草 · 자유노동자 지게꾼", "가난한 내 친구들", "그대들을 잊을 것인 가", "포플러가 우뚝 솟은 석간주褐土를 잊을 것인가", "기생의 아 리랑 발효한 막걸리" 등이 그것이다. 특히 시인은 "가난한 나의 친구들", "이군 김군 박군 주군", "이름도 없는 거리의 전사 · 거 지 군", "고역의 부초浮草 · 자유노동자 지게꾼" 등을 반복적으로 표현함으로써, 조선인에 대한 애정을 명확하게 드러냈다. 시어로 나온 석간주는 자토赭土를 가리키는 말로, 산화철을 많이 함유하여 빛이 붉은 흙이다. 그리고 그는 마지막 연에서, 조선인들과의 이별은 영원한 것이 아니라, 잠시 잠깐의 이별이라고 노래함으로써 따뜻한 인간미로 시를 마무리했다. 특히 '이, 김, 박, 주'의 네 가지 성姓, 그리고 화자가 현측舷側을 잡고 눈물을 뚝뚝 흘리는 묘사는 한국인 친구에 대한 뜨거운 우정 그 자체였다. 이보다 더한 애정의 시가 또 있을까 싶다.

이처럼 이 시는 선상에서의 작품이다. 앞 장에서 인용한 시 「해류」가 조선반도로 돌아가는 화자를 설정하여 선상에서 작품을 꾸렸다면, 「조선이여」도 현해탄을 건너 일본으로 돌아가는 선상에서의 것이다. 선상에서 해류 혹은 물보라를 등장시켜 일제를 강하게 비난하는 시작詩作이라는 점은 두 작품의 공통점. 조선과 조선인에 대한 휴머니즘과 동정심이 두 작품의 전편에 흐르고 있어 깊은 공감이 수반된다. 「조선이여」가 "이, 김, 박, 주" 등의 성을 거론한 것은 나카노 시게하루의 「비 내리는 시나가와역」에 등장하는 "신, 김, 이" 등의 이미지와 일정 부분 겹친다는 점[10]에서도 이 작품을 읽는 감회가 남다르다.

---

10 「조선이여」에서의 "이, 김, 박, 주"는 조선에서 추방당하는 일본인이 한국에서 정을 나누었던 동료들을 부르는 것이며, 「비 내리는 시나가와역」에서의 "辛이여, 金이여, 李여, 또 한 사람의 李여"는 일본인이 일본에서 추방당하는 조선인을 호격 화법으로 표현한 것이다. 「비 내리는 시나가와역」에 대한 분석은 이 책의 4장 '나카노 시게하루(中野重治) 시(詩)와 '한국''을 참고하기 바람.

3. 제국주의에 대한 저항과 계급적 연대

「현해탄玄海灘」, 「나는 조선인이다おりゃ朝鮮人だ」

한편, 일제강점기 당시 한국인이 일본 시단에 프롤레타리아 시를 발표하여 주목받았는데, 단연 김용제의 시가 돋보인다. 다음은 그의 시 「현해탄」 전문이다.

오오 현해탄의 거센 파도는
오늘 밤에도 찬비에 해면海面을 두드려 맞으면서
고통스런 감정처럼
어둠 속에서 검게 굽이치고
멸망해가는 고국의 꿈을 씹고는
회색빛 물안개를 토해내고 웅성거린다
멀리 관부關釜연락선[11]의 '뿌' 하는 기적이 신음소리를 내고
거친 증기선을 감시하는 순경의 붉은 전등불이
미친개의 눈동자처럼 번쩍거린다

나는 지금 이 노예 풍경의 바닷가를 따라

---

11 한국의 부산(釜山)과 일본의 시모노세키(下關)를 오가던 연락선을 뜻한다. '시모노세키'에서 '세키'를 뜻하는 우리나라 한자음 '관(關)'과 부산의 '부(釜)'의 앞 글자를 따서 '관부연락선'이라고 한다. '부관연락선'이라고도 불렸으며, 지금도 운행되고 있다.

사냥 모자를 비스듬히 쓰고

코트 깃을 그러당기고

몸을 앞으로 구부린 채 발돋움하고서

오늘 밤 집회로 가고자 화살처럼 서두른다─

안주머니의 선전지와 소식지가

스며드는 찬비에 젖지 않게 조심하면서

오오, 수만 명의 동포들이 이별의 눈물을 흘리며

작년 '조방朝紡'의 스트라이크에서 졌다

투쟁했던 불쌍한 누이들의 상처투성이 노랫소리가 울려 퍼졌다

우리들의 바다! 현해탄은 웅성거린다

오오, 언제나 저녁뜸을 모르는 현해탄의 거센 파도여!

우리들의 힘겨운 투쟁의 노래도

이 바다처럼 펼쳐지고 이 물결처럼 높아진다는 것을 알고 있는가?

──'3·1'을 ×××이키로 기념하자!

이 투쟁의 지령을 간직한 내 뜨거운 가슴은

이 웅성거리는 우리들의 바다를 따라

찬비 퍼붓는 어둠을 뚫고 집회로──

─「현해탄」 전문

おお 玄海灘の荒波は

今夜も氷雨に海づらを叩かれながら

重っ苦しい感情のやうに

闇の中に黒くうねり

亡び行く故国の岬を噛んでは

灰白い水煙を吐いてざわめく

遠く関釜連絡舩のポーが唸り

せわしいポンポン汽艇の巡警の赤電燈が

狂犬の瞳みたいにチラついている

俺は今 この奴隷風景の海ぎしにそひ

鳥打をあみだに被ぶり

オーバの襟をかきよせ

前こごみにつま立てて

今夜の集会へ矢のやうに急ぐ――

内ポケットのリーフやニュースが

泌み込む氷雨に濡れないやうに気遣ひながら

おお 数万の同胞が離散の涙をそそぎ

去年「朝紡」のストライキに敗れた

いとしい戦ひの妹たちの傷だらけの歌がひびいた

俺たちの海! 玄海灘はざわめく

おお 何時も夕凪を知らない玄海灘の荒波よ!

俺たちの苦しい戦ひの歌も

此の海のやうに広がりこの波のやうに高まるのを知ってるか?

ーーー「三・一」をXXXイキで記念せよ!

この戦ひ指令をひめた 俺の熱い胸は

このざわめく俺たちの海にそひ

氷雨の暗闇を衝いて集会へ ーー

—「玄海灘」[12] 全文

전체 3연 27행으로 이루어진 이 시는 당시 일본 문단에서 프롤레타리아 작품을 썼던 이토 신키치의 추천이 있었다고 전해진다.[13] "당시 일본 문단에서 프롤레타리아 시인으로 일본의 프롤레타리아 문학자들과 어깨를 나란히 하고서 활약한 조선인 문학자는 김용제밖에 없었다"[14]는 평가에 걸맞게, 그는 일본 문단에 작품 「현해탄」을 발표하며, 일제에 대한 저항의식과 함께 뛰어난 시적 능력을 보여주었다.

시는 일제에 항거하는 전단지와 소식지를 들고 집회 장소로 가는 화자의 움직임을 제시하면서, 현해탄이라는 공간을 통해

12　大村益夫,『愛する大陸よ－詩人金龍濟研究』, 大和書房, 1992, pp.39~41.
13　Ibid., p.41.
14　Ibid., pp.39~41.

당시 억압받던 한민족의 슬픔을, 뛰어난 묘사로 고스란히 담아내고 있다. 3연 5행에 나오는 시어 "저녁뜸"은 저녁 무렵 바닷가 지방에서, 해풍과 육풍이 바뀔 때 바람이 한동안 멎어 잠잠해지는 현상을 나타내는 말이다.

특히 1연의 표현에 주목해 보자. 시인으로서의 남다른 능력이 유감없이 발휘된 느낌이다. 현해탄의 파도를, "고통스런 감정처럼 / 어둠 속에서 검게 굽이치고 / 멸망해가는 고국의 곳을 씹고는 / 회색빛 물안개를 토해내고 웅성거린다"며 의인화 수법으로 그려낸 절창이 남다르게 다가온다. 여기에는 당시의 한반도 상황이 절묘하게 녹아 있다. 이 1연의 표현만 갖고 논한다면, 당시 일본에서 쓰인 그 어떤 프롤레타리아 작품보다 훨씬 뛰어난 시적 능력이 발휘되어 있다. 1연 5행까지가 당시의 한반도 상황에 대해 현해탄과 절묘하게 엮어낸 묘사라면, 8행, 9행은 일제에 대한 묘사다. "미친 개"는 직설적으로 일제를 겨냥한 시어다. 2연 1행으로 이어지는 "노예 풍경"도 역시 동일한 값어치를 가진다. 집회에 참가하려는 화자의 모습이 구체적인 모습을 띠는 2연은 일제의 눈을 피해 집회에 나누어줄 전단지와 소식지의 소중함을 부각시키고 있다. "안주머니의 선전지와 소식지가 / 스며드는 찬비에 젖지 않게 조심하면서"는 남다르게 읽힌다. 마지막 3연에서는 집회의 성격과 집회에 임하는 화자의 마음가짐이 구체적으로 서술되는데, "'3·1'을 ×××이키로 기념하자! / 이

투쟁의 지령을 간직한 내 뜨거운 가슴"(8행, 9행)에 집중되어 있다. "XXX이키"는 '스토라이키ストライキ'라고 보아야 할 듯. '파업'을 뜻하는 영어 'strike'를 일본어 발음 '스토라이키'로 표기한 것이다. 마찬가지로 수많은 조선인 노동자들의 투쟁을 상처투성이 노랫소리에 비유하여, 그 노랫소리로 "현해탄이 웅성거린다"고 표현함으로써 읽는 이의 공감을 자아내고 있다. 물론, 1연과 3연에 각각 나오는 "찬비"는 포악한 일제의 만행을 상징하는 시어로 받아들여도 그리 이상하지 않다. 그런 찬비를 뚫고 가는 화자의 굳은 의지는 3연의 마지막 세 개행에 집약된 느낌이다. "이 투쟁의 지령을 간직한 내 뜨거운 가슴은 / 이 웅성거리는 우리들의 바다를 따라 / 찬비 퍼붓는 어둠을 뚫고 집회로——"(9행, 10행, 11행)가 바로 그것이다. 이는 독립을 바라는 화자의 의지이기도 하지만, 조선인의 의지로도 읽힌다.

이처럼 이 작품은 일제에 대한 항거의식과 조선인 노동자의 고통을 '현해탄'이라는 바다를 통해 형상화한 것이다. 무엇보다 수준 높은 작품성을 보이고 있다는 점에서는 일본 문단에서 활동한 프롤레타리아 시인 이상의 의미를 갖는다.[15]

15 다만, 김용제는 프롤레타리아 시인의 이미지와는 달리, 후에 전향하여 일제에 동조하는 작품을 남겼다. 그의 이름으로 네이버에 검색해보면, 시인이며 평론가에 더하여 친일반민족행위자로 표시되어 있다. 1927년 단신으로 도쿄로 건너간 이후, 1930년 6월 일본의 문예 동인지 『신흥시인』에 시 「압록강」으로 등단하였다. 1931년 8월 전일본무산자예술동맹(NAPF)에 가입하였고, 11월에는 나프 후신인 일본프롤레타리아문화연맹(KOPF)에 가입하였다. 이후, 1937

여기서 또 한 사람의 한국인 시인을 주목할 필요가 있는데, 그는 바로 김용제와 비슷한 시기에 일본 시단에 프롤레타리아 시를 발표한 김병호다. 그의 작품은 『일본 프롤레타리아 문학 대계』 3三一書房, 1954에 실려 있다. 시를 읽어보기로 하자.

나는― 조선인이다!

나라도 없거니와 돈도 없다

즐거운 일이라는 것도 물론 없지만

동정심을 구걸하는 눈물도 치워버렸다.

도덕이 뭐야!

일선융합日鮮融合이란 게 뭐야

우리는 너무 많이 속고 있는 거다.

선대부터 정든 집은 어느 놈이

조상 때부터 전해온 논밭은 어느 놈이

___

년 7월 일본에서 조선에 강제 송환된 후, 1938년 7월 일본군국주의단체인 '동아연맹'의 간사를 맡기 시작하고, 1939년 4월 『동양지광』에 참여하면서 본격적으로 훼절의 길을 걷기 시작하였다고 소개되어 있다. 시집 『아세아 시집』(1939) 『서사시어동정(敍事詩御東征)』(1943) 등이 대표적인 친일의 결과물이다. 그런 점에서는 시인으로서도 한국인으로서도 오점을 남긴 인물이다. 다만, 이 글에서는 프롤레타리아 작품 그 자체로서의 값어치에 무게를 두었다는 점을 밝혀 둔다.

탐을 내 훔쳐버린 것이다!

지금 발가벗은 이 몸뚱이 하나만 남아 있을 뿐이다.

너희들은 일하라고 하는 것인가!

너희들은 우리가 게으르다 그렇게 말하고 있단 말인가

도대체 일할 곳이 없는 걸 어떻게 하란 말이야!

그리운 고향산천을 뒤로 하고

북은 만주 남은 일본으로 그렇게

밀려가는 조선인들을 어떻게 하란 말인가

나와 내 몸을 적의 나라로 옮겨야 하는 심정을

그대들은 알 수 없을 것이다!

어디로 간다고 해도 정처 없고

그저 그저 행복하라고 바라는 마음이

영주永住할 땅이 있었으면 좋겠다고 초조해하는 마음이

오늘도 오늘도 역시 수백의 흰옷 입은 사람들을 태웠다

관부關釜연락선이 '뿌' 하고 기적을 울린다!

아직은 변두리나 탄갱炭坑에서 목숨이 다해가지만

일본인은 우리들의 적이다

그러나 전일본全日本의 무산자無産者는 우리들의 아군이다

우리들을 사랑하고 도와주는 것도

전일본 프롤레타리아다

그대들이 생각하고 있는 것을 우리들도 생각하고 있고

너희들이 하고자 하는 것을

우리도 해낼 것이다!

동지들 손을 잡아 주오

그리고 일 한 번 제대로 부탁하네!

— 「나는 조선인이다」 전문

おりゃー 朝鮮人だ!

国もなければ 金もない

楽しい事って もちろんないが

哀れをこう涙もかたづけてしまったんだ。

道徳がなんだ!

日鮮融和って 何物だ

おれらはあまりにだまされすぎているんだ。

先代から住みなれた家は何者が

祖先からつたえてきた田畑は何者が

むさぼり取ってしまったんだ!
今は裸一本のこの身が残っているばかりだ。

君等は働けというのか!
君等はわしらが怠けているとでもいうのか
だいたい働く所がないのをどうするんだ!

なつかしい故郷の山川を後にして
北は満州南は日本へと
押流されるヨボたちをどうしようというのか
我と我が身を敵国に運びゆく心持を
君等は知る事が出来ないであろう!

何処へ行くとてあてもなく
ただただ幸あれかしと願う心が
永住の地好しとあせる心が
今日も今日とて数百の白衣人たちを乗せた
関釜連絡舡がポーとなる!
末は場末か炭坑で果てるのじゃなけれど。

日本人は俺達の敵じゃ

しかし全日本の無産者はおれらの味方じゃ

おれらをいつくしみ助けてくれるのも

全日本のプロレタリアじゃ

君等の思っていることを我等も思っているし

君等のなさんとすることを

わし等もなし通すであろう!

同志たち手を握ってくれ

そして一仕事しっかり頼むぜ!

―「おりゃ朝鮮人だ」[16] 全文

시는 전체 7연 34행으로 구성된 장시다. 초출은 1929년 3월 일본 잡지『전기戦旗』. 나라 잃은 민족으로서 조선인의 슬픔과 일제 만행에 대한 고발, 그리고 전일본 무산자와의 연대를 호소하는 내용이 시의 중심축을 이루고 있다.

1연과 3연은 나라 잃은 조선인으로서의 슬픈 현실을 그리고 있다. 그것은 "동정심을 구걸하는 눈물도 치워버렸다", "지금 발가벗은 이 몸뚱이 하나만 남아 있을 뿐이다"에 잘 묘사되어 있다. 일제의 만행과 일제에 대한 강한 저항의식은 1연을 제외한 비교적 전체 연에 걸쳐 나타나지만, 특히 2연의 "일선융합日鮮融合

16 『日本プロレタリア文學大系』(3), 三一書房, 1954, p.344.

이란 게 뭐야 / 우리는 너무 많이 속고 있는 거다"와 3연의 "선대부터 정든 집은 어느 놈이 / 조상 때부터 전해온 논밭은 어느 놈이 / 탐을 내 훔쳐버린 것이다!"에 집중되어 있다. 여기에서 '일선융합'은 일본과 조선의 융합이란 의미로 한일강제병합으로 인해 당시 일본이 한국인에게 강요한 내선일체內鮮一體을 뜻하는 용어다. 일제에 빼앗긴 집과 전답, 그리고 일할 곳을 상실한 조선인들의 이주는 실향의 비애로 이어져, 5연, 6연에서 만주로 일본으로 떠나는 슬픔을 묘사하기에 이른다. 특히 6연에 등장하는 "관부關釜연락선이 '뿌' 하고 기적을 울린다!"는 앞의 인용시 김용제의 「현해탄」에 등장하는 "멀리 관부연락선의 '뿌' 하는 기적이 신음소리를 내고"와 유사한 표현이다. 이는 부산과 시모노세키를 운행하던 관부연락선의 기적 소리가 당시 조선인에게는 고향을 등지는 슬픈 기적 소리, 혹은 고향으로 돌아가야 하는 안타까운 신호였음을 방증하는 사례로 이해할 만하다. 그리하여 화자도 "그저 그저 행복하라고 바라는 마음이 / 영주永住할 땅이 있었으면 좋겠다고 초조해하는 마음이 / 오늘도 오늘도 역시 수백의 흰옷 입은 사람들을 태웠다"고 그려내기에 이른다. 이러한 조선인에게 닥친 현실을 타개하고 일제에 대항하기 위해 화자는 마지막 7연에서, "일본인은 우리들의 적이다"로 규정하며, 전일본 무산자와의 연대를 주장한다. "동지들 손을 잡아 주오"는 연대를 제안하는 직접적인 표현이다.

무엇보다 이 시를 쓴 '김병호'라는 시인이 어떤 사람이었는지 궁금하였는데, 저자는 이와 관련하여 한국에서 김병호 시인에 대한 연구가 있었음을 확인하였다. 박경수 편저의 『잊혀진 시인, 김병호金炳昊의 시와 시세계』[17]는 유일한 김병호 연구서다. 박경수는 이 책에서, "김병호가 그 당시에 신문과 잡지 등에 발표한 시 작품들을 가능한 대로 찾아서 수록하였다"고 밝히고 있다. 이 책은 그동안 알려지지 않은 시인이었던 김병호의 삶과 작품을 처음으로 발굴해서 소개했다는 점에서 의의가 있으며, 그 공적 또한 평가해야 할 것이다. 한편, 이 책에서 밝힌 김병호1904~1959의 연보를 살펴보면, 그는 『조선문단朝鮮文壇』 1925년 4월호에 시 「안진방이꽃」이 독자 투고되어 당선되었다고 되어 있고, 그해 12월 일본에서 발행된 시 전문지 『일본시인日本詩人』에 일본어 시를 투고했다는 기록도 보인다. 또한, 1925년 조선일보 신춘문예에 시 「오호대나옹嗚呼大奈翁」이 입선되었으며, 프롤레타리아 시작 활동과 관련해서는 1931년 3월에, 8인 공동으로 프롤레타리아 동요집 『불별』중앙인서관을 간행했다고 되어 있다.[18]

이처럼 시 「나는 조선인이다」는 일본의 다른 프롤레타리아 작품과는 달리 당당하게 제목에서부터 '나는 조선인이다'라고 밝히면서, 조선과 조선인에게 가한 일제의 만행을 고발한 작품이

---

17 박경수 편저, 『잊혀진 시인, 김병호(金炳昊)의 시와 시세계』, 새미, 2004.
18 Ibid., 273~276쪽 참조.

며, 동시에 전일본 프롤레타리아트에게 일제에 같이 항거하자는 투쟁의식을 담아낸 것이기도 하다. 김용제의 「현해탄」과 함께 한국인으로서 일본 문단에 발표한 프롤레타리아 문학작품의 중요한 사례의 하나로 기록될 만하다.

4. 마무리 글

일제의 서슬이 시퍼렇게 살아있던 일제강점기에 한국과 일본 양국에서 프롤레타리아 시를 썼던 시인들 중에, 이 글에서 분석 대상으로 한 작품은 이토 신키치의 「해류」와 우치노 겐지의 「조선 땅 겨울 풍경」, 「조선이여」, 그리고 김용제의 「현해탄」, 김병호의 「나는 조선인이다」 등, 모두 다섯 편이었다.

이들 작품을 살펴본 결과, 먼저, 「해류」는 일본에서 일하다 고국으로 쫓겨 가야 하는 조선인 노동자와 그의 애처로운 삶, 그리고 조선 독립의 염원을 그려낸 것으로, 그러한 심경을 조선반도를 흐르는 해류와 조화롭게 빚어낸 솜씨는 이 작품이 수작이라는 평가에 상당 부분 기여하였음을 확인할 수 있었다.

발표 시점으로 보면 「해류」보다 7년 정도 앞선 시기에 발표한 겐지의 「조선 땅 겨울 풍경」은 일제강점기를 겪고 있는 조선의 겨울 풍경을 그린 것으로, 나목이 된 겨울나무와 힘든 시절을 살아가는 우리 조상들의 모습을 두 축으로 빚어낸 시였다. 서정성이 느껴지는 작품으로 프롤레타리아적 성격은 다소 미약하나, 무엇보다 일본인이었던 겐지가 조선에서 생활하면서 예사롭지 않은 필치로 묘사한 걸작이라는 점은 주목할 만하다. 그의 또 하나의 작품 「조선이여」는 일본인이 일제에 의해 조선에서 일본으로 추방당하면서 조선에서의 생활과 경험을 노래한 것으로, 당시 조선의 풍물과 함께 조선인과의 이별을 감동적으로 그려냈다는 점은 다른 프롤레타리아 작품과의 차별성을 보여 주기에 충분했다. 그것은 한국인 동료에 대한 뜨거운 우정과 일제에 대한 강한 적개심의 표출이었다.

특히, 「해류」와 「조선이여」 이 두 편에는 조선인에 대한 휴머니즘과 피지배 민족에 대한 동정심이 그 바탕을 이루고 있었다는 사실과 함께, 시작 수법에서, 두 작품 모두 그 공간적 배경이 선상이라는 공통점을 갖고 있었다. 각각 조선반도의 동쪽을 흐르는 리만해류와 현해탄을 시적 소재로 해서 시의 품격을 높이는 데 활용하고 있었다.

한편, 김용제와 김병호가 각각 발표한 「현해탄」과 「나는 조선인이다」는 한국인으로서 일본 문단에 발표한 프롤레타리아 작품이라는 점에서 의의를 갖는다. 특히 「현해탄」은 조선인 노동자로서의 고통을 '현해탄'이라는 공간을 통해 표현하며 뛰어난 시적 능력을 보여준 수작이었다. 그것은 일본 문단에서 활동한 프롤레타리아 시인 이상의 의미를 가진다. 그러나 그가 비록 후에 일제에 동조하는 작품을 썼다는 점에서는 자질 문제로 거론될 수 있겠지만, 작품과 시기만을 놓고 보면, 그 시적 가치는 평가되어야 할 것이다. 그리고 「나는 조선인이다」라는 제목을 붙인 김병호의 시는 조선인으로서 일본 프롤레타리아트에게 힘을 합쳐 일제에 같이 항거하자는 투쟁적 성격이 강한 작품이다. 그는 조선인으로서 일본 문단에 일제가 조선과 조선인에게 가한 만행을 직접적으로 고발하는 작품을 남겼다는 점에서 일본 프롤레타리아 문학사에서 중요한 사례의 하나로 기록되어야 할 것이다.

이처럼 이 글에서 소개하고 분석한 작품 다섯 편에는 조선 풍물과 조선인에 대한 애정과 함께, 일제에 대한 강한 항거와 조선의 독립을 바라는 염원이 고스란히 녹아 있었다. 특히 일본인 시인들의 작품 「해류」와 「조선이여」에는 당시 조선과 조선인에 대한 따뜻한 휴머니즘과 함께 나라를 잃은 민족에 대한 동정심이 전편에 걸쳐 감지되었다. 따라서 「해류」, 「조선 땅 겨울 풍경」, 「조선이여」, 「현해탄」, 「나는 조선인이다」는 단순히 프롤레타리아 성격의 작품이라는 평가를 넘어서서, 일제강점기를 살아간 당시의 조선과 일본 양국 지식인들의 시대적 고뇌를 반영하는 중요한 유산으로 평가받아 마땅하다.

제4장

/

나카노 시게하루中野重治 시詩와 '한국'

이 글은 나카노 시게하루中野重治, 1902~1979, 이하 '나카노' 시에서 한국인을 묘사한 관련 작품 두 편인 「비 내리는 시나가와역雨の降る品川驛」과 「조선의 소녀들朝鮮の娘たち」의 의미구조를 살펴보는 것이 그 목적이다.

주지하다시피, 나카노는 일본 근현대시사日本 近現代詩史에서 한국과 한국인을 노래한 여러 일본 시인들 중에서 가장 잘 알려진 인물이다. 그것은 그의 시 「비 내리는 시나가와역」이 갖는 유명세 때문이다. 이 작품은 '일본 근현대시에 나타난 한국이나 한국인' 관련 연구를 행하는 한일 양국의 학자들 사이에서도 집중적으로 연구 대상이 되었을 뿐 아니라, 일반 대중에게도 많이 알려져 있기도 하다. 그 인지도 면에서 보면 적지 않은 독자가 존재한다.[1]

---

1 「비 내리는 시나가와역」에 관한 한국인 연구자의 자료는 다음의 것을 참고하기 바람. 김용직, 『임화문학연구』, 세계사, 1991, 51~52쪽; 김윤식, 『한국문

먼저, 일본 측 연구자를 살펴보면, 이토 신키치伊藤信吉의 평가가 눈에 띈다. "「비 내리는 시나가와역」은 프롤레타리아 시인으로서 그 날카로운 비평적 정신의 맨 앞에 전통 시에서 이어 받은 서정을 새롭게 응결凝結한 것"[2]이라고 하여, 시의 서정이 강고强固하다는 입장을 피력한다. 또한, 그는 이 시를 "쇼와昭和 서정시의 걸작이며, 그 시적 성격에 있어서는 서정시고, 그 정신은 반역적이며, 그 사상은 계급적"[3]이라고 했다. 이 말은 이 시가 계급 저항적 성격을 갖는 작품이지만, 동시에 서정시의 면모도 갖추고 있다는 의미다.

한편, 나카노의 또 한 편의 시 「조선의 소녀들」에 대한 연구 사례는 찾아보기가 쉽지 않지만, 박춘일은 위의 두 편을 한 권의 책 속에서 다루면서 나카노의 한국관韓國觀을 언급한다. 그는 "「비 내리는 시나가와역」은 한일 양 국민들의 연대를 독특한 리듬으로 노래한 것이며, 「조선의 소녀들」은 조선 민중과 그 전위前衛를 향한 연대감이 일본 민중과 전위에 대한 애정에 의해서 뒷받침되어 발상된 작품"[4]이라는 견해를 내놓는다. 특히 「조선의 소녀

　학의 근대성 비판』, 문예출판사, 1993, 178쪽; 김윤식, 『임화연구』, 문학사상사, 1989, 219~270쪽; 오석윤, 「나카노 시게하루(中野重治) 詩에 나타난 韓國觀」, 『일본문학에 나타난 한국 및 한국인상』, 동국대 출판부, 2004, 140~157쪽; 유종호, 『다시 읽는 한국 시인』, 문학동네, 2002, 43~44쪽; 鄭勝云, 『中野重治と朝鮮』, 新幹社, 2002, 108~126쪽.
2　伊藤信吉, 『現代詩の鑑賞』(下), 新潮社, 1987, p.203.
3　伊藤信吉, 『日本の近代詩』(日本近代文學館 編), 讀賣新聞社, 1967, p.170.
4　朴春日, 『近代日本文學における朝鮮像』, 未來社, 1969(증보판 1985), p.175.

들」에 대해서는 텍스트 자체의 분석보다는 작품을 둘러싼 시대적 배경에 언급하고 있는 점은 이채롭다. 그러나 이러한 선행 연구들은 이들 두 시를 동시에 다루면서 나카노의 한국인에 대한 인식을 보다 정밀하게 들여다보았을까 하는 측면에서는 다소 미약하다고 할 수 있다.

물론 한국 쪽 연구자들의 경우도 「비 내리는 시나가와역」에 대한 연구가 주를 이룬다. 다만, 연구의 초점이 텍스트에 나타난 한국인에 대한 나카노의 시각이 어떠했는지에 맞추고 있어 일본 쪽 연구자들의 그것과는 조금 차이를 보인다. 한국 쪽 연구 사례는 당시 한국의 프롤레타리아 시인이었던 임화林和, 1908~1953 연구를 행하면서, 나카노 시에 대한 그의 화답 시 「우산 받은 요코하마 부두」를 분석하는 과정에서 이루어졌다고 볼 수 있다. 유종호는 "수많은 일본의 서정시 속에서 「비 내리는 시나가와역」만큼 조선인에 대한 연대감과 신뢰와 깊은 공명을 나타내어 성공적인 작품으로 승화시킨 경우는 없다"[5]고 했고, 김용직[6]과 김윤식[7] 또한 비슷한 시각을 견지하고 있다. 다만, 김윤식은 자신의 저서[8]에서 이 시에 대해서 '민족 에고이즘적 성격을 갖는 시'라는 지적을 하고 있어 사람들의 주목을 끈다.

---

5 유종호, 『다시 읽는 한국시인』, 문학동네, 2001, 45쪽.
6 김용직, 『임화문학 연구』, 세계사, 1991, 51~52쪽.
7 김윤식, 『임화연구』, 문학사상사, 1989, 219~270쪽.
8 김윤식, 『한·일 근대문학의 관련양상 신론』, 서울대 출판부, 2001.

따라서 이 글도 성격상 기존 연구의 연장선상에 위치할 것이다. 하지만, 저자는 기존 연구와의 차별성을 의식하여, 다음의 세 가지 점에 초점을 두었다. 우선, 「비 내리는 시나가와역」의 분석과 함께, 기존에 문제가 되었던 '민족 에고이즘' 논란에 대한 견해를 밝힌다. 또 하나는, 지금까지는 나카노의 「비 내리는 시나가와역」과 「조선의 소녀들」 두 편을 동시에 분석하여 발표한 사례가 없다는 점을 인식하여, 두 작품들의 유기적 관련성을 찾는 작업을 할 것이다. 「비 내리는 시나가와역」에 비해 「조선의 소녀들」은 한국인에게 잘 알려지지 않은 작품이기에 소개의 뜻도 내재되어 있다는 뜻이다. 마지막으로, 두 작품에 대한 기존의 번역에서 문제시되었던 부분을 다시 거론하여, 오역 혹은 보충할 부분에 대해서도 수정·보완한다. 이는 저자가 행해야 할 의무라는 생각이 크게 작용하였다.

나카노는 일본의 시인이며 소설가, 평론가, 정치가이기도 한다. 후쿠이현福井県 출신이며, 도쿄제국대학東京帝國大學 독문과를 졸업했다. 도쿄제국대학 입학 후 시인 호리 다쓰오堀辰雄, 1904~1953 등과 동인지 『노마驢馬』를 창간1926하는 한편, 마르크스주의나 프롤레타리아 문학운동에 참가하는 등, 다양한 이력을 지닌 인물이다. 그의 시적 업적만 보면, 1931년에 간행된 『나카노시게하루 시집 中野重治詩集』[9]이 유일하다. 한국인을 시적 소재로 삼아 발표한 「비 내리는 시나가와역」과 「조선의 소녀들」도 이 시집에 실려 있다.

1. 인간적 연민과 계급적 제휴

「비 내리는 시나가와역雨の降る品川驛」

먼저 나카노의 시 「비 내리는 시나가와역」을 읽어보기로 하자.

신辛이여 안녕

김金이여 안녕

너희들은 비 내리는 시나가와역品川驛에서 기차를 탄다

이李여 안녕

또 한 사람의 이李여 안녕

너희들은 너희 부모의 나라로 돌아간다

너희 나라의 강은 추운 겨울에 언다

너희들 반역하는 마음은 이별의 한 순간에 언다

---

9 이 제목의 시집으로 네 권이나 나왔지만, 맨 처음의 것은 1931년 나프출판
(ナップ出版)에서 제본 중에 압수되어 발매금지가 된 적이 있다. 1949년에
小山書店에서 간행된 것은 61편의 시가 수록되어 있는데, 나카노의 시가 검
열 없이, 복자(伏字)없이 간행된 시집으로는 최초의 것이다. 『日本の詩歌 20
中野重治 小野十三郎 高橋新吉 山之口貌』, 中央公論社, 1975, 7쪽 참조. 복자
는 인쇄물에서 명기(明記)하는 것을 피하기 위해 그 자리를 비워두거나 ○·
× 등의 표로 나타내는 것을 말한다.

바다는 석양빛 속에 해명海鳴 드높인다

비둘기는 비에 젖어 차고車庫의 지붕에서 날아 내린다

너희들은 비에 젖어 너희들을 쫓는 일본 천황을 떠올린다

너희들은 비에 젖어 수염 안경 새우등의 그를 떠올린다

내리퍼붓는 빗속에 녹색 시그널은 켜진다

내리퍼붓는 빗속에 너희들의 눈동자는 날카로워진다

비는 납작한 돌 위에 쏟아지고 어두운 바다 위에 떨어져 내린다

비는 너희들 뜨거운 뺨에 사라진다

너희들 검은 그림자는 개찰구를 지나간다

너희들 하얀 옷자락은 플랫폼의 어둠에 펄럭인다

시그널은 색을 바꾼다

너희들은 올라탄다

너희들은 출발한다

너희들은 떠난다

안녕 이辛

안녕 김金

안녕 이李

안녕 여자인 이李

가서 그 딱딱한 두꺼운 매끈매끈한 얼음을 두들겨 부수어라

오랫동안 막혀 있던 물을 용솟음치게 하라

일본 프롤레타리아트의 뒤 방패 앞 방패

안녕

보복의 환희에 울며 웃는 날까지

— 「비 내리는 시나가와역」 전문

辛よ さようなら

金よ さようなら

君らは雨の降る品川驛から乘車する

李よ さようなら

もう一人の李よ さようなら

君らは君らの父母の國にかへる

君らの國の河は寒い冬に凍る

君らの反逆する心はわかれの一瞬に凍る

海は夕ぐれのなかに海鳴りの聲をたかめる

鳩は雨にぬれて車庫の屋根からまいおりる

君らは雨にぬれて君らを逐う日本天皇をおもい出す

君らは雨にぬれて 髮 眼鏡 猫背の彼をおもい出す

ふりしぶく雨のなかに綠のシグナルはあがる

ふりしぶく雨のなかに君らの瞳はとがる

雨は敷石にそそぎ暗い海面におちかかる

雨は君らの熱い頬にきえる

君らのくらい影は改札口をよぎる

君らの白いモスソは步廊の闇にひるがえる

シグナルは色をかえる

君らは乗りこむ

君らは出發する

君らは去る

さようなら 辛

さようなら 金

さようなら 李

さようなら 女の李

行つてあのかたい 厚い なめらかな氷をたたきわれ

ながく堰かれていた水をしてほどばしらしめよ

日本プロレタリアートのうしろ盾まえ盾

さようなら

報復の歡喜に泣きわらう日まで

—「雨の降る品川驛」[10] 全文

　인용시는 전체가 12연 31행으로, 일제의 서슬이 시퍼렇던 1929
년『개조改造』 2월호에 발표한 「비 내리는 시나가와역」 전문이다.
일본에서 쫓겨나는 네 사람의 한국인 신辛, 김金, 이李, 그리고 또 한
사람의 이李에 대한 시적 화자의 연민과 동지애가 주를 이루고 있다.
좀 더 구체적으로 얘기하자면, 1928년 11월에 있었던 쇼와昭和 일왕

10　中野重治, 『中野重治詩集』 第1卷, 筑摩書房, 1959, pp.93~94.

즉위식을 앞두고, 이북만李北滿, 김호영 등을 떠나보내는 과정에서 나카노가 일본을 떠나기 위해 시나가와역에서 비에 젖은 채 기차를 기다리는 조선인 동료들에게 보내는 헌사의 성격을 띠고 있다. 물론, 그들이 떠나게 된 이유를 일왕에 있다고 명시하고 있다.

시를 찬찬히 들여다보자. 우선, 일본에서 추방당하는 사람들과 더불어 마련된 비 내리는 상황 설정에 주목해 보면, 읽는 이에게 일본 제국주의에 억압받던 동포들의 분노와 슬픔을 더 격화시키는 기능으로 작용한다. 실제로 한국인 노동자들이 추방당하는 날, 비가 내렸는지 그렇지 않았는지는 알 수 없다. 하지만, 시적 화자는 한국인 노동자의 슬픔을 더 선명하게 드러내려는 의도를 갖고 있었을 것이라는 추측은 해 볼 수 있다. 그러한 의도는 결과적으로 화자가 그들에 대해서 인간미를 베풀어 싶어하고, 서로의 국적을 떠나 연대감을 갖고자 하는 서술에 일조하고 있다는 인상을 주기 때문이다.

그러한 생각과 함께 한국인에 대한 화자의 연민과 동지애를 느끼게 하는 표현들은 작품 곳곳에 나타나지만, 특히 3연과 5연, 6연, 7연, 12연에서 뚜렷하다. "너희들 반역하는 마음은 이별의 한 순간에 언다"(3연), "너희들을 쫓는 일본 천황을 떠올린다 / 수염 안경 새우등의 천황을 떠올린다"(5연), "내리퍼붓는 빗속에 너희들의 눈동자는 날카로워진다"(6연), "비는 너희들 뜨거운 뺨에 사라진다"(7연), "그 딱딱한 두꺼운 매끈매끈한 얼음을 두들겨 부수

어라 / 오랫동안 막혀 있던 물을 용솟음치게 하라 / 보복의 환희
에 울며 웃는 날까지"(12연)는 그 구체적 진술이다. 무엇보다 1연
의 신후, 김金을 부르는 호명呼名이 11연에서도 신후, 김金, 이李, 이李
를 반복적으로 찾는 수법으로 동원되고 있는데, 이러한 반복은
화자의 안타까운 이별의 마음이 중첩되는 기능으로 작용한다.

물론 3연, 5연, 7연, 12연의 표현들이 이른바 '계급의식'을 담
고 있다는 것은 부정할 수 없는 사실일 것이다. '계급의식'을 담고
있다는 것은 체제에 대한 저항 의식이 강하게 느껴진다는 뜻이다.
이 시가 일본 프롤레타리아문학을 대표하는 작품으로 손꼽히는
것도 이런 시각의 반영에 연유한다. 화자는 한국인 노동자에게 일
본제국주의의 상징인 천황을 몰아내라는 요구를 한다. 5연 1행의
'일본 천황'이 5연 2행에서 "수염", "안경", "새우등" 등의 시어를
통해 그 모습이 구체화된 것은 화자의 천황에 대한 긍정적 시각이
아닌 부정적 시각이다. 12연 4행의 "보복의 환희에 울며 웃는 날
까지" 또한 천황 전복의 의미로 해석해도 무방해 보인다.

이처럼, 이 시에는 한국인 노동자를 내쫓는 일본 천황에 대한
복수의 뜻이 나타나 있음과 동시에 앞에서 살펴본 것처럼, 화자
가 한국인 노동자와의 이별을 아쉬워하고 있으며, 한국인 노동
자의 입장에서 느끼는 슬픔과 분노가 잘 드러나 있다. 화자의 이
러한 시각은 시인 자신으로의 환원이 가능하여, 나카노는 한국
인에 대한 일본인으로서의 우월감이나 약소민족에 지배적 감정

을 보이지 않았음을 알 수 있다. 대신 따뜻한 인간애와 함께 일본 제국주의 응징을 위한 투쟁의식을 드러내고자 했다.

그럼, 우리는 여기에서 과연 이 시를 단순히 프롤레타리아문학의 전형이라는 평가에 맡겨 두어도 괜찮을까에 대해서 고민해 보지 않을 수 없다. 왜냐하면, 몇 개의 표현들이 보여 주는 서정시로서의 매력 때문이다. 물론 그러한 표현들은 이 시에서 나타내고자 했던 한국인에 대한 나카노의 의식과 조화를 이루고 있는 것처럼 읽힌다.

특히 그러한 표현이 뚜렷하게 감지되는 4연과 8연에 주목해 보자. 4연의 "바다는 석양빛 속에 해명海鳴 드높인다 / 비둘기는 비에 젖어 차고車庫의 지붕에서 날아 내린다"에서 첫 행은 이 시의 시간적 배경으로 석양을 빌려온다. 주지하다시피, 해명은 태풍이나 해일 등이 올 것을 나타내는 전조다. 이별의 순간이 아침이나 낮보다 저녁 무렵이라면 그 아픔의 정도를 좀 더 강하게 전달하는 느낌을 줄 수 있을지도 모른다. 거기에 비가 내린다면 이별의 아픔은 배가倍加된다. "차고에서 날아내리는" 비둘기는 이러한 이별의 아픔을 완화하는 작용을 하는 것일까. "비에 젖어" 있기에 차고에서 비상하였다가 하강하는 비둘기는 가련한 이미지 전달에 충실해 보인다. 4연은 '바다'와 '역'이라는 두 공간이 이미지 면에서 서로 연관을 맺고 있음을 나타내기 위한 화자의 의도가 읽히기도 한다. 바다가 해명을 드높이는 상황에서 역에 내려앉는 비는 자연스러운 현상이라 봐도 좋을 것이다. 여기에 가련한 이미지 전달에 일조하는 비에 젖은 비둘기는 역시 해명처럼 좋지 못한 상황이 닥쳐올 수 있는 예고처럼 읽힌다. 이처럼, 4연은 서정적인 표현을 나타내는 데 기여하고 있다. 시 전체에서 보면 이별의 순간을 위해서 '바다'와 '역'이라는 주변 공간을 차용한 것이다. 여기에 서정의 깊이가 있다. 나카노의 시적 능력도 도드라진다.

또한 8연의 "하얀 옷자락 플랫폼의 어둠에 펄럭인다"도 '하얀색'과 '어둠'이라는 명암 대비 색을 제시함으로써 시의 묘미가 극대화된다. 한국인 노동자의 하얀 옷자락은 어둠이라는 시간적 공간적 제시와 함께 존재한다. 단순한 명암 대비 차원을 넘어서서 하얀 옷자락이 어둠에 펄럭인다고 표현했기에 그들에게 보내는 화자의 메시지는 희망을 담은 듯하다. 떠나는 자의 슬픔이 시적 기교를 획득하고 있다.

이 4연, 8연은 이 시가 단순한 계급투쟁을 목적으로 쓴 것이 아니라는 시인의 의지를 드러내는 부분이며, 동시에 이 시에 대한 시적 성격을 서정시라고 평가 내릴 수 있는 좋은 예로 제시할 수 있다. 시의 곳곳에서 드러난 계급 투쟁적 시어들이 읽는 이에게 감명을 주는 서정 속에 자리 잡고 있는 것이다. 이 두 연은 이 시가 나타내고자 하는 주제, 즉, 이별하는 한국 노동자들의 슬픔과 비통함을 나타내기 위한 중요한 시적 장치로 활용되고 있다.

그런 시각에서 보면, 1연과 11연에서 되풀이되는 "신辛이여

안녕 / 김金이여 안녕"(1연), "안녕 이李 / 안녕 김金 / 안녕 이李 / 안
녕 여자인 이李"(11연)는 이 시를 서정시라고 평가할 수 있게 하
는 또 하나의 예다. 한국 노동자들과의 이별을 안타까워하는 마
음이 1연과 11연의 반복을 통해 나타났기에, 화자는 분명 한국
인 노동자들에 대한 깊은 정을 갖고 있었다는 것을 알 수 있다.
앞서 언급한 것처럼, 당시 일본 시단을 대표하는 한 사람인 이토
신키치가, 이 시를 "쇼와 서정시의 걸작이며, 그 시적 성격에 있
어서는 서정시고, 그 정신은 반역적이며, 그 사상은 계급적"이라
고 말한 근거도 이러한 사실에서 연유하는 것이 아닐까. 즉, 이
시는 계급 저항적 성격을 갖는 작품이지만 서정시의 면모도 갖
추고 있다는 뜻이다. 일제에 의해 추방당하는 한국인의 입장에
서 보면, 시의 화자를 대신한다고 보이는 시인 나카노의 한국인
에 대한 깊은 애정 표현이다.

2. '민족 에고이즘' 발언과 관련하여

그럼, 시 「비 내리는 시나가와 역」에 대한 기존 연구자들의 논
의에서 가장 문제시되었던 부분은 무엇일까. 바로 12연 3행의
"일본 프롤레타리아트의 뒤 방패 앞 방패"에 대한 해석의 문제
다. 이 부분에 대한 기존 논자들의 문제 제기는, 이 부분이 나카노

의 '민족 에고이즘적 발상'에서 나왔다는 주장[11]이다. 그와 관련하여 일본어 원문 "日本プロレタリアトのうしろ盾まえ盾"에서 'の'의 해석을 어떻게 해야 할 것인가 하는 문제가 대두된다. 이 부분에 대한 번역 문제가 중요하게 다루어져야 하는 것은 이것이 나카노가 한국인 노동자에 대해 갖고 있는 인식과 직결되기 때문이다.

우선, 이 12연 3행을 둘러싼 논쟁을 소상히 밝히고 있는 자료로는 김윤식의 『한·일 근대문학의 관련양상 신론』 서울대 출판부, 2001의 제3부(141~177쪽)를 들 수 있는데, 저자의 이 시에 대한 자료 조사 및 방계 자료 모집에 대한 노고가 대단한 것이어서 텍스트를 둘러싼 자료에 대해서는 저자도 크게 공감한다. 다만, 그의 저서에서 제시된 조사 'の'에 대한 해석과 관련하여, 바른 해석이 무엇인지에 대한 저자의 견해를 덧붙여 논란을 잠재우는 데 도움이 되었으면 한다.

11연 3행을 저자는 "일본 프롤레타리아트의 뒤 방패 앞 방패"라고 번역했다. 기존의 연구서에서, "うしろ盾まえ盾"가 달리 해석되어 소개되는 경우[12]가 있으나, '뒤 방패 앞 방패'라는 해석이 가장 무난하고 모범적인 것 같다.[13]

---

11 나카노는 이 부분에 대해서 "두 나라 노동자 계급의 같은 레벨의 공동투쟁을 그린다는 것이 불충분했다"는 점을 스스로 인정했다. 김윤식, 『한국문학의 근대성 비판』, 문예출판, 1993, 178쪽 참조.

12 김윤식은 "앞잡이요 뒷군"(『임화연구』, 문학사상사, 1989, 253쪽)이라고 되어 있는 번역시를 소개하고 있다.

13 이에 대한 해석은 유종호의 『다시 읽는 한국 시인』(문학동네, 2002, 43~44

'うしろ盾'를 사전에서 찾아보면, ① 背後を防ぐために楯となるもの(배후를 막기 위해서 방패가 되는 것), ② かげにいて援けること.また、その人. うしろみ. 後援.(뒤에 있으며 돕는 것. 또 그 사람. 후견인. 후원)이라고 되어 있다.[14] 따라서 '후원, 후원자'라는 해석을 할 수도 있으나, 본래의 의미로 득해하여 '뒤쪽을 막는 뒤 방패'라는 해석이 좋을 듯하다. 'まえ盾'는 사전에는 나와 있지 않으나, 'うしろ盾'와 같은 해석 방법을 취한다면, '앞쪽을 막는 앞 방패'라는 의미가 된다. 이렇게 해석할 경우, 한국인의 자존심을 상하게 하는 문제를 낳게 된다. 즉, '한국인 노동자가 일본 프롤레타리아트의 뒤 방패 앞 방패'라는 해석이 가능하므로, '한국인 노동자를 일본인 노동자와 같이 동지로 보는 것이 아니다'는 뜻이 된다. 여기에서 제기되는 문제는 한국인에 대한 일본인의 우월 의식이다. 이 구절을 김윤식은 일본인의 '민족 에고이즘' 시선으로 파악하고 있다. 실제로 이 부분에 대해서, 나카노가 자신의 착오라고 시인하며, 이를 '민족 에고이즘'이라고 불렀다는 요지의 경위를 밝히고 있어 주목을 받는 것이다.

한편, 12연 3행의 해석에 대해서, "일본 프롤레타리아트의 뒤 방패 앞 방패"라고 하지 않고, "일본 프롤레타리아트가 뒤 방패

쪽)에서도 제기되었으나, 이 글에서도 언급하는 것은 기존의 해석에 대한 오역 시비를 바로잡고자 하는 생각 때문이다.

14 新村出 編, 『広辞苑』, 岩波書店, 1984, p.205.

앞 방패"라고 번역할 수 있다는 주장을 소개한 글[15]도 있어 흥미를 끈다. 만약 번역의 양자 중에서 후자의 것을 취한다면, 전자의 것과는 전혀 다른 해석을 낳게 된다. 이는 한국인의 입장에서는 일본 프롤레타리아가 한국인을 위해서 보호막이 되어 주겠다는 뜻이 된다. 일본인 프롤레타리아트가 한국인 노동자에게 이보다 더 깊은 인간적 신뢰를 보여줄 수는 없을 것이다. 그러나 그러한 해석은 문법상으로 보면 맞지 않는다. 'の'를 연체 수식어적 격조사로 보지 않고 우리말의 주격조사 '-가'의 의미로 본다는 얘기다. 그리고 그러한 해석이 가능한 시 구절로, "雨の降る品川驛'의 'の'도 '비가 내리는 시나가와 역'이라고 해석할 수 있지 않느냐"는 예를 제시한다. 그렇게 되면 12연 3행이 '일본 프롤레타리아트가 뒤 방패 앞 방패'가 되어, 이 표현에 대한 민족 에고이즘적 해석은 불가능하다는 결론에 도달할 수 있다. 저자는 이런 번역이 잘못된 이유로 다음과 같이 설명하려고 한다.

일본어의 'の'가 우리말의 주격조사인 '-가' 또는 '-이'의 기능을 하려면, '雨の降る品川驛'에서처럼 'の' 다음의 단어인 '降る'가 뒤이어 따라오는 '品川驛'을 수식하는 관계로 설정되어 있어야 한다. 즉, 'Aの B C'(이 경우 B가 C를 수식)와 같은 문장구조

15 김윤식, 『한·일 근대문학의 관련양상 신론』, 서울대 출판부, 2002, 155쪽. 이 책에서는 이러한 주장을 한 일본인 오니시 교진(大西巨人)의 글(「コンプレックス脫却の當爲(上)」, みすず, 1997, pp.27~28)을 소개하고 있다.

를 갖고 있어야 한다는 뜻이다. 이 경우, 'の'가 우리말 주격조사 '-가' 또는 '-이'의 기능을 할 수 있다. 물론 이런 경우라도 모든 문장에서 그렇다는 뜻은 아니다. 때에 따라서는 그렇지 않은 경우도 있을 수 있다. 그럼, 시에서 'の'가 이런 구조 속에 쓰인 경우를 들어 자세히 비교 검토해 보자. 제목인 "雨の降る品川驛" 외에 3연의 "君らの叛逆する心", 7연의 "君らの熱い頰", 8연의 "君らのくろい影 / 君らの白いモスソ" 이렇게 네 곳에서 각각 그러한 기능의 'の'가 등장한다. 시 제목의 우리말 번역은 '비 내리는 시나가와역' 또는 '비가 내리는 시나가와역'이다. 3연의 경우는 '너희들이 반역하는 마음' 또는 '너희들의 반역하는 마음' 두 가지로 다 번역할 수 있겠으나, 여기서는 후자의 경우가 더 어울린다. '너희들 반역하는 마음'으로 번역한 것은 '너희들의 반역하는 마음'에서 '의'를 생략한 경우다. 7연과 8연의 경우도 'の'를 주격조사로 번역하기는 어렵다. 따라서 '너희들이 뜨거운 뺨 / 너희들이 하얀 옷자락'이라는 해석은 맞지 않고, 이 시에서는 '너희들 뜨거운 뺨 / 너희들 하얀 옷자락'이라고 번역했다. 역시 저자의 번역은 '의'를 생략한 것이다. 이런 문장구조처럼 '日本プロレタリアトのうしろ盾まえ盾'의 'の'는 우리말 주격조사인 '-가' 또는 '-이'로 번역할 수 없는 문장구조를 가지고 있다.

따라서 이 문장을 '일본 프롤레타리아트가 뒷 방패 앞 방패'라고 번역하는 경우는 납득하기 어려운 주장이라고 본다. 물론 일본인이 이에 대한 해석의 오류를 범하리라고는 생각하지 않지만, 한국인인 저자의 입장에서도 이해하기 힘든 경우다. 그럼, 여기서 발생하는 문제는 12연 3행을 제외한 시 전체적인 표현에 대해서는 어떻게 받아들여야 할 것인가다. 그것은 앞에서 언급한 대로 한국인 노동자에 대한 부정적 시각이 지배하고 있지 않다는 쪽의 해석으로 받아들여도 무방할 것 같다. 두 나라 노동자 계급의 같은 레벨의 공동투쟁을 그린다는 것이 불충분했다는 나카노의 말을 받아들이면 된다.

이쯤에서, 나카노의 「비 내리는 시나가와역」에 대한 화답의 성격을 갖는 작품인 한국인 시인 임화의 「우산 받은 요코하마 부두」를 읽어볼 필요성을 느낄 것이다. 우정의 산물로서 알려진 작품이다. 시를 읽으며 시에 담긴 정조를 살펴봄과 동시에, "일본 프롤레타리아트의 뒤 방패 앞 방패"에 대한 해석에도 도움을 받을 수 있을 것이다.

3. 일본 프롤레타리아에 대한 시적 화답
임화의 「우산 받은 요코하마 부두」

港口의 계집애야! 異國의 계집애야.

「독크」를 뛰어오지 마러라. 「독크」는 비에 저젓고

내 가슴은 떠나가는 서러움과 내어 쫓기는 분함에 불이 타는데
오오 사랑하는 港口 「요코하마」의 계집애야!
「독크」를 뛰어오지 마러라 난간은 비에 저저 있다.

그나마도 天氣가 조혼 날이엇드라면?……
아니다 아니다 그것은 所用업는 너 만에 불상한 말이다
네의 나라는 비가 와서 이 「독크」가 떠나가거나
불상한 네가 울고 울어서 좁다란 목이 미켜지거나
異域의 반역 靑年인 나를 머물너 두지 안으리라
불상한 港口의 계집애야 울지도 말어라 (…중략…)

너와 나 우리들은 한낫 勤勞하는 兄弟이엇든 때문이다

그리하여 우리는 다만 한 일을 爲하야
두 개 나라의 목숨이 한 가지 밥을 먹엇든 것이며
너와 나는 사랑에 사라왓든 것이다. (…중략…)

그러면 그때면 지금은 가는 나는 벌서 釜山 東京을 거처 동모와
가치 「요코하마」를 왔을 때다
그리하여 오랫동안 서러웁던 생각 慣한 생각에
疲困한 네 귀여운 머리를

네 가슴에 파묻고 울어도 보아라 우서도 보아라

港口의 나의 계집애야!

그만 「독크」를 뛰어오지 마러라

비는 연한 네 등에 나리우고 바람은 네 雨傘에 불고 있다.

　　　　　　　　　　　—「우산 받은 요코하마 부두」[16] 일부

인용시는 역시 일제의 서슬이 선연하던 1929년 9월 『조선지
光朝鮮之光』에 발표된 작품의 일부(인용 부분은 1연, 2연, 6연 일부, 7연,
그리고 마지막 15연)다. 「비 내리는 시나가와역」이 1929년 2월 발
표니까 약 7개월에 가까운 시차가 있다. 전체적으로는 15연으로
이루어진 작품이다.

임화林和, 1908~1953는 시인이며 평론가, 프롤레타리아 문학운동
가이기도 한다. 본명은 임인식林仁植이며 서울 출생이다. 19세부터
시와 평론을 발표했던 그는 『현해탄』1938, 『찬가讚歌』1947, 『회상시
집回想詩集』1947 등을 남기는 등, 생전에 80편에 가까운 시와 200편이
넘는 평론을 썼다. 「우리 옵바와 화로」, 「네거리의 순이順伊」, 「어머
니」 등은 잘 알려진 작품이다. 한국의 문학 운동사나 한국 현대문학
사에서 중요한 인물로 거론될 만큼 비중 있는 작가로 평가받는다.

시는 일본에서 추방당하는 한국인 노동자의 분노와 이를 지켜

16　김외곤 편, 『임화전집』 1, 박이정, 2000, 66~70쪽.

보는 그의 일본인 애인 '가요'의 슬픔이 두 축을 형성하고 있다. 다소 분노와 격정적 감정이 절제되지 못한 채 나오는 표현이 보이는데, 이는 시의 우수성에는 방해가 되는 요소로 작용하기도 하나, 시종일관 화자와 청자 사이에 형성되어 있는 시적 긴장감이 두드러진다. 좋은 시의 요건을 충족시키는 데 중요한 역할을 하는 것이다. 또한 시에서 끌어들이고 있는 비 내리는 상황 설정이나 조류鳥類를 이별하는 순간의 적소에 배치하여 주제를 드러내고자 하는 능력은 시인의 시적 자질을 드러내는 부분으로 읽어도 좋을 듯하다.

역시 이 시에서 관심이 가는 대목은 나카노의 「비 내리는 시나가와역」과 마찬가지로 비 내리는 상황 설정이다. 이 시가 나카노의 시에 화답하는 성격이 강하다는 것은 우선 비 내리는 배경이라는 것과 함께 사랑하는 사람과의 이별을 다룬다는 점에서 그러하다.[17] 1연에 나오는 "내 가슴은 떠나가는 서러움과 내어쫓기는 분함에 불이 타는데"와 "「독크」를 뛰어오지 마러라 난간은 비에 저젓고"의 '불'과 '비'는 대조적인 느낌을 주지만, 고통스럽고 슬픈 심정을 부각시키려는 화자의 의도가 충분히 읽히는 용어다. 프롤레타리아 시인이 양국 노동자에 대해 부여한 동등한 인격체 표현은 일본인 노동자와 한국인 노동자가 형제와 같은 인연을 갖고 있다는 강조 부분이다. 특히 6연과 7연의, "너와

---

17 두 작품의 관련성에 관한 글은 박민영, 『탄탈로스의 시학』, 태학사, 2017, 63~68쪽을 참고하기 바람.

나 우리들은 한낱 勤勞하는 兄弟이엇든 때문이다 // 그리하여 우리는 다만 한 일을 爲하야 / 두 개 나라의 목숨이 한 가지 밥을 먹엇든 것이며 / 너와 나는 사랑에 사라왓든 것이다"는 그 구체적 사례다. 다만, '시나가와역'과 '요코하마 부두'라는 공간적 배경과, 각각의 시에 등장하는 조류인 '비둘기'와 '갈매기'는 두 시의 차이를 드러내는 부분이기는 하나, 임화의 시가 나카노의 시에 화답하는 성격의 시라는 것은 쉽게 짐작이 간다. 일본인 근로 여성에 대한 애절한 마음의 표현은 국적을 떠나 표현된 화자의 극히 인간적이고 공동체적 의식의 발로에서 비롯되었으며, 이는 시인 임화가 나카노의 시를 바라보는 시각의 일부를 드러낸 것이다. 따라서 임화는 피지배국가의 한 사람으로서 일본인 프롤레타리아 시인의 시를 따뜻한 인간애가 담긴 작품으로 받아들였을 것이라는 유추는 얼마든지 가능하다.

4. 동지애와 연대의식의 시적 승화
「조선의 소녀들朝鮮の娘たち」

나카노는 「비 내리는 시나가와역」 외에도 또 한 편의 시 「조선의 소녀들」을 통해 한국인에 대한 자신의 사고를 명확하게 드러냈다. 다음의 시를 통해 그 생각의 일단을 들여다보자.

올해 6월, 서울의 조선인 여학교에서, 총독부의 앞잡이인 교장이
학생들의 신망이 두터운 교사 한 명의 목을 슬그머니 잘랐다. 고별
의 날이 다가왔다. 강단으로 올라간 교장이 간사한 목소리를 내기
시작한 바로 그때

한 소녀가 일어나서 외쳤다
－거짓말이다!
또 다른 소녀 하나가 외쳤다
－그건 거짓말이다!
－거짓말이다!
－거짓말이다!
－거짓말이다!
소녀들이 모조리 강단으로 뛰어올라갔다
초인종에 걸쳤던 교장의 손을 눌렀다
소녀들은 서로 엉켜
빨간 목청을 잔뜩 벌리고
몸을 비틀면서 외쳤다
－네가 말하는 것은 모두 거짓말이다!
－사과하라!
그때 멀리서 구두 소리가 들려 왔다
그 소리가 가까워졌다

소녀들은 문고리 소리를 들었다

문짝에 금이 가며 무너지는 소리를 들었다

소녀들은 소녀들의 몸뚱이에 한 줄기 피가 솟구치는 것을 느꼈다

교장이 쓰러졌다

그 얼굴을 마구 밟았다

헌병과 순사들이 우르르 몰려왔다

모자의 턱 끈이 갈가리 찢어지고

권총의 총집이 날아가고

서양식 긴 칼이 삐거덕 소리를 내며 휘어졌다

그리고 이 뭐라 형언할 수 없는 소음 위로

조선 소녀들의

격렬하게 떨리는 고함 소리가

높게 드높게

터놓고서 수습하기 어려울 정도로 만세를 불렀다

— 「조선의 소녀들」 전문

今年の六月、京城の朝鮮人女学校で、総督府の手先である校長が
生徒の信望あつい一教師をこつそり首切つた。告別の日が来た。講
壇にのぼつた校長が猫なで声ではじめたそのとき

 一人の娘が立ちあがつて叫んだ

一嘘だ!

も一人の娘が続いて叫んだ

一それは嘘だ!

一嘘だ!

一嘘だ!

一嘘だ!

殘らずの娘たちが講壇に駆け上った

ベルにかけた校長の手を押えた

娘たちは重なり合い

紅い咽喉をいつぱいにあけ

からだをもじりながら叫んだ

一あ前の言うことは嘘だ!

一あやまれ!

そのとき娘たちは遠い靴おとを聞いた

それが近づいて来た

娘たちはカケガネの音を聞いた

扉のひびわれるめりめりという音を聞いた

娘たちは娘たちのからだを一すじの血の走るのを感じた

校長がぶつたおれた

その顔を足がむちゃむちゃに踏んだ

憲兵と巡査がなだれ込んだ

帽子の顎ひもがちぎれ

ピストルのサックが飛び

サーベルがきしりながらねじ曲った

そしてそれらいっさいの名状しがたい騒音の上に

朝鮮の娘たちの

激しいふるえる喚声が

たかくたかく

まぎらし難くもみ消しがたく万歳した

—「朝鮮の娘たち」[18] 全文

인용시는 「조선의 소녀들」 전문이다. 초출은 무산자신문사無産
者新聞社에서 발행한 『무산자신문無産者新聞』 97號1927. 우선 한국인
의 입장에서 보면, 나카노의 앞의 시 「비 내리는 시나가와역」 보
다 훨씬 더 시인의 한국인에 대한 따뜻한 인간애를 느끼게 한다.
왜냐하면, 일제 만행에 대한 비판 차원을 넘어서서 그 분노를 감
지할 수 있기 때문이다. 과연 이 시가 가해자 나라인 일본의 도
쿄제국대학 출신의 엘리트 청년에게서 나온 것인지 의심하게 할
정도다. 이 시가 발표되었을 때 일제에 의해 시집 전량이 압수되

---

18 中野重治, 「中野重治詩集」 第1卷, 筑摩書房, 1959, pp.80~82. 이 시에 대한
한국어 번역이 유종호의 『다시 읽는 한국시인』, 문학동네, 2002, 47쪽에 나
오나 번역상 누락된 곳이 있어 저자가 보완하였다.

었던 것은 당연한 일인지도 모른다.

시에서 주목하고 싶은 곳도 직접화법을 동원하여 일제의 만행에 대항하는 한국인 소녀들의 외침이다. 2연에서 무려 일곱 곳에 걸쳐 나오는 외침은, "거짓말이다! / 그건 거짓말이다! / 거짓말이다! / 거짓말이다! / 거짓말이다! / 네가 말하는 것은 모두 거짓말이다! / 사과하라!"다. "거짓말이다!"는 표현이 여러 번 반복되어 나오는 것은 이 시가 드러내고자 하는 주제와 밀접한 관련성을 맺고 있다. 일본제국주의의 도덕성과 허구성에 대한 신랄한 비판을 담은 것이다. 더구나 "사과하라!"는 적극적인 요구는 시인의 일제에 대한 시각을 고스란히 전달해 주는 느낌이다.

한국인에게 일제 만행의 상징으로 여겨지는 총독부가 당시 한국인의 민족의식을 말살하려는 의도를 갖고 있었음도 시를 통해 제시되고 있다. 여학교에 헌병과 순사를 부르는 초인종이 설치되어 있었다는 사실이야말로 우리 민족이 겪었던 치욕스런 역사의 방증이기도 하다. "총독부의 앞잡이인 교장이 학생들의 신망이 두터운 교사 한 명의 목을 슬그머니 자른 것"은 결국 소녀들의 "만세"로 이어지는 원인을 제공한다. "헌병과 순사"로 상징되는 당시 일제의 무력이 한국인 여학교에 침입함은 물론이거니와 "권총과 서양식 긴 칼"이라는 시어에서도 알 수 있듯이, 읽는 이에게 놀라움과 더불어 분노를 느끼게 한다. 소녀들은 자신들의 몸에 한 줄기 피가 솟구치는 것을 느꼈기에 일제에 당당하게 항거한다. 2연 23행에서 26행에 걸쳐 나오는 "모자의 턱 끈이 갈가리 찢어지고 / 권총의 총집이 날아가고 / 서양식 긴 칼이 삐거덕 소리를 내며 휘어졌다" 와 28행과 30행에 걸쳐 나오는 "격렬하게 떨리는 고함소리가 / 높게 드높게 / 터놓고서 수습하기 어려울 정도로 만세를 불렀다"는 소녀들이 일제에 온몸을 던져 항거하는 구체적 진술이다. 이러한 서술은 일본 제국주의에 억압당하며 핍박받았던 한국인에 대한 깊은 동반자적 의식이나 연민 의식이 없으면 표현해내기 어렵다.

이 시도 앞의 「비 내리는 시나가와역」과 마찬가지로 나카노가 일본제국주의를 일본, 조선, 그리고 중국 인민의 공동의 적으로 생각하고 있었다는 사실을 뒷받침하는 좋은 예다. 일제에 대한 강한 항거다. 프롤레타리아 시의 성격을 보여 주는 것은 물론이다. 나카노가 한국인에게 보내는 일제에 대한 항거를 독려하는 작품이기도 하지만, 기본적으로는 한국인에 대한 동지애와 연대감을 시로 승화시킨 것이다. 이보다 더 강하게 연대의식을 글로 표현해낼 수는 없었을 것이다.

5. 마무리 글

시 「비 내리는 시나가와역」은 나카노가 한국인 노동자의 입장에서 느끼는 슬픔과 분노를 탁월하게 그려낸 수작이었다. 이 작품은 따뜻한 인간애와 함께 일제를 응징하기 위한 투쟁의식이 근간을 이루고 있었다. 프롤레타리아 시의 성격과 함께 서정시로 읽어도 될 만큼의 정서적 공감대도 시의 바탕에 흐르고 있었다. 또한 임화의 「우산 받은 요코하마 부두」에는 나카노의 「비 내리는 시나가와역」에 화답하는 인간미가 내재되어 있음을 감지할 수 있었다. 무엇보다 나카노의 「조선의 소녀들」에서는 일제에 대한 강한 항거를 드러내면서도 한국인에 대한 동지애와 연대감을 작품으로 승화시킨 그만의 시적 능력을 확인할 수 있었다.

그런 의미에서 나카노의 두 편의 시 「비 내리는 시나가와역」, 「조선의 소녀들」에 그려진 한국인은 일본인 나카노가 마음으로 베푸는 인간미를 함께 할 수 있었다. 이는 이들 두 작품이 향후 오랫동안 한일 양국의 독자에게 잊히지 않은 명작으로 기억되어야 하는 이유이기도 하다.

제5장

/

오노 도자부로小野十三郎 시詩와 '한국'

이 글은 시력詩歷 60여 년 동안 무려 12권의 시집을 출간하며 일본을 대표하는 시인으로 활동했던 오노 도자부로小野十三郎, 1903~1996, 이하 '오노'의 시에 나타난 한국과 한국인을 살피는 것이 목적이다.

한국인이 오노의 이력에서 관심이 가는 것은 그가 태평양전쟁 중이던 1943년 여름부터 패전의 날인 1945년 8월까지 오사카의 후지나가타조선소藤永田造船所에서 징용을 경험했다는 사실이다. 그리고 그때 한국인 강제 징용 피해자와 같이 생활했다는 기록이다. 이때를 전후로 펼쳐진 그의 삶에 한국과 한국인이 자라잡고 있는데, 이것이 오노가 한국 관련 시작詩作을 하게 된 중요한 계기가 된다.

그가 남긴 한국 관련 시편은 모두 10여 편. 오노의 수많은 작품에서 보면 극히 미미한 양에 불과하다. 하지만, 이른바 일제의 입장에서 벗어난 인간미 넘치는 서술을 보여 준다는 점은 텍스트로서의 매력이다. 무엇보다 지금까지 그의 시에 나타난 한국 인상을 분석한 연구가 거의 전무에 가깝다는 점에서 이 글의 값 어치는 충분하리라.

그는 오사카시大阪市 출신이다. 1921년 도쿄로 가서 도요대학東洋 大學에 입학했으나, 8개월 만에 그만두었다. 이후, 오노는 당시 일 본 시단에서는 유명한 시인이었던 하기와라 교지로萩原恭次郎, 1899~ 1938, 오카모토 준岡本潤, 1901~1978 등이 주도했던 시 잡지『적과 흑赤と黒』을 보고 자극을 받아 아나키즘 시운동에 참여하였다. 처 음에는 아나키스트로 출발하였으나 향후 비교적 온건한 프롤레 타리아 작품을 썼다. 오사카의 중공업지대를 취재한『오사카大 阪』1939는 시인의 대표시집이라고 해도 좋을 만큼 자신의 시적 성격이 잘 드러난 시집이다. 문단으로부터는 독자적인 시풍을 확립했다는 평가를 받는다. 시집『거절의 나무拒絶の木』1975로 '요 미우리문학상'을 수상한 그는 1977년부터 2년간 '일본현대시인 회' 회장을 맡기도 하였다.

이 글은 특히 오노의 한국 관련 작품 5편에 나타난 의미구조를 밝히는 데 집중한다. 5편만을 선별한 이유는 이 5편에 한국이나 한국인상에 대한 그의 인식이 비교적 명확하게 그려져 있다는 저 자의 판단에 따른 것이다.[1] 또한, 분석대상의 작품을 태평양전쟁

---

1 오노의 한국 및 한국인 상을 다루고 있는 시는 이 글에서 다루는 작품 외에 「적외선 풍경(赤外線風景)」, 「초여름의 아지가와(初夏の安治川)」, 「이카이노

시기를 기준으로 해서 ① 전쟁 전의 시집인 『오사카』1939에 수록된 「작은 사건小事件」, 「호적戸籍」의 두 편과, ② 패전 후의 시집인 『대해변大海邊』1947의 「대해변」, 「석별惜別」, 『불을 삼키는 느티나무火呑む欅』1952의 「고추의 노래唐辛子の歌」의 세 편으로, 각각 나누어서 살펴본다. 이렇게 태평양전쟁 패전의 해인 1945년을 기준으로 한 것은, 전쟁 전에 쓰인 작품들이 직접 한국인들과 함께 생활하면서 쓴 것이었다면, 전후의 작품들은 한국으로 떠나 버린 한국인 강제징용 피해자들과의 추억과 그리움을 바탕으로 서술하고 있기 때문이다.

먼저, 『오사카』에 수록된 「작은 사건」과 「호적」을 읽기로 한다.

1. 재일조선인에 대한 연민과 휴머니티

「작은 사건小事件」, 「호적戸籍」

처음에는 그저 장난치는 거라 생각했다.

그렇지만 그것은 진짜였다.

들 한가운데서 초라하기 짝이 없는 한 조선 노파가 시퍼런 얼굴

(猪飼野)」, 「ARDENT」 등이 있다. 이 작품들은 이 글에서 분석의 대상으로 삼고 있는 작품들과 비교했을 때, 그 이미지 면에서 인용 작품의 수준을 크게 벗어나지 못하거나, 그 색채 또한 미미한 것이라 판단되어 논외로 하였다.

로 소리 치고 있다.

운동모자를 쓴 녀석이며, 야구방망이 든 어린애들을 상대로 조선말로 미친 듯이 소리치고 있다.

빗나간 공이라도 다리에 맞은 것 같다.

노파는 공을 주워든 채 막무가내로 되돌려주려고 하지 않는다.

어린이들은 노파를 멀찌감치 에워싸고는, 도둑이라니 강도라느니 상스럽게 욕을 하면서 치열하게 시위를 벌이고 있다.

어린이들의 태도에는 '약소민족에 대한' 부모로부터 물려받은 어쩔 수 없는 모멸감이 노골적으로 나타나고

조선 사람인 노파의 분노에는 반대로 어딘가 어린애다운 천진스런 끈덕짐이 느껴진다.

노파의 아우성은 더욱 더 날카로워지고 이제는 멱살이라도 붙잡을 기세다.

어린이들은 점점 불안해진 듯 뒤로 물러서서 겸연쩍은 듯이 서로 얼굴을 바라보고 있다.

자전거 탄 남자가 웃으면서 더 해라, 더 해라, 하며 애들을 부추기고 간다.

그러나 어쩐지 장면은 시들해져 버렸다.

노파는 어정어정 걷기 시작한다.

아이들은 또 다시 야구를 시작한다.

낡은 타이어 더미.

쇠 부스러기 더미.

포대기의 교차交叉.

공동수도共同水道.

너덜너덜한

나지막한

지붕 위에

불에 그슬린

같은 죠토城東의

하늘.

— 「작은 사건」 전문

はじめはほんの冗談かと思った。

が、それは眞劍なんだ。

原っぱのまん中で一人のみすぼらしい鮮人の老婆が血相を變えて叫んでいる。

運動帽をかぶったのや，バットなどを持った子供たちを相手に朝鮮語で氣狂ひのやうに叫んでいる。

外れ球でも脚にあたったらしい。

老婆は球を拾ったままいつかな返さうとはせぬ。

子供たちは老婆を遠卷きにして，どろぼう野郎だとかぬすつとだとか口汚罵りながら盛んに示威運動をこころみている。

子供たちの態度には※※※※※※※弱小民族に對する親ゆづりのどうにもならぬ侮蔑感が露骨にあらはれ

鮮人の老婆の憤怒には反對にどこか子供っぽい無邪氣な執拗さが感じられる。

老婆の叫び聲は益々甲高くなりもはや摑みかからんばかりの氣勢だ。

子供たちはしだいに不安になり後に退ってバツが惡さうに互ひに顔を見合せている。

自轉車の男が笑ひながらもっとやれやれと子供たちをけしかけてゆく。

しかし何かしら場面はもう白けてしまった。

老婆はよちよちと歩きだす。

子供たちはまた野球をはじめる。

古タイヤの山。

鐵屑の山。

裸襟の交叉。

共同水道。

ぼろぼろの
低い
屋根の上に
煤ぼけた
同じ城東の
空。

—「小事件」[2] 全文

　인용시는 오노의 시집 『오사카大阪』赤塚書店, 1939에 실린 「작은
사건小事件」 전문이다.

　시는 일제강점기 한국에서 일본으로 건너가 오사카에 살고 있
는 한 할머니가 일본 아이들에게 공을 맞으며 펼쳐지는 일을 그
리고 있다. 그 일을 소재로 삼아 시의 제목도 「작은 사건」이라고
했다. 시의 전문에서 느껴지는 주된 정조는 일본 땅에서 한국인
이 일본인에게 당하는 약소민족의 슬픔 같은 것이다. 시의 공간
적 배경은 오사카의 죠토城東. 당시 한국인이 살았던 곳은 어떤 곳
이었을까. 3연은 그 공간에 대한 묘사다. "낡은 타이어 더미. / 쇠
부스러기 더미. / 포대기의 교차交叉. / 공동수도共同水道. / 너덜너덜
한 / 나지막한 / 지붕 위에 / 불에 그슬린 / 같은 죠토城東의 / 하늘."

2　小野十三郎, 『大阪』, 赤塚書店, 1939, p.30.

에서 알 수 있는 것처럼, 아마도 집단거주를 하며 궁핍한 생활을 했던 것으로 추측된다. 같은 오사카 죠토의 하늘 아래 살아도 일본인 거주지보다는 그 궁핍의 정도가 훨씬 더 했을 것이다.

우선 시에서 느껴지는 것은 조선 할머니의 노여움. 그 노여움이 쉽게 풀리지 않아 보인다. 노여움이 풀리지 않는 첫 번째 이유는, 일본 어린애들이 친 공에 맞은 조선인 할머니가 그들로부터 사과를 받아내지 못했기 때문. 그러한 장면은, "노파는 공을 주워든 채 막무가내로 되돌려주려고 하지 않는다. / 어린이들은 노파를 멀찌감치 에워싸고는, 도둑이라니 강도라느니 상스럽게 욕을 하면서 치열하게 시위를 벌이고 있다. / 어린이들의 태도에는 '약소민족에 대한' 부모가 행했던 어쩔 수 없는 모멸감이 노골적으로 나타나고 / 조선 사람인 노파의 분노에는 반대로 어딘가 어린애다운 천진스런 끈덕짐이 느껴진다"(1연 6행, 7행, 8행, 9행)에 잘 나타나 있다.

그러나 시를 정밀히 들여다보면, 정말로 할머니의 분노가 풀리지 않는 이유는, "어린이들의 태도에는 '약소민족에 대한' 부모로부터 물려받은 어쩔 수 없는 모멸감"(1연 8행)과 더불어, "자전거 탄 남자가 웃으면서 더 해라, 더 해라, 하며 애들을 부추기고"(1연 12행)가는 모습일 것이다. 거기에는 일제 강점기에 일본으로 이주해 살고 있는 한국인의 짙은 슬픔이 내재해 있다. "노파는 어정어정 걷기 시작한다"(2연 1행)에는 분노를 삭이지 못하고 돌아서야 하는 조선인으로서의 한계가 느껴지기도 한다. 동시에 이 작은 사건을 바라보는 오노의 시선도 담겨 있다. 그것은 곧 조선인 할머니에 대한 연민의 정으로 해석할 수 있다.

다음은 시 「호적」이다. 이 작품은 한국인을 또 어떤 시각으로 그리고 있을까.

짙은 안개다.

군수공장의 높은 굴뚝과

성곽의 망루가

어렴풋이 희미하게 안개 속에 떠 있다.

양철 물통을 들고 치마며 유카타*[※※] 위에 누더기 코트 같은 것을 걸친 이들이 벌써 일어나 어두운 수돗가에 몰려 있다.

　물은 굵은 꼭지에서 쏟아져 나오고.
　미끄러진 세숫대야가 얼어붙은 시멘트에 쩽그랑, 하며 깜짝 놀랄 소리를 낸다.

일본의 이런 곳에서 전라남도가 눈을 떴다.

—「호적」 전문

深い霧だ。

軍需工場の大煙突と

城の櫓が

ぼうつとかすかに霧の中に浮かんでいる。

バケツをぶらさげた衣裳や浴衣の上に羽織ったのがもう起き出
て暗い水道端にかたまっている。

水は太い蛇口からやけにほどばしり。

スリップした洗面器が凍てついた漆喰にガランとびつくりする
やうな音をたてる。

日本のこんなところで全羅南道が眼を醒した。

—「戸籍」[3] 全文

인용시는 시집 『오사카』에 수록된 「호적」 전문이다. 이 작품에서 한국인에게 유독 눈길이 가는 시어는 마지막 연의 "전라남도"다. 전라남도 출신이면서 일본 오사카에 사는 사람들이 시적 소재다. 그들은 사물의 식별이 완전하지 못한 시각, 그것도 짙은 안개가 끼어 있는 이른 새벽에 활동을 하고 있는 사람들로 묘사된다. 이들의 생활은 어떠했을까. "양철 물통을 들고 치마며 유카타浴衣 위에 누더기 코트 같은 것을 걸친 이들이 벌써 일어나 어두운 수돗가에 몰려 있다"(5연)를 통해서 한국인들은 어둠이 가시지 않은 이른 새벽부터 노동을 시작하고 있음을 알 수 있다. 여기에 '치마'라는 시어는 한국인 여성이 입었던 옷. 시에는 한자로 의상衣裳이라고 표기되어 있지만, 그 한자 위에 붙이는 덧말은 가타카나로 '치마'라고 되어 있다. 아마도 오노가 한국인 여성의 치마를 그렇게 나타낸 것으로 봐서는 그가 한국인의 삶에 관심을 갖고 들여다보고 있었으리라. 물론 '유카타浴衣'는 일본인들의 옷이지만, 그 유카타 위에 걸친 누더기 코트는 이곳 사람들의 빈궁함을 드러내는 시어로 읽힌다.

이른 새벽 양철 물통을 지고 와서 물을 길러 간 그들은 새벽의 일상을 끝내고 무슨 일을 했을까. "군수공장의 높은 굴뚝과 // 성곽의 망루가 // 어렴풋이 희미하게 안개 속에 떠 있다"(2연,

---

3   Ibid., p.21.

3연, 4연)를 이들의 일상과 관련된 어구로 파악한다면, 그들은 군수공장에서 일을 하는 사람들이었고, 성에서 일을 하는 사람들이었다. 군수공장은 군수물자를 제조, 가공, 수리하는 공장이고, 성곽의 망루는 망을 보기 위하여 세워 놓은 높은 다락집이다. 그들의 일상을 추측하게 하는 이들 시어에서 그들이 당시 무슨 일을 했을 것이라는 짐작을 할 수 있을 듯.

그럼, 오노는 왜 이 시의 제목을 '호적'이라고 했을까. 이는 의미 구조상 의문을 제공한다. 비록 몸은 일본에 와 있는 한국인들이지만, 삶의 한 형태를 통해, 그들이 마치 전라남도에 살고 있는 것처럼 표현하고 싶었던 것. 그것이 화자의 의도다. 오노는 이미 그들의 출신지를 알고 있었다. 그래서 시의 마지막 연, "일본의 이런 곳에서 전라남도가 눈을 떴다"가 자연스럽게 다가온다. 호적戶籍이란 한 집안의 호주를 중심으로 그 가족들의 본적지, 성명, 생년월일 등 신분에 관한 것을 적은 공문서가 아닌가. 오노는 일본 오사카에 거주하는 전라남도 출신자들의 생활을 아무런 편견을 갖지 않은 채 비교적 사실적으로 그리고자 했으며, 이들의 생활에 대한 관심이나 대화는 상당 부분 존재하고 있었던 것으로 짐작된다.

즉, 이들은 일제의 군수 산업에 동원된 한국인들이었고, 전라남도 출신 노동자였다. 그들의 일상은 이른 새벽부터 시작되었으며, 이들은 '짙은 안개 속 군수공장의 높은 굴뚝과 성곽의 망루'에서 일하는 고단한 삶을 살아가고 있었던 것이다.

이처럼 오노의 시 「작은 사건」과 「호적」 두 편은 일제강점기 오사카로 건너와 살고 있던 한국인 할머니가 약소국가의 국민으로서 겪어야만 했던 슬픔과 일제의 군수 산업에 동원된 전라남도 출신 노동자들의 고단한 삶을 그리고 있었다. 거기에는 할머니의 분노에 찬 작은 사건의 한 장면과 노동자들의 생활을 아무런 편견 없이 사실적으로 묘사했다는 점과 함께, 시인 오노가 한국인에게 가졌던 연민의 정, 즉, 휴머니즘을 충분히 느낄 수 있었다.

그럼, 「대해변」과 「고추의 노래」에는 한국인이 어떤 풍경으로 그려지고 있을까.

2. 강제징용 피해자를 기억하기
「대해변大海邊」, 「석별惜別」, 「고추의 노래唐辛子の歌」

저녁나절

혼자

비 그친 갈대밭 길을 돌아간다.

썰물처럼

반도의 젊은이들은

모두 고국으로 돌아가 버렸다.

지금은 말할 것도 없다.

여기에 있었던 그자들은 모두 좋은 녀석들이었다.

모두 재미있는 녀석들뿐이었다.

갑자기 아무도 없어져

나는 쓸쓸해서 어찌할 수가 없다.

이 봐. 모두 잘 있지.

우산 모양의 녹슨 톱니바퀴 하나.

길 위에 떨어져 있었다.

나는 주워서

갖고 돌아간다.

           — 「대해변」 전문

夕暮。

ひとり。

雨上りの葦原の道を歸る。

潮が引くやうに

半島の若者らは

みな國へ歸ってしまった。

いまは言ふこともない。

ここにいたやつはそれはみないいやつだった。

みなおもしろいやつばかりだった。

急にだあれもいなくなって

俺はさびしくしようがない。

おーい。みんな元氣か。

錆びた傘齒車が一つ。

道の上におちていた。

俺は拾って

持って歸る。

― 「大海邊」[4] 一部

「대해변」은 오노의 다섯 번째 시집 『대해변大海邊』弘文社, 1947에
수록된 작품이다. 인용시의 내용으로 보아서 화자는 한국인 강
제징용 피해자들과 함께 생활을 했을 것이라는 짐작을 할 수 있
다. 그리고 한국인 강제징용 피해자의 숫자가 정확히 얼마나 되
었는지 알 수 없어도[5] "썰물처럼"(4행)이라는 비유에서 느낄 수
있는 것처럼, 상당히 많은 한국의 젊은이가 이곳 지역에서 고초
를 겪었을 것으로 생각된다. 화자는 일본이 패전하고 나서 자신

---

4   小野十三郎, 『大海邊』, 弘文社, 1947, p.3.
5   그 당시 한국에서 오사카 후지나가타조선소(藤永田造船所)로 징용 당해 온
      한국 청년의 숫자가 약 8천 명이라는 자료(安水稔和 編著, 『小野十三郎』(現
      代敎養文庫 744), 社會思想社, 1972, p.110)와, 6천 명이 넘는다는 자료(小
      野十三郎 外 3人, 『日本의 詩歌』20, 中央公論社, 1975, p.143)가 있으나, 그
      어느 쪽 자료를 참고로 해도 상당히 많은 한국의 청년들이 강제 징용되어 이
      곳에 와 있었다는 것을 알 수 있다.

들의 고국이었던 한국으로 돌아간 한국인 친구들을 그리워하고 있다. 물론 시가 쓰인 시기는 패전 후라는 것도 쉽게 짐작이 가는 부분이다. 화자는 분명 같이 생활했던 한국인 친구들에 대해 좋은 이미지를 갖고 있었다.

따라서 시에서 주목이 가는 부분도 "여기에 있었던 그자들은 모두 좋은 녀석들이었다"(8행)와 "모두 재미있는 녀석들뿐이었다"(9행)의 두 곳이다. 이는 화자의 한국인 이미지를 명료하게 표출한 것이다. 시에서 한국인이니 조선인이니 하는 표현이 없어도 이 시가 한국인 징용자를 그리워하는 시라는 것을 금방 알 수 있는 것은, "반도의 젊은이들"(5행)이라는 시어 때문이다. 같은 한국인을 표현하는 말로 '선인鮮人'이니 '조선인'이니 하는 말보다도 '반도'라는 표현을 썼다는 점에서는, 화자의 엄격한 시어 선택이 느껴진다. 화자와 한국인이 같이 지냈던 곳이 해변을 끼고 있었다는 것은 제목을 통해 느껴지지만, 친하게 지냈던 친구들이 떠나버렸기에 해변은 더욱 더 커다란 공간으로 다가오는 것은 아닐까. 제목 '대해변'은 그런 의미로 읽힌다. 실제로 큰 해변인지 그렇지 않았는지 그것은 그렇게 중요하게 느껴지지 않는다. 화자가 "나는 쓸쓸해서 어찌할 수가 없다"(11행)는 패전의 아픔에서 오는 허전함이나 쓸쓸함보다는 "갑자기 아무도 없어져"(10행) 버린 한국인 친구들 때문이리라. 화자는 그들이 돌아간 지금 할 말이 없어져 버렸는지도 모른다. 독백처럼 들려오는,

"이 봐. 모두 잘 있지"(12행)는 안타까운 화자의 심경을 담고 있다. 한국으로 돌아간 징용자들의 안위安危를 걱정하고 있다. 그렇기에 "우산 모양의 녹슨 톱니바퀴 하나. / 길 위에 떨어져 있었다. / 나는 주워서 / 갖고 돌아간다"(13행, 14행, 15행, 16행)는 화자가 전쟁의 상처를 잊지 않으려는 마음과 함께, 그들과의 우정을 깊이 간직하려는 표현으로 받아들일 수 있다. 이러한 한국인 징용자들과의 이별을 아쉬워하는 마음은 '석별'이라는 제목의 시를 통해서 그 이미지가 보다 명확해진다.

조선의 젊은 친구들에게

한밤중의 마중
오랜 여행에 지쳐서 지금은 말할 기력조차 없다.
큰 짐을 짊어진 채
손잡이에 기대어 꾸벅꾸벅 조는 자도 있다.
일본의 밤은 깜깜해서 아무것도 보이지 않는다.
고요하지만
주위는 바다 같았다.

탈주자
부산으로 향하는

달리는 열차의

화장실 유리창을 깨부수고

목숨을 걸고 다이빙하듯

오로지 일념 일본 땅을 밟지 않으려고 한

자도 있었다.

경주

경주는 좋은 고장인가보다.

멀리 저 유명한 석굴암을 생각하며

나의 벗들은 모두 젊고 표경飄輕하다.

온다면 흰밥에

생선 대접하겠단다.

정읍사람

정읍井邑의

정주읍 수성리井州邑 水城里는 어떤 곳인가.

오늘 밤 한 정읍사람 이국異國의 하늘에서 죽다.

부안扶安 진양晋陽 순천順天 김해金海 남원南原

모두 모여 들었네.

— 「석별」 전문

朝鮮の若い友だちへ

深夜の出迎へ

長旅に疲れて

いまは物を云ふ気力もない.

大きな荷物を背負ったまま

吊革によりかかってうとうととしているものもいる.

日本の夜は真暗で何も見えない.

寂寞として

あたりは海の気配がした。

脱走者

釜山に向かう

進行中の列車の

便所の窓硝子をたたき破り

死を賭してダイビングの如く

ただ一念日本本土の土を踏まざらんことを

願ひしものもありたり.

慶州

慶州はよき土地ならむ。

はるかにかの名高き石窟庵をおもへど

わが友はみな若くして瓢軽なり。

きたらば真白き飯食はさむ。

魚食はさむといふ.

井邑の人

井邑の

井州邑水城里とはいかなるところぞ.

今宵井邑の人一人異国の空に死す.

扶安 晉陽 順天 金海 南原

悉く集りき。

—「惜別」[6] 全文

　인용시는 네 편의 시를 묶어 하나의 제목을 붙인 「석별」 전문
이다. 역시 『대해변』에 수록되어 있다.

　부산은 당시 한국인들을 일본으로 끌고 가는 곳의 역할을 했
던 곳이었으리라. 시 「탈주자脫走者」는 목숨을 내건 당시의 한국
인 징용자의 비극을 묘사한다. 한국을 방문한 경험이 없는 오노
는 징용으로 끌려온 한국인에게 이와 같은 내용을 전해들은 것

6　小野十三郎, 『大海邊』, 弘文社, 1947, p.39.

을 시로 형상화했다고 볼 수 있다. 이렇게 탈주에 실패하거나 포기한 사람들이 일본으로 끌려간 곳은 도대체 어디였을까. 그들이 도착한 곳이 어디인지 알 수 있는 것은 고사하고, 그들을 마중 나온 것은 역시, "오랜 여행에 지쳐서 / 지금은 말할 기력조차 없다"(「한밤중의 마중」 1행, 2행)고 할 만큼의 '피로'가 아닐까. 그리고 화자가 도착한 곳은 주위가 바다였다고 기억한다. 「한밤중의 마중深夜の出迎へ」은 화자가 일본으로 온 징용공을 묘사하는 것으로, 그들이 도착한 곳은 말할 수 없는 피로와 아무런 희망도 보이지 않고 깜깜하게만 다가온 일본 땅이었다.

이 작품에서 또 다른 관심을 끄는 시어는 마지막 인용시에 등장하는 한국인에게 낯익은 지명들이다. 무엇보다 이 시는 "조선의 젊은 벗들에게朝鮮の若い友だちへ"라는 부제와 잘 어우러져 화자의 한국인에 대한 지대한 관심을 보여준다. 그 관심은 다음의 세 가지다. 첫째는, 한국 지리에 대한 해박한 지식과 상관없이 화자는 징용공 개인 개인에 대한 신상을 알고 있었다. 비록 번지수까지는 나오지 않았지만, "정주읍 수성리井州邑 水城里"라는 구체적인 명기는 화자의 한국인과의 친밀감 혹은 관심의 표현으로 해석할 수 있다. '경주'나 '석굴암'이라는 시어 등장도 같은 맥락에서 이해된다. 둘째로, 「정읍사람」이라는 제목의 시에 등장하는 부안, 진양, 순천, 김해, 남원과 같은 지명은 정읍과 함께 모두가 전라도와 경상도에 속한 곳들인데, 이들 열거되는 지명은 다수

의 사람들이 이국땅에 끌려왔었다는 해석을 낳게 하는 구체적인 예시다.[7] 또 하나는, 한 정읍 사람의 죽음을 통해 같은 동포의 죽음을 가슴 아파하는 다수 한국인들의 행동을 상상하게 한다. 모두가 모여서, 죽은 자의 죽음을 애통해하는 모습이 떠오른다. 말할 것도 없이 시에 나타난 "이국異國의 하늘"(「정읍사람」 3행)은 일본이다. 앞에서 언급한 한국인에 대한 화자의 이 세 가지 관점은 인간적인 친밀감을 반영한다.

시 「경주」는 거꾸로 한국인이 화자를 어떻게 생각했을까를 나타냈다는 점에서 새롭다. 예로부터 한국인은 귀한 손님이나 친한 벗이 오면 잘 대접해 주어서 보내는 후한 인심을 가진 민족이 아닌가. 그러한 인심의 일단을 보여주는 것이, "온다면 흰밥에 / 생선 대접하겠단다"(「경주」 4행, 5행)다. 한국인과 화자는 끈끈한

---

7 이와 관련하여 오노는 자신의 시에 대한 자전적 고찰의 성격을 갖는 저서 『기묘한 서가(奇妙な本棚)』(1964)에서 다음과 같이 표현한다. "매일 출근해서 책상에 앉으면, 미리 각 숙소에서 제출된 명부에 따라서, 그날의 조선 징용공들의 출결을 비교해서, 한 장의 표로 집계한다. 배급물품 등이 있으면, 모두 여기에 바탕을 두고 한다. 표에는 부안(扶安), 진양(晉陽), 정읍(井邑), 순천(順天), 김해(金海), 남원(南原), 여수(麗水) 등, 그들이 징용된 한국(南鮮)의 도시나 고을 이름이 30개 정도가 나란히 나열되어 있었다."(安水稔和 편저, 『小野十三郎』(現代敎養文庫 744), 社會思想社, 1972, pp.112~113 재인용) 이런 기록으로 미루어 짐작하면, 오노는 한국인들 각 개인에 대해서 신상을 파악하고 있었다고 볼 수 있다.
"毎日出勤してデスクにつくと、前もって各寮から提出された各簿にしたがって、その日の 朝鮮徴用工たちの出欠をしらべて、一枚の表に集計する. 配給物品などがあれば、すべてこれにもとずいてやるのである. 表には、扶安、晉陽、井邑、順天、金海、南原、麗水 などと、かれらが徴用された南鮮の 州や町の名が 三十ほど並んでいる.

정으로 이어져 있음을 드러낸다. 그래서 시의 제목 '석별'은 한
국인과의 이별을 아쉬워하는 화자의 마음을 고스란히 보여준다.
이 시가 각별하게 다가오는 것도 지나친 감정의 표현을 자제하
며 있는 그대로의 상황을 제시하면서 던져주는 잘 제어된 시어
의 선별이다.

다음에 인용하는 시 「고추의 노래」에도 한국인과의 추억이 그
려지고 있다.

조선 요리는

왜 매울까?

김치라는 절임에 이르기까지

고추를 사용하지 않는 것은 하나도 없다.

새빨간 알이 굵은 조선 고추.

그대는 그것을 막 지은 밥 위에 얹어서

땀도 흘리지 않고 아작아작 걸신들린 것처럼 먹었다.

우리들은 특별히 즐거운 회식을 한 것이 아니다.

또 요리라고 할 만큼의 것을 맛본 것도 아니다.

이상한 운명으로

일본의 어느 큰 공장에서 일 년 하고 반년

증기로 찐 맛없는 밥을 함께 먹고 지내온 데 지나지 않지만

찢어진 소포 가장자리에서 넘쳐 떨어진 조선의 고추를 보았을 때

나도 더불어

야릇하게 애달픈 향수를 느꼈다.

매운맛에도 북한의 매운맛이 있고

대한민국의 매운맛이 있을 것이다.

지금 그 어느 쪽이 통렬한지는 모른다.

나는 단지 그때 매일같이 그대들의 아침 식사를 위해

네 말四斗들이 통 가득히 녹미채鹿尾菜의 된장이 붉게 물들 정도로

양념으로 맛을 냈던 일이 생각난다.

그래도 그대들은

아직 아직, 아직 아직 이라고 말했다.

새빨간 굵은 알의 조선 고추.

말려서 핏빛을 한 녀석.

진짜 호화스런 조선 요리에서는

정말이지 그것을 어떻게 사용하는 걸까?

그대들의 식욕이

더욱더 왕성해지길

바랄 뿐.

— 「고추의 노래」 전문

朝鮮料理は

なぜ辛いか。

キムチという漬物にいたるまで

トウガラシを使用しないものは一つもない。

蕃紅色の大粒の朝鮮トウガラシ。

きみはそれを炊き立ての飯の上にふりかけ

汗もかかずかつかつと貪り食った。

ぼくらは別にたのしい會食をしたわけではない。

また料理というほどのものを味わったわけでもない。

へんなまわり合わせで

日本のある大工場で一年有半

蒸氣すいさんのまずいめしを共に食ってくらしたに過ぎないが

破けた小包のはしからこぼれおちた朝鮮のトウガラシを見たとき

俺も一しょになって

ふしぎに切ない郷愁をおぼえた。

辛さにも北鮮の辛さがあり

大韓民國の辛さもあるだろう。

いまそのいずれか痛烈たるや知らない。

俺はただあの頃毎日きみらの朝食のために

　四斗樽一ぱいのヒジキの味噌汁が朱に染るほど薬味を利かせたこ
とを想い出す。

　それでもきみらは

　まだまだ、まだまだと云ったものだ。

蕃紅色の大粒の朝鮮トウガラシ。

乾燥して血の色をしたやつ。

ほんとうの豪華な朝鮮料理では

さてそれをどう使うのか。

きみらの食欲の

ますます旺盛ならんことを

ねがうのみ。

— 「唐辛子の歌」[8] 全文

　인용시는 1952년에 간행된 시집『불을 삼키는 느티나무』에 실린 것으로 화자의 고추에 대한 추억을 시로 옮겼다. 화자와 함께 지냈던 한국인과의 고추에 얽힌 추억과 더불어 한국을 대표하는 음식의 하나인 고추를 묘사했다. 고추를 매개물로 한국인과의 잊을 수 없는 추억의 서술도 정감 있게 읽히지만, 그 고추로 인해 자신도 한국인과 같이 향수를 느끼고 있는 점은 화자와 한국인 징용자와의 일체화된 느낌을 전해주는 듯하여 감동적이다.[9]

8　小野十三郎,『小野十三郎詩集 日本国民詩集』, 三一書房, 1952, p.57. 시집 『火呑む欅』는『小野十三郎詩集 日本国民詩集』과 동일한 것으로 보인다.
9　일본의 대표적인 시인인 기타카와 후유히코(北川冬彦, 1900~1990)가 이 시를 읽고 오노와 대담한 것이『現代詩鑑賞』上卷(有信堂)에 실려 있어 흥미를 끈다. "오노 도자부로의 조상은 조선반도에서 왔구나 생각했는데, 라는 말을 하자, 어쩌면 그럴지도 모르지"라고 대답하고 있다.
　"小野十三郎の祖先は、朝鮮半島からやって來たんなと思ったのに對しては、あるいはしからん"と應じている. 安水稔和 編著,『小野十三郎』(現代敎

시는 우선, 한국인과의 유대감을 보여 주는 표현이 눈길을 끈다. "찢어진 소포 가장자리에서 넘쳐 떨어진 조선의 고추를 보았을 때 / 나도 더불어 / 야릇하게 애달픈 향수를 느꼈다"(13행, 14행, 15행)는 같은 징용자 신분이 되어 향수를 느끼고 있다는 점에서 한국인에 대한 화자의 마음이 전달된다. 화자와 한국인이 같이 생활했던 기간은 1년 반 정도. 그 기간이 구체적으로 어느 시기를 가리키는지는 크게 중요하지 않다. 매일같이 그 기간 동안에 화자가 한국인을 위해 "네 말鹿尾菜들이 통 가득히 녹미채鹿尾菜의 된장이 붉게 물들 정도로 양념으로 맛을 냈던 일이 생각난다"(20행)는 것이 중요하다. 여기서 '녹미채'는 갈조류 모자반과에 속한 바닷말을 가리키는 말. 이 시어 또한 화자와 한국인과의 추억을 상기시키는 매개체다. 화자가 한국인들과의 인연을 "이상한 운명으로"(10행)라고 한 것은 일제의 전쟁으로 인한 만남을 가리킨다. 가해자 나라 국민인 화자와 피해자 나라인 한국인과의 만남을 정상적인 인연으로 인한 만남이라고 생각하고 있지 않다는 뜻이다. 그래서 결미의 "그대들의 식욕이 / 더욱더 왕성해지길 / 바랄 뿐"(27행, 28행, 29행)에는 고추를 좋아했던 한국인 징용자들

養文庫 744), 社會思想社, 1972, 112쪽 재인용.
이 문장은 오노의 한국인에 대한 자신의 생각의 일단을 잘 드러낸 것이다. 그의 시가 갖는 일반적인 특징은 비교적 리얼리즘의 방법에 서 있다고 볼 수 있다. 그 감정이나 사상을 '물(物)'을 통해 파악하고 있다고 보면, 자신의 이러한 발언은 한국인에 대한 특별한 감정의 하나라고 느껴진다.

을 지금은 만날 수 없게 되었지만, 그들의 건강을 바라는 애틋함이 배여 있다. 시는 전체적으로 고추를 매개체로 해서 화자가 느꼈던 한국인 징용자와의 잊을 수 없는 추억을 담담하게 서술했다. 여기에는 특별한 상상력이나 미사여구 없이 잔잔한 감동으로 그려낸 화자의 휴머니즘이 느껴질 뿐이다.

이처럼 「대해변」, 「석별」, 「고추의 노래」 세 편의 시에는 일본 패망 후 자신들의 고국이었던 한국으로 돌아간 한국인 징용자들과의 이별을 아쉬워하는 오노의 마음이 잘 녹아 있다. 그것은 곧 자신과 같이 근무했던 한국인 징용공에 대한 인간적인 친밀감을 고스란히 드러낸 것이었다.

3. 마무리 글

이 글은 오노 도자부로의 한국과 한국인을 노래한 시 「작은 사건」, 「호적」, 「대해변」, 「석별」, 「고추의 노래」의 5편을 살핀 것으로, 다음과 같은 점을 확인할 수 있었다.

먼저, 오노는 한국인에 대해 인간적인 냄새가 풍기는 따뜻한 휴머니즘이나 연민을 갖고 있었다. 거기에는 일제강점기 오사카로 건너와 살고 있던 한국인 할머니나 노동자들의 일상을 꼼꼼하게 살핀 사실이 작용한다. 또 하나는, 시인의 한국 관련 시에 나타난 작풍作風에서 알 수 있듯이, 특별한 상상력이나 미사여구를 동원하려는 기교는 보이지 않고, 있는 그대로를 절제된 감정으로 묘사해 냈다는 시적 매력이 있었다.

또한, 오노는 한국이 남과 북으로 나누어져 있다는 기본적인 상식에서, 한국인 강제 징용 피해자 개개인에 대한 신상까지 소상하게 파악하고 있었는데, 이는 그들의 고향을 구체적인 지명으로 언급할 만큼 비교적 자세한 것이었다. 이는 오노가 당시 한국인에 대한 관심도를 반영하는 것이며, 동시에 한국의 여기저기에서 많은 젊은이들이 일제의 전쟁에 동원되었다는 역사적 사실의 고발이기도 하다. 이처럼 오노의 한국 관련 작품은 시의 우수성과 함께 한일 양국의 사람들이 평가해야 할 중요한 시적 사유의 결과물이기도 하다.

제6장

/

'조선'의 여성을 노래하다

사타 이네코, 기쿠오카 구리, 이토 게이이치의 시편과 '조선' 여성상

이 글은 일본의 프롤레타리아 시인들이 어떻게 한국인 여성들을 노래하고 있는지에 초점을 맞추어 관련 작품을 소개하고 그 의미구조를 분석한 것이다. 특히, 일본 혹은 중국에서 살았던 한국인 여성들을 시의 소재로 삼은 작품만으로 한정하였다. 그렇게 추려진 작품은 사타 이네코佐多稲子, 1904~1998의 「조선의 소녀 1朝鮮の少女一」, 「조선의 소녀 2朝鮮の少女二」, 기쿠오카 구리菊岡久利, 1909~1970의 「색동옷色の衣裝」, 이토 게이이치伊藤桂一, 1917~2016의 「한국의 여인韓國の女」으로 모두 4편이다.

먼저, 사타 이네코의 「조선의 소녀 1」, 「조선의 소녀 2」부터 소개한다.

1. 소녀를 향한 측은지심

「조선의 소녀 1^{朝鮮の少女一}」, 「조선의 소녀 2^{朝鮮の少女二}」

조선의 소녀들아

너의 하얀 저고리는 이 깊은 밤에 춥지는 않느냐

오늘 밤은 달이 너무나도 맑고 선명하여 얼음 속에 있는 것 같다.

정류장 돌계단 위에 있으니,

오싹오싹 냉기가 발톱 끝을 쑤셔댄다.

너희들은 거기에서 서로 다가서서

빈 상자를 팔에 걸고

곱은 양손에 입김을 불어댄다.

하지만 너희들은 건강하다.

이미 가게들도 문을 내리고 인적 드문 큰길에

너희들은 무언가 말하고서는 강아지처럼 서로가 장난을 친다.

너희들의 말을 나는 모른다.

너희들의 말을 나는 모른다.

너희들은 분명 모국에서 태어난 거다.

하지만 너희들은 모국을 잘은 모를 것이다.

일본의 수도에 옮겨진 것을 모를 것이다.

조선의 소녀들이여, 너는 왜 그런지 알고 있는가.

차가운 밤바람과 하얀 먼지를 맞으며

밝은 문에서 문으로 남자나 여자에게 쫓기며

엿을 팔러 돌아다니지 않으면 안 된다는 것을

조선의 소녀들이여

너희들은 이제 곧 그 추위를 똑똑히 알 것이다.

네가 꼼짝하지 않고 서 있으면,

냉기가 너의 몸을 그 하얀 저고리 위에서부터 조여갈 것 같다.

— 「조선의 소녀 1」 전문

朝鮮の少女達よ

お前の白い上衣はこの夜更けに寒くはないか

今夜は月があまりに冴えて氷の中にいるようだ。

停留所の石だたみの上にいると、

しんしんと冷気が爪先を打ち敲く

お前たちはそこで互に立ち寄り

空になったボール箱を腕に掛け

かじかんだ両手に息を吹きかける。

けれ共、お前たちは元気だ。

もう商店も戸を下ろして人影の少ない大通に

お前たちは何か言っては犬の子のようにふざけ合う。

お前たちの言葉は私には分からない。

お前たちの言葉は私には分からない。

お前たちはきっと母国でうまれたのだ。

だがお前たちは母国をよくは知らぬだろう。

日本の都へ移されたことを知らぬだろう。

朝鮮の少女達よ、お前は何故か知っているか。

寒い夜風と白い埃に吹き晒され

明るい扉から扉へと男や女に追い立てられ

飴を売り歩かねばならぬということを

朝鮮の少女達よ

お前たちは今にその寒さを判然と知るだろう。

お前がじっと立ちどまると、

冷気がお前のからだをその白い上衣の上から締めつけてゆく

ようだ。

—「朝鮮の少女一」[1] 全文

전차는 휑하니 넓은 거리를 달리고 있었습니다.

서민이 사는 변두리로 향하는 그 전차에는

모두 야간 일에 지쳐 돌아가는 사람들뿐이었습니다.

그들의 무딘 시선을 모아

분홍색 저고리를 입은 조선의 소녀 혼자서

---

1 『佐多稲子全集第一巻』, 講談社, 1977, pp.13~15.

의자 위에 걸터앉아 열심히 동전을 세고 있었습니다.

엿은 모두 팔린 것이겠지요.

은화가 그녀의 손바닥에 가지런히 놓여 있었습니다.

소녀는 이윽고 조심스럽게 동전을 주머니에 넣더니

옆에 있던 빈 상자 꾸러미를 잡고 아래위로 세게 흔들었습니다.

꾸러미 사이에서 고무공이 휙 하고 빠져나와 튀어나갔습니다.

이때 사람들의 생기 없는 얼굴에 상냥한 미소가 떠올랐습니다.

건너편에 있던 아저씨는 공을 주워 익살맞게 하나를 튀어 오르게
했습니다.

그녀는 싫어요, 하고 넉살 좋은 아이처럼 어리광부리는 소리를
내며 의자에서 내리더니

무릎과 무릎이 서로 마주하는 한복판의 좁은 길에서 천진난만하
게 공을 치기 시작했습니다.

달리고 있는 전차 바닥은 팽팽해 있어

고무공은 세게 튀어 오를 것 같았습니다.

허리를 앞으로 숙인 자세로 공을 쫓아가는 그녀의 등에는

땋은 머리끝에 헝겊이 길게 늘어져 흔들리고 있었습니다.

—「조선의 소녀 2」 전문

電車はだだっ広い街を走っていました。

下町の場末へ向うその電車には

みんな夜の動きから疲れて帰る人ばかりでした。

それらの人のにぶい視線を集めて

桃色の上衣を着た朝鮮の少女が一人

腰掛の上に胡坐をかいて熱心のお銭をかぞえていました。

飴はみんな売れたのでしょう。

銀貨が彼女の掌にならんでいました。

少女はやがて分別気な面持でお銭を懐へしまうと

　かたわらの空になったボール箱の包をとって上下に強くゆすり

ました。

　包みの間からゴム毬がポンと抜けて跳び出しました。

　この時人々の生気のない顔にやさしい微笑が浮かびました。

　向い側にいた小父さんは毬を拾っておどけて一つ弾ませました。

　彼女はいやあようと駄々っ子のように甘えた声をあげて腰掛か

ら下りると

　膝と膝の向い合った眞中の狭い道で無邪気に毬をつき始めました。

　走っている電車の床は張り切っていて

　ゴム毬は弾みすぎるようでした。

　前かがみになって毬を追う彼女の背中には

　編んだ髪の先に布が長く垂れて揺れていました。

—「朝鮮の少女二」[2] 全文

2　Ibid., pp.13~15.

인용시는 「조선의 소녀1」, 「조선의 소녀2」 전문이다. 일본을 대표하는 프롤레타리아 시인인 사타 이네코가 일본의 수도 도쿄東京에서 본 한국 소녀들의 모습을 시로 옮긴 것으로, 두 편을 처음으로 발표한 곳은 1928년 시 잡지 『노미驅馬』 12호이다. 그녀가 그려낸 한국 소녀들의 이미지는 그들에 대한 측은지심과 함께 어려운 환경 속에서도 밝게 살아가려고 노력하는 모습이다. 그렇게 그려낸 모습은 비교적 명료하고 구체적이다.

이 작품을 쓴 사타 이네코는 시인이기도 하지만 일본인에서는 소설가로 잘 알려진 작가다. 나가사키시長崎市 태생이다. 초등학교 졸업 전에 도쿄로 와서 캐러멜 공장에서 일한 경험을 바탕으로 쓴 『캐러멜 공장에서』1928가 그녀의 출세작이다. 이후, 카페 여종업원의 경험을 다룬 『카페·낙양洛陽』1929으로 후에 노벨문학상을 받은 가와바타 야스나리川端康成로부터 격찬을 받았다. 작가로서는 훌륭한 작품을 많이 남긴 문인으로 평가받는다.

다시 시를 자세히 들여다보자. 「조선의 소녀 1」에서 시인이 바라보는 한국 소녀에 대한 시선은 측은지심이고 애틋함이다. "조선의 소녀들아 / 너의 하얀 저고리는 이 깊은 밤에 춥지는 않느냐"(1행, 2행)는 시의 도입부터 그런 마음을 드러내고 싶었던 시인의 의지로 읽힌다. 화자가 조선의 소녀들을 목격하고 있는 장소는 도쿄의 어느 정류장의 돌계단 위. 시간적 배경은 차가운 겨울밤. 그 시각, 그곳은 "달이 너무나도 맑고 선명하여 얼음 속에 있

는 것 같"고(3행), 또한 "오싹오싹 냉기가 발톱 끝을 쑤셔"(5행)대
는 곳이다. 그런 공간에서 화자는 일제강점기 일본으로 건너온
한국 소녀들이 "곱은 양손에 입김을 불"며(8행), 도쿄 거리에서
엿을 팔며 돌아다니는 모습을 구체적으로 그려내기에 이른다.

또한, 이러한 조선의 소녀들에 대해, "하지만 너희들은 건강하
다"(9행), "너희들은 무언가 말하고서는 강아지처럼 서로가 장난
을 친다"(11행)고 서술함으로써, 화자는 그녀들의 행동을 주의
깊게 바라보고 있다. 이것은 측은지심과 함께 비교적 밝은 이미
지를 보고자 하는 화자의 시선이다. 그러나 "너희들은 분명 모국
에서 태어난 거다 / 하지만 너희들은 모국을 잘은 모를 것이다 /
일본의 수도에 옮겨진 것을 모를 것이다 / 조선의 소녀들이여,
너는 왜 그런지 알고 있는가"(14행, 15행, 16행, 17행)에는 일본에
와서 살아야만 하는 한국 소녀들에 대한 애절한 마음이 감정이
입된 것처럼 녹아 있다. 마지막 3행, "너희들은 이제 곧 그 추위
를 똑똑히 알 것이다 / 네가 꼼짝하지 않고 서 있으면 / 냉기가
너의 몸을 그 하얀 저고리 위에서부터 조여 갈 것 같다"(22행, 23
행, 24행)에서는 한국 소녀들에게서 가난을 버릴 만한 아무런 희
망을 보지 못하는 화자의 안타까운 마음도 전해진다. 그것은 곧
2행과 마지막 행에서 시어로 나온 "하얀 저고리"로 상징되는 한
국인의 처지를 대변하는 것 같아, 한국인 독자의 입장에서는 슬
픈 대목으로 읽히기도 한다.

이러한 한국 소녀의 모습이 「조선의 소녀 2」에서는 엿을 파는 소녀로 등장한다. 역시 이 시도 구체적인 장소와 시간이 명시되어 현장감을 더해 준다. 시의 시간적, 공간적 배경은 퇴근 시간, 일에 지친 서민들이 귀가를 서두르는 전차 안. 앞의 작품 「조선의 소녀 1」에 등장하는 소녀가 하얀 저고리를 입고 차가운 겨울 바람을 맞고서 엿을 파는 설정이었다면, 이 시에서는 분홍색 저고리를 입고 전차 안에서 돈동전을 세고 있는 모습이다. 또한, 앞의 작품과는 달리, 천진난만하게 전차 안에서 공을 치며 놀고 있는 모습이 비교적 밝은 이미지를 주는 데 일조한다.

그런 이미지는, "은화가 그녀의 손바닥에 가지런히 놓여 있었습니다"(8행), "이때 사람들의 생기 없는 얼굴에 상냥한 미소가 떠올랐습니다 / 건너편에 있던 아저씨는 공을 주워 익살맞게 하나를 튀어 오르게 했습니다"(12행, 13행)와 같은 표현에서도 구체성을 띤다. "달리고 있는 전차 바닥은 팽팽해 있어 / 고무공은 세게 튀어오를 것 같았습니다"(16행, 17행)는 이국땅 일본에서 느끼는 잠깐의 평화로움이 스며들어 있는 것 같다. 화자가 소녀를 그려내는 마음의 온도는 비교적 따뜻하다. 그리고 친근함이 배여 있다. 마지막 두 행 "허리를 앞으로 숙인 자세로 공을 쫓아가는 그녀의 등에는 / 땋은 머리끝에 헝겊이 길게 늘어져 흔들리고 있었습니다"(18행, 19행)는 화자가 마치 그림을 그리듯이 구체적으로 그려낸 당시 한국 소녀의 뒷모습이다. 5행에서 묘사된 "분홍색 저고리를 입은 조선의 소녀"와 호응하며, 특히 그 시절을 살지 않았던 지금의 입장에서 읽으면, 우리네 할머니의 모습이 떠올라 그리움으로 다가오기도 한다.

이처럼 「조선의 소녀 1」, 「조선의 소녀 2」 두 작품은 모두 현장감을 살린 작품으로, 화자가 실제로 본 모습을 담담하게 사실적으로 시적 기교 없이 그려냈다는 점에서 돋보인다. 거기에 녹아 있는 한국 소녀에 대한 화자의 측은지심과 한국 소녀에게서 찾고자 하는 밝은 이미지가 작품의 매력을 더해주고 있다.

일본 문단에서는 이 두 작품을 여성이 쓴 대표적인 프롤레타리아 시라고 평가하지만, 시대적 배경이나 작품의 모티프 등을 벗어던지고 냉정하게 바라본다면, 섬세한 감각이 돋보이는 여류 시인의 서정시로 읽히기도 한다.

한편, 다음에 소개하는 시 「색동옷」과 「한국의 여인」은 앞의 「조선의 소녀 1」, 「조선의 소녀 2」와는 달리 시인의 기억 속에 잠재해 있는 한국인 여성들을 불러내고 있다.

2. 기억 속 소녀와 위안부를 노래하다

「색동옷色の衣裳」, 「한국의 여인韓國の女」

먼저 「색동옷」을 읽어보자.

잊을 수 없는 한 소녀의 얼굴이 있다

어느 때 나는 여행을 하고 있었고
시모노세키下關가 가까워지는 삼등열차三等列車 속에 있었다

내 앞에는
결코 행복하게
고향에 금의환향하는 그런 사람이 아닌 것 같은
조선의 아버지와 딸이 앉아 있었다

그 소녀의
수심 어린 검은 눈과 긴 속눈썹
총명한 이마와 영리한 입술……
소녀가 아름다웠을 뿐 아니라
그보다도
그 「때」가…… 그 「공기」가

분명 내게

소녀를 사랑하고 싶게 해 주었는지도 모른다

소녀는

여행에 익숙하지 않은 기차에 약한

애처롭게 늙은 아버지에게

무언가 세차게

반항하고 있는 듯한 말투였지만

그 표정은

아주 반대로 상냥했다

연분홍 저고리와 초록 치마와

가슴팍에서 묶은 조그마한 붉은 끈

그것은 조선말로 무엇이라고 할까

그들 색동옷은

조선에서는 처녀라는 징표라고 한다

이윽고 우리들 기차는

시모노세키 홈에 도착했다

확성기가 큰 소리로 무엇인가 안내하고 있었고

신발 끄는 소리나

긴 기차여행으로 뜸이 들여진

후텁지근해진 숨소리 냄새

그 수선수선한 틈을

사람들은 지하도로 해서 자기들의 연락선 쪽으로 빨려 들어간다

왼쪽은 규슈九州나 상하이上海로 건너가는 사람들이다

오른쪽이 부산으로 가는 사람들이다

나는 그곳에서

어떤 유類의 애틋한

야릇한 공기와

사람들로 북새통을 이룬 혼잡 속에서

그, 색동옷의 소녀를

어느새 잃어버리지 않으면 안 되었다

내 머릿속에 지금도 더욱

잊을 수 없는 한 소녀의 얼굴이 있다

— 「색동옷」 전문

忘れることの出來ない一人の少女の顔がある

ある時わたしは旅をしてゐて

下ノ關に迫る三等列車の中にゐた

わたしの前には

決して幸福で

故郷に錦を飾る種類の人ではないらしい

朝鮮の父と娘が坐ってゐた

その少女の

黒い憂色の目と長い睫毛

聰明な額と利口な唇……

少女が美しかったばかりではない

それよりもその「時」が……その「空氣」が

きっとわたしに

少女を愛したくさせたのかも知れない

少女は

旅なれない 汽車に弱い

いたましく老いたる父親に

何かぽんぽん

反抗してゐるやうな言葉使ひをしたが

そのしぐさは

まるきり反對に優さしかった

うす桃色の上衣と緑の袴と

胸のところで結んだ小ひさな赤い紐

それは朝鮮の言葉で何といふのだらう

それ等の色の衣裳は

朝鮮では乙女のしるしなのださうだ

やがてわたくしたちの汽車は

下ノ關ホームに着いた

擴聲機が高聲に何やら案内してゐたし

履物の錯音や

長い汽車旅行で蒸された

むんむんする息の臭さ

そのざわざわした中を

人々は地下道で自分たちの聯絡船の方へ吸はれて行く

左は九州や上海へ渡る人たちだ

右が釜山へ行く人々だ

わたくしはそこで

或る種のわびしい

異様な空氣と

人ごみの雜踏の中に

かの、色の衣裳の少女を

もはや見失はなければならなかった

わたしの頭のなかにいまもなほ

忘れることの出來ない一人の少女の顔がある

―「色の衣裳」³ 全文

인용시는 1938년에 발간된 기쿠오카 구리菊岡久利, 1909~1970의 시집 『시대의 완구時の玩具』1938에 수록된 것으로, 「색동옷」 전문이다. 전체가 5연 45행으로 된 장시지만, 비교적 어렵지 않게 읽혀 화자가 말하고자 하는 메시지가 명료하게 다가온다. 즉, 이 시는 열차 안에서 보았던 조선 소녀의 얼굴과 색동옷, 그리고 소녀의 표정을 기억 속으로 소환하며, 그 소녀를 향한 그리움을 드러내고 있다. 시가 회고적 성격을 띠는 것은 거기에 연유한다.

작품의 시간적 배경은 명확하지 않다. 시집 출간 연대를 바탕으로 유추해보면, 일제강점기의 한 시기였던 1938년 전의 어느 날이었을 것이다. 시의 공간적 배경은 시모노세키로 가는 '삼등열차' 속. 지금은 '삼등열차'라는 개념이 없어졌지만, 일제강점기 당시에는 객석이 세 등급으로 나누어져 있었다고 한다. 삼등열차는 일등열차, 이등열차, 그 다음의 가장 낮은 등급의 열차였다. 즉, 화자와 조선의 부녀는 운임이 가장 싼 열차에 타고 있었던 것이다. 이는 그들 모두 경제적으로 가난한 사람이었다는 암시를 내포하는 시어다. 4연의 "신발 끄는 소리나 / 긴 기차여행

---

3   菊岡久利, 『現代日本詩人全集』 14卷, 東京 : 創元社, 1955, p.200.

으로 뜸이 들여진 / 후텁지근해진 숨소리 냄새 / 그 수선수선한 틈"과 "나는 그곳에서 / 어떤 유類의 애틋한 / 야릇한 공기와 / 사람들로 북새통을 이룬 혼잡"은 삼등열차 안의 환경을 표현한 것이다. 당시에도 시모노세키에서 부산으로 다니던 이른바 '관부關釜 연락선'이 있었다. 관부는 '시모노세키'에서 '세키'를 한자로 표기한 글자인 '관關'과 '부산'의 '부釜'를 합쳐 만든 단어다. 이들의 행선지는 일차적으로 시모노세키下關였다.

이를 바탕으로 시를 좀 더 찬찬히 들여다보자. 우선, 첫째 연 "잊을 수 없는 한 소녀의 얼굴이 있다"로 시작해서, 마지막 연 마지막 행인 5연 2행에도 등장하는 "잊을 수 없는 한 소녀의 얼굴이 있다"는 반복 서술에 눈길이 간다. 이는 전체적으로 읽는 이에게 조선 소녀에 대한 그리움이 쉽게 가시지 않고 있다는 시적 여운을 제공하는 역할을 하고 있다.

화자는 시모노세키로 가는 열차 안에서, 역시 시모노세키에서 부산으로 가는 배를 타기 위해 열차를 타고 가는 조선인 부녀를 만났을 것이다. 그리고 그들에게서 슬픈 표정을 읽는 시간을 맞았을 것이다. 4연이 그러한 서술에 충실해 있다. "내 앞에는 / 결코 행복하게 / 고향에 금의환향하는 그런 사람이 아닌 것 같은 / 조선의 아버지와 딸이 앉아 있었다"가 바로 그것이다. 그리고 소녀의 모습에 대해, 역시 4연에서 "검은 수심 어린 눈과 긴 속눈썹 / 총명한 이마와 영리한 입술……"과 "연분홍 저고리와 초록 치마와 / 가슴팍에서 묶은 조그마한 붉은 끈 / 그것은 조선말로 무엇이라고 할까 / 그들 색동옷은 / 조선에서는 처녀라는 징표라고 한다"라고 구체적으로 서술한다. 소녀의 얼굴과 색동옷에 대한 기억을 소상하게 표현한 것이다. 이는 소녀를 아름다운 모습으로 기억하는 바탕이 된다. 거기에 더하여, "여행에 익숙하지 않은 기차에 약한 / 애처롭게 늙은 아버지에게 / 무언가 세차게 / 반항하고 있는 듯한 말투였지만 / 그 표정은 / 아주 반대로 상냥했다"는 진술 역시 화자에게 "소녀를 사랑하고 싶게 해"준 감정에 중요한 요소로 작용하고 있음을 알 수 있다.

이처럼 「색동옷」은 기쿠오카가 일제강점기 당시 삼등 열차 안에서 만났던 소녀를 떠올리며, 그 소녀의 모습과 언행이나 표정을 관심을 갖고 꼼꼼하게 살핀 것으로, 첫 만남이었는데도 사랑을 느꼈던 감정을 회고적 성격으로 풀어낸 시다. 이 작품 역시 시인의 작품 경향이나 1938년 당시의 시대적 환경을 배제하고 읽는다면, 얼마든지 서정시로 읽히는 시다. 일본인 프롤레타리아 시인이 조선 소녀에게 베푼 잔잔하면서도 아름다운 시선이 매력적이다.

기쿠오카는 아오모리현靑森縣 출생의 시인으로『무서운 아이怖そるべき子供』로 나오키상 후보가 된 적도 있는 소설가이기도 하다. 당시 유명한 소설가였던 요코미쓰 리이치橫光利一, 1898~1947에게 사사師事하였다. 시집으로『빈시교貧時交』1936,『시대의 완구時の玩具』1938,『보이는 천사見える天使』1940 등을 출간하였다.

일본 프롤레타리아 시인이 남긴 작품 중에는 한국인 위안부를 묘사한 것도 있어 우리의 관심을 끈다. 이토 게이이치伊藤桂一, 1917~2016 가 쓴 시 「한국의 여인」이 바로 그것이다. 다음은 시의 전문이다.

한국의 여인들 아름답지 않았노라

북지北支 산서성山西省에 왔노라

병사들과 함께 주둔지에 살았노라

한국의 여인들 아름답지 않았지만

얼마간의 교태 섞인 서툰 말을 했노라

병사를 토벌하러 길을 떠나면

한산한 청루靑樓의 지붕에 올라

구성진 한국의 타령 노래를 불렀노라

한국의 여인들 아름답지는 않았지만

그 소리 들으면 간드러졌노라

병사들 오랜 주둔의 생활을 마치고

살아남은 자들 돌아가려고 하여

오늘 이 쓸쓸한 부락을 뜨려고 하니

부락은 일장기를 세우고 환송하였노라

한국의 여인들 부락 밖에 있었노라

서툰 말 외치며 희고 부드러운 손을 흔들었노라

— 「한국의 여인」 전문

韓國のをみなら美しからず

北支山西省にきたり

兵とともに駐屯地に住まへり

韓國のをみなら美しからざれども

わづかに艶めきたる片言を話せり

兵ら討匪の旅に出でゆけば

閑散なる青樓の屋根にのぼり

哀々たる韓國の鄙歌うたへり

韓國のをみなら美しからざれども

その聲をきけば嫋々たり

兵ら長き駐屯の生活を終り

生き残りたるものら歸還せんとて

けふこの寂しき部落を發たんとす

部落は日の丸の旗たてて送れり

韓國のをみなら部落の外れにいたり

片言叫び白き柔かき手を振りあへり

— 「韓國の女」[4] 全文

인용한 시는 1939년 작품으로 전쟁터에서 만난 한국 여인들

4   伊藤桂一,『竹の思想』, 1961, pp.74~75.

이 시의 소재이며, 그때 만난 한국 여성들은 일본군 위안부다. 시어로 등장한 '청루靑樓'가 그러한 사실을 뒷받침한다. 일반적으로 '청루'는 창녀娼女나 창기娼妓를 두고 손님을 맞아 영업하는 집을 가리키는 말이다. 시의 공간적 배경은 중국 산서성이다.

화자는 한국 여성들과의 만남과 생활, 그리고 그들과의 이별을 담담하게 그려내고 있다. 우선, 관심이 가는 곳은 화자가 당시의 한국 여성들에 대해 어떤 이미지를 갖고 있는지를 서술하는 대목이다. 전체 16행 가운데, "한국의 여인들 아름답지 않았노라"(1행), "한국의 여인들 아름답지 않았지만"(4행), "한국의 여인들 아름답지 않았지만"(9행)처럼 세 곳에서나 반복 서술되고 있는 것은 이채롭다. 한국 여인이 아름답지 않았다는 사실을 강조하고 있다. 그러한 서술 뒤에 이어지는 "얼마간의 교태 섞인 서툰 말을 했노라"(5행), "그 소리 들으면 간드러졌노라"(10행)는 이른바 청루에 있는 위안부로서의 생활상을 보여주는 것으로 읽힌다. 물론, "그 소리"(10행)는 "구성진 한국의 타령 노래"(8행)를 지칭하리라.

그러나 전쟁이 끝난 후인지, 아니면 다른 곳으로 이동하는지, 시적 공간을 떠나가는 일본 병사와는 달리 위안부 여성들은 전장지戰場地를 떠나지 못하고 잔류하고 있다. 안타깝고 가련한 이미지가 강하게 느껴진다. 물론 시의 시간적 배경도 중일전쟁 1937~1945 당시로 추측된다. "병사들 오랜 주둔의 생활을 마치고

/ 살아남은 자들 돌아가려고 하여 / 오늘 이 쓸쓸한 부락을 뜨려고 하니"(11행, 12행, 13행)가 그 추측의 단서가 될 것 같다. 말미에 표현된 "한국의 여인들 부락 밖에 있었노라 / 서툰 말 외치며 희고 부드러운 손을 흔들었노라"(15행, 16행) 또한 그 구체적 진술로 해석된다. 전장지를 떠나는 일본 병사들을 환송하는 장면으로 추측할 수 있다.

이 시와 관련한 시인 이토의 연보도 시를 이해하는 데 좋은 재료가 된다. 미에현三重縣 출신으로 소설가이며 시인이기도 했던 이토는 1938년 징병으로 기병 제15연대에 입영한다. 1939년에 기병 제41연대에 전속轉屬, 중국 산서성山西省으로 갔으며, 1941년 일본으로 귀환하지만 재소집되어 중국 상해 근교에서 패전을 맞았던 경험을 갖고 있다. 중국의 전쟁터에서 병사와 소대장과의 우정을 그린 『반딧불의 강螢の河』으로 1937년에 나오키상直木賞을 수상하였다. 또한, 그는 『조용한 노몬한静かなノモンハン』으로 1959년 예술선장문부대신상藝術選獎文部大臣賞과 요시카와에이지문학상吉川英治文學賞을 받는 등, 전장소설戰場小說과 같은 시대소설과 사소설 풍의 신변소설 등을 남긴 일본예술원 회원이기도 했다.

이 작품은 일본군 위안부였던 한국인 여성들의 삶의 한 단면을 미사여구로 혹은 휴머니즘의 관점에서 표현하려는 의지는 없었다. 있는 그대로, 보고 느낀 대로 그려내고 있을 뿐이다. 한국인 독자는 강제로 끌려간 중국 땅에서 참담한 삶을 살아야 했던 한국 여성 위안부들의 슬픔을 감지할 뿐이다.

이처럼 기쿠오카와 이토는 「색동옷」과 「한국의 여인」이라는 작품을 통해 당시 일본에 살다가 아버지와 함께 한국으로 귀국하던 소녀와, 강제로 중국으로 끌려간 한국인 위안부를 기억 속에서 소환해내고 있다. 「색동옷」에는 당시 소녀가 입었던 옷인 색동옷과 소녀의 얼굴을 잊어버리지 않으려는 기쿠오카의 애틋한 정조가 있었다. 또한, 「한국의 여인」에는 한국인 위안부와의 만남과 생활, 그리고 그들과의 이별이 그려져 있었다. 두 작품 모두 한국 여인들의 모습을 사실적으로 묘사했다는 점에서 의미 있는 텍스트로 평가할 만하다.

3. 마무리 글

일제강점기 일본의 프롤레타리아 시인이었던 사타 이네코, 기쿠오카 구리, 이토 게이이치는 각각 「조선의 소녀 1」, 「조선의 소녀 2」, 「색동옷」, 「한국의 여인」과 같은 작품을 통해 일본과 중국 등, 이국땅에서 살아가는 나라 잃은 한국인 여성들을 표현했다.

거기에는 한국인 여성들의 슬픔이 고스란히 담겨 있었다. 특히 일본군 위안부로 고통스런 삶을 견뎌야 했던 한국인 여성의 모습을 사실적으로 그린 「한국의 여인」은 다른 작품보다는 더 가슴 아프게 전해오는 작품이었다.

저자가 소개한 네 편 모두, 사실에 바탕을 두고 섬세하게 그려 냈다는 공통점을 갖고 있지만, 한편으로는 「조선의 소녀 1」, 「조선의 소녀 2」, 「색동옷」을 읽으며, 기억하고 싶은 여성으로서의 한국 여인의 이미지와 함께, 그들의 밝고 아름다운 면을 담아내고자 하는 시인들의 필치도 확인할 수 있었다. 그러한 사실은 주목할 만하다. 피지배 국민인 한국 여성에게 보내는 일본 프롤레타리아 시인들의 따뜻한 시선과 인간미가 내재 되어 있었다.

우리에게는 일제의 서슬이 시퍼렇던 한국에서, 그리고 일본에서, 중국에서, 혹은 또 다른 낯선 이국땅에서, 인내를 강요받으며 살았던 시기가 있었다. 이 책은 그 시절을 살았던 우리의 모습을 과연 '일본 시인들은 어떻게 한국과 한국인을 노래했을까' 하는 데에 초점을 맞추어, 그들의 작품을 분석한 것이다. 즉, 이 책에서 다룬 작품의 시대적 배경은 모두 일제강점기다.

그리하여 저자는 작품의 성격상, 한국이나 한국인을 휴머니즘에 바탕을 두고 쓴 것과 함께 보편적 가치나 객관성을 추구하는 텍스트를 대상으로 그 의미구조를 풀어내는 데 주력하였다. 그런 과정에서 시적 성격에 따라 서정성 강한 작품은 제1부에, 프롤레타리아적 요소가 강한 것은 제2부에, 각각 배치하여 분석을 시도하였다. 이는 시 읽기를 통해 얻게 되는 독해의 효과를 높이려는 의도에서 비롯된 것이다. 그런 생각을 바탕으로 텍스트로 삼은 것은 모두 14명 시인의 시 30여 편과 수필 3편이었다. 서정시 쪽에서는 일본의 사계파四季派 시인들인 마루야마 가오루丸山薫, 나카하라 츄야中原中也, 무로 사이세이室生犀星, 그리고 미요시 다쓰지三好達治의 한국 관련 작품이었고, 프롤레타리아 시에서는 마키무라 히로시槇村浩, 오구마 히데오小熊秀雄, 나카노 시게하루中野重治, 오노 도자부로小野十三郎, 이토 신키치伊藤信吉, 우치노 겐지内野健児, 사타 이네코佐多稲子, 기쿠오카 구리菊岡久利, 이토 게이이치伊藤桂一의 시편이었다. 여기에 더하여, 한국인 시인 김용제金龍濟와 김병호金炳昊의 작품을 포함시킨 것은 일본 시단에 발표하여 주목을 받았다는 이유도 있지만, 이들의 작품이 현대를 살아가는 한일 양국의 사람들에게 더 많이 알려졌으면 하는 바람도 함께 머금고 있다.

더불어 이 책은 불편한 이웃 관계가 지속되고 있는 작금의 한일 관계에서, 그간의 역사적 연구나 정치적, 사회적 관심에 더하여 문학적 공감대 형성에도 중요한 기능을 수행할 수 있을 것이라는 기대효과도 내장하고 있다.

그런 지향점을 바탕으로 본서가 일본 시인들의 작품을 살피면서 얻은 결론을 다음과 같이 정리한다.

첫째, 일본 사계파 시인들인 마루야마 가오루의 「조선朝鮮」, 나카하라 츄야의 「조선 여인朝鮮女」, 무로 사이세이의 「고려의 꽃高麗の花」, 「범고래 기와瓦の鯱」, 「조선朝鮮」을 살펴본 결과, 이들 작품에는 피지배 민족이었던 한국인에 대한 인간애가 흐르고 있었다. 한국문화을 향한 애정이 그리움처럼 녹아 있었다.

둘째, 일본을 대표하는 시인 미요시 다쓰지가 1919년과 1940년 두 차례 한국 방문을 통해 작품을 남긴 사실에 주목하여, 「거리街」, 「겨울날冬の日」, 「계림구송鷄林口誦」, 「노방음路傍吟」, 「구상음丘上吟」, 「백 번 이후百たびののち」의 여섯 편을 분석해 보았더니, 한국의 유구한 역사와 유적에서 보편적 가치에 몸담고자 하는 다쓰지만

의 의지를 읽어낼 수 있었다. 즉, 다쓰지는 직접 한반도의 오랜 유적지를 거닐며 적극적으로 역사와 상상 속의 대화를 나누었던 것이다. 이는 한국을 노래한 일본의 다른 근현대시인들과 달리 자신만의 시적 성취로 평가할 수 있는 대목이었다. 시 작품에서는 전체적으로 보면, 당시 지배의식이 팽배했던 일본인으로서의 우월의식과 편견 같은 것을 드러내지 않았다. 이는 한국인이나 일본인들이 공감할 수 있는 작품으로서의 값어치에 중요한 요소로 작동할 수 있는 요소다.

셋째, 역시, 미요시 다쓰지의 수필 「추일기秋日記」, 「남선잡관南鮮雜觀」, 「김동환 씨金東煥 氏」의 세 편을 들여다본 결과, 그는 경성, 경주, 부여, 고령 등을 둘러보고, 당시의 초등교육에 대해 각별한 관심과 함께, 경성의 거리에 대한 좋은 인상과 한국여성들을 명랑하고 지적인 여성으로 표현하고 있었다. 또한, 경성 부근의 촌락을 둘러보고, 한국 농민들의 근면·성실함과 농업 경영방식에도 경탄하였을 뿐 아니라, 일제가 당시 한국 농민들의 수확물을 수탈해가는 모습이나 농민의 근심을 살피는 문장도 거침없이 쓰고 있었다. 특히, 고령 방문 때는, 도굴꾼에게 고분군이 훼손당하는 현실을 안타까워하며, 고령의 역사성에 대해 애착을 드러내기도 했다. 한국의 김동환 시인과 나눈 대담을 통해서도, 그는 한국문학과 한국 문인을 호평하고 있음을 감지할 수 있었다. 그러나 다쓰지가 사용한 '임나일본부任那日本府'나 '내선일여內鮮一如'

와 같은 용어는 당시 일제가 갖고 있던 역사 지식에서 크게 벗어나지 못하고 있음을 나타낸 것으로, 이는 일제하에 살아가는 일본인으로서의 한계로 지적할 수 있겠으나, 수필 3편에 나타난 그의 한국과 한국인에 대한 시각은 대체적으로 우호적이었다.

넷째, 19세의 청년 시인 마키무라 히로시楨村浩가 쓴 「간도 빨치산의 노래間島パルチザンの歌」는 일제하 반식민지 투쟁의 성격을 갖는 프롤레타리아 시였다. 무엇보다 일본인을 시적 화자로 내세워 쓰인 다른 프롤레타리아 문학작품과는 달리, 한국인을 화자로 내세웠다는 점은 주목할 만한 것이었다. 또한, 그가 한일의 프롤레타리아트들이 연대하여 일제를 몰아내는 데 앞장서자며 짙은 호소력을 발휘하고 있는 것도 피지배 민족인 우리에게는 공감을 불러 일으켰다.

다섯째, 오구마 히데오가 쓴 무려 270행이나 되는 장편 서사시 「장장추야長長秋夜」는 '색옷장려운동', '강제징용', '사금 캐기'와 같은 일제가 한국인에게 가한 횡포를 중심으로 시적 전개를 하였는데, 그 과정에서 우리 조상들의 인내와 고통 감내를 제대로 형상화하고 있었다. 이는 이 작품의 우수성에 중요한 요인으로 작용하였다. 그런 점에서 이 작품 역시 앞의 「간도 빨치산의 노래」와 같이 일본인 시인이 당시 피지배 국민이었던 한국인과 동일한 관점에서 서술한 보편적 인류애가 근간을 이루고 있음을 확인할 수 있었다.

여섯째, 이토 신키치의 「해류海流」, 우치노 겐지의 「조선이여朝鮮よ」, 「조선 땅 겨울 풍경鮮土冬景」, 그리고 김용제의 「현해탄玄海灘」, 김병호의 「나는 조선인이다おりや朝鮮人だ」의 다섯 편을 살펴보았더니, 신키치의 「해류」는 일본에서 일하다 고국으로 쫓겨 가야 하는 조선인 노동자의 애처로운 삶과 함께 조선 독립의 염원을 그려낸 작품으로, 그 슬픈 심경을 조선반도를 흐르는 해류와 조화롭게 빚어낸 솜씨가 일품이었다. 겐지의 「조선이여」는 일본인이 일제에 의해 조선에서 일본으로 추방당하면서 조선에서의 생활과 경험을 노래한 작품이라는 점에서 매우 드문 사례였다. 그것은 곧, 일본인이 당시 조선의 풍물과 함께 조선인과의 이별을 감동적으로 그려냈다는 사실에서 다른 프롤레타리아 작품과의 차별성을 의미한다. 한국인 동료에 대한 뜨거운 우정과 일제에 대한 강한 적개심이 주된 시적 흐름이었다. 「해류」와 「조선이여」에도 조선인에 대한 휴머니즘과 피지배 민족에 대한 동정심이 뜨겁게 작동하고 있었다. 겐지의 「조선 땅 겨울 풍경」은 조선의 겨울 풍경을 나목이 된 겨울나무와 힘든 시절을 살아가는 한국인의 모습을 두 축으로 빚어낸 작품이었다. 일본인이었던 겐지가 조선에서 생활하면서 예사롭지 않은 필치로 묘사한 서정이 돋보이는 걸작이었다. 주목할 만하였다.

한편, 김용제와 김병호의 「현해탄」과 「나는 조선인이다」는 한국인으로서 일본 문단에 발표한 프롤레타리아 작품이라는 점에서 중요한 의미를 갖는다. 특히 「현해탄」은 조선인 노동자로서의 고통을 '현해탄'이라는 공간을 통해 표현하며 시적 능력을 보여준 수작으로, 일본 문단에서 활동한 프롤레타리아 시인 이상의 의미를 가진다고 평가할 수 있을 것이다. 그리고 「나는 조선인이다」는 일본 프롤레타리아트에게 조선인과 힘을 합쳐 일제에 같이 항거하자는 투쟁적 성격이 강하였다. 한국인으로서 일본 문단에 일제가 조선인에게 가한 만행을 직접적으로 고발하고 있는 작품을 남겼다는 점에서 일본 프롤레타리아 문학사에 중요한 사례의 하나로 기록되어야 한다고 거론하였다.

일곱째, 나카노 시게하루의 「비 내리는 시나가와역雨の降る品川駅」에는 한국인 노동자의 입장에서 느끼는 슬픔과 분노가 고스란히 담긴 수작으로, 인간애와 함께 일제 응징을 품은 투쟁의식이 자리 잡고 있었다. 「조선의 소녀들朝鮮の娘たち」에도 일제에 대한 강한 항거와 함께 한국인에 대한 동지애와 연대감이 내재되어 있었다. 두 작품 모두 나카노가 마음으로 베푸는 인간미의 표출이었다는 점에서, 오랫동안 한일 양국의 독자에게 잊히지 않은 명작으로 기억되어야 할 것이다.

여덟째, 오노 도자부로가 한국과 한국인을 노래한 「작은 사건小事件」, 「호적戶籍」, 「대해변大海邊」, 「석별惜別」, 「고추의 노래唐辛子の歌」의 다섯 편에서는 한국인에 대해 인간미가 우러나는 휴머니즘이나 연민이 바탕을 형성하고 있었다. 이는 그가 오사카로 건너와 살고 있던 한국인 할머니나 징용공의 일상을 꼼꼼하게 살핀 것에 연유하지만, 한국의 여기저기에서 많은 젊은이들이 일제의 전쟁에 동원되었다는 역사적 사실의 고발로도 해석할 수 있었다.

아홉째, 사타 이네코, 기쿠오카 구리, 이토 게이이치의 작품 「조선의 소녀 1^{朝鮮の少女一}」, 「조선의 소녀 2^{朝鮮の少女二}」, 「색동옷^{色の衣裝}」, 「한국의 여인^{韓國の女}」의 네 편은 일제하에 일본과 중국 등, 이국땅에서 살아가는 나라 잃은 한국 여성들을 섬세하게 그린 시편들이었다. 「조선의 소녀 1」, 「조선의 소녀 2」, 「색동옷」은 기억하고 싶은 여성으로서의 한국 여인의 이미지를 가련하지만 비교적 밝고 아름답게 담아내려는 필치가 느껴진 작품이었다. 그러나, 일본군 위안부로 고통스런 삶을 견뎌야 했던 한국 여성의 모습을 사실적으로 그린 「한국의 여인」에는 짙은 슬픔 같은 것이 흐르고 있었다.

이렇게 아홉 가지로 서술한 결론은 이 책이 각각의 텍스트를 나름대로 정밀하게 분석하고 내린 견해다. 전체적으로 보면, 일본인 지식이었던 시인들의 작품은 일제를 살았던 그들의 중요한 시적 사유의 결과물이었다.

물론, 작품 하나하나의 시적 배경을 다룬 자료를 좀 더 많이 찾아서 서술했더라면 훨씬 품격 높은 글이 될 수도 있었을 텐데, 하는 아쉬움이 들기도 한다. 하지만 시의 영역에서 너무 많은 외부적 요인을 덧대는 것도 썩 좋은 것은 아니라는 자위를 해본다.
이 글을 읽는 독자에게도 저자에게도 이들 작품이 남긴 여운을
공유하자는 제안을 하며 글을 마무리한다.

이 책이 중점을 두고 살폈던 일제강점기 '일본 시인, '한국'을
노래하다'와는 별개로, 한일의 연구자들이 일제강점기 이전과
그 이후에 '일본 시인이 노래한 '한국''을 살핀 결과물을 이 세상
에 내놓기를 바라는 마음 간절하다.

참고문헌

1. 한국 자료

김광림, 「동정 아닌 분노, 약자와의 일체감-小熊秀雄의 「長長秋夜」의 경우」, 『日本現代詩散策』, 푸른사상, 2003.

_____, 『日本現代詩人論』, 국학자료원, 2001.

김용직, 『임화문학 연구』, 세계사, 1991.

김윤식, 『임화연구』, 문학사상사, 1989.

_____, 『한국문학의 근대성 비판』, 문예출판사, 1993.

_____, 『한·일 근대문학의 관련양상 신론』, 서울대 출판부, 2002.

김외곤 편, 『임화전집』 1, 박이정, 2000.

김태준 편, 『일본문학에 나타난 한국 및 한국인상』, 동국대 출판부, 2004.

나카니시 이노스케, 박현석 역, 『불령선인』, 현인, 2017.

다나카 히데미쓰, 유은경 역, 『취한 배』, 小花, 1999.

「문학사의 풍경-백석의 만주 유랑과 해방정국 (3) 단둥·신의주 국경의 시인」, 『국민일보』, 2012.10.4.

박경수 편저, 『잊혀진 시인, 김병호(金炳昊)의 시와 시세계』, 새미, 2004.

박민영, 『탄탈로스의 시학』, 태학사, 2017.

박상도, 「三好達治文學における政治性と詩觀-朝鮮の放浪詩人金笠批評を通して-」, 大阪外國語大學 博士論文, 2006.

심훈, 『상록수』, 글누림, 2007.

안영길, 「일제 강점기 만주를 배경으로 한 시에 나타난 고향의 정체성 연구」, 『국제언어문학』 27호, 2013.

오병우·박애숙, 「사타 이네코(佐多稻子)의 조선인상-프롤레타리아 시 「朝鮮の少女一··二」를 중심으로」, 『日本語文學』 第32輯, 日本語文學會, 2006.

오석륜, 「미요시 다쓰지 三好達治, 동서양의 서정을 노래하다」, 『세계 속의 일본문학 일본문화총서 008』, 제이엔씨, 2009.

_____, 「오구마 히데오(小熊秀雄)의 장장추야(長長秋夜)론」, 『日語日文學研究』 第70輯 2卷, 韓國日語日文學會, 2009.

_____, 「미요시 다쓰지(三好達治)의 『백 번 이후 (百たびにのち)론」, 『日本言語文化』 第18輯,

韓國日本言語文化學會, 2011.

오석륜, 「『四季派』詩人과 朝鮮」, 『日語日文學研究』第82輯 2卷, 韓國日語日文學會, 2012.

_____, 「미요시 다쓰지는 한국을 어떻게 노래했을까」, 『月刊文學』559, 한국문인협회, 2015.

_____, 「미요시 다쓰지(三好達治)의 수필에 나타난 한국」, 『國際言語文學』第32號, 國際言語文學會, 2015.

_____, 「일본프롤레타리아 시에 나타난 조선 여인상」, 『日本語文學』第75輯, 日本語文學會, 2016.

_____, 「일본의 '사계파四季派 시인'들은 어떻게 한국을 노래했을까」, 『불교문예』77, 2017년 여름호, 불교문예 출판부.

_____, 「일본 프롤레타리아 시인들은 어떻게 한국인 여성을 노래했을까」, 『불교문예』78, 2017년 가을호, 불교문예 출판부.

_____, 「나카노 시게하루中野重治는 어떻게 한국인을 노래했을까」, 『불교문예』79, 2017년 겨울호, 불교문예 출판부.

_____, 『미요시 다쓰지(三好達治) 시를 읽는다』, 역락, 2019.

_____, 「나카노 시게하루(中野重治) 詩에 나타난 韓國觀」, 『日本學』제22집, 東國大學校 日本學研究所, 2003.

_____, 「미요시 다쓰지(三好達治) 詩와 朝鮮 體驗」, 『日本學報』第60輯, 韓國日本學會, 2004.

_____, 「小野十三郎の詩にあらわれた韓國人像」, 『日語日文學研究』第52輯, 韓國日語日文學會, 2005.

_____, 「마키무라 히로시(槇村浩)의 「간도 빨치산의 노래」論」, 『日語日文學研究』第55輯 2卷, 韓國日語日文學會, 2005.

_____ 역, 『미요시 다쓰지 시선집』, 小花, 2005.

_____, 「미요시 다쓰지(三好達治) 詩와 世界性」, 『日語日文學研究』第65輯 2卷, 韓國日語日文學會, 2008.

오영진, 「日本近代詩에 나타난 韓國觀 Ⅰ」, 『日語日文學研究』第13輯, 韓國日語日文學會, 1988.

_____, 「日本近代詩에 나타난 韓國觀 Ⅱ」『日語日文學研究』第14輯, 韓國日語日文學會, 1989.

우치노 겐지, 엄인경 역, 『흙담에 그리다』, 필요한책, 2019.

유아사 가쓰에, 이창식 역, 『간난이』, 수원박물관, 2016.

유임하, 「두만강」『문학지라·한국인의 심상공간 (중)』국내편 2, 논형, 2005.

유종호, 『다시 읽는 한국 시인』, 문학동네, 2002.

유정 편역, 『일본근대대표시선』, 창작과비평사, 1997.

_____, 『일본현대대표시선』, 창작과비평사, 1997.

이영희, 「식민지 시대 일본 사회주의 시인의 조선인식-조선 관련 詩를 중심으로」, 『日本語文學』 第45輯, 日本語文學會, 2009.

_____, 「식민지 시대 사계파 시인들의 조선 인식」, 『日本語文學』 第49輯, 韓國日本語文學會, 2010.

_____, 「일제강점기 일본근대시 속의 조선묘사」, 『日本語文學』 第53輯, 日本語文學會, 2011.

이이화, 『빼앗긴 들에 부는 근대화 바람』(한국사 이야기 22), 한길사, 2004.

이인복, 「민족적 에고이즘을 극복한 순수 인간애의 시인」, 『일본 그 슬픈 악연』, 답게, 2000.

채지혜, 「아라이 테쓰(新井徹)의 『흙담에 그리다(土墻に描く)』와 『까치(カチ)』에 나타난 조선체험」, 『日本語文學』 第84輯, 日本語文學會, 2019.

하야시 고지, 「잡종의 자식으로서 학대받는 존재와 연대하다-오구마 히데오」, 『그 때 그 일본인들』, 한길사, 2006.

경북매일 http://www.kbmaeil.com

2. 일본 자료

安西均, 『日本の詩 三好達治』, ほるぷ出版, 1975.

伊藤桂一, 『竹の思想』, 1961.

伊藤信吉, 『日本の近代詩』(日本近代文學館 編), 讀賣新聞社, 1967.

_____, 『現代詩の鑑賞(下)』, 新潮社, 1987.

岩田宏 編, 『小熊秀雄詩集』, 岩波文庫, 1982.

内野建兒, 『土墻に描く』, 耕人社, 1929.

_____, 『カチ詩集』, 宣言社, 1930.

大村益夫, 『愛する大陸よ-詩人金龍濟研究』, 大和書房, 1992.

大村益夫 外, 『近代朝鮮文學における日本との關連樣相』, 綠蔭書房, 1998.

小熊秀熊, 『新版·小熊秀熊全集 第一卷』, 創樹社, 1990.

小野十三郎 外 3人, 『日本の詩歌』 20, 中央公論社, 1975.

小野十三郎 外 15人, 『日本現代文學大系』 67, 筑摩書房, 1973.

小野十三郎, 『大阪』, 赤塚書店, 1939.

_____, 『大海辺』, 弘文社, 1947.

_____, 『火呑む欅』, 三一書房, 1952.

_____, 『奇妙な本棚』, 第一書店, 1964.

河上徹太郎 編, 『中原中也 詩集』, 角川文庫, 1987.

菊岡久利, 『現代日本詩人全集』14巻, 東京 創元社, 1955.

佐多稲子, 『佐多稲子全集』第一巻, 講談社, 1977.

昭和の文學, 『日本文學研究資料叢書』, 有精堂, 1981.

『昭和文學全集』第6巻, 小學館, 1988.

鄭勝云, 『中野重治と朝鮮』, 新幹社, 2002.

高崎隆治, 『文學のなかの朝鮮人像』, 青弓社, 1982.

高橋良雄, 「三好達治における風土と自然」, 『解釈』 9月号, 教育出版センター, 1974.

田中英光, 『酔いどれ船』, 小山書店, 1949.

鳥居邦朗 外, 『佐藤春夫 室生犀星集』日本近代文學大系39, 角川書店, 1973.

ドナルド・キーン, 『日本文學史』近代 現代編 七, 中央公論社, 1992.

中西伊之助, 「不逞鮮人」『개조(改造)』9月號, 1922.

中野重治, 「朝鮮の少女たち」, 『無産者新聞』97號, 無産者新聞社, 1927.

_____, 『中野重治詩集』第1巻, 筑摩書房, 1959.

中原中也, 『新編 中原中也全集』第1巻 詩1, 角川書店, 2000.

中原中也 外, 『日本の詩歌 23 中原中也 伊藤靜雄 八木重吉』, 中央公論社, 1982.

南富鎭, 『近代日本と朝鮮人像の形成』, 勉誠出版, 2002.

日本近代文學館 編, 『日本近代文學大事典』第3・4・5巻, 講談社, 1984.

『日本近代文學大事典』第1巻, 日本近代文學館 編, 講談社, 1977.

『日本現代詩大系』第8巻, 河出書房新社, 1975.

野間宏 外 編, 『日本プロレタリア文學大系6』, 三一書房, 1954.

朴春日, 『近代日本文学における朝鮮像』, 未來社, 1969(増補版, 1985).

丸山薫, 『丸山薫全集』第1巻, 角川書店, 1976.

三好達治, 『三好達治全集』, 筑摩書房, 1965.

_____, 『日本の詩歌 22』, 中公文庫, 1975.

三好行夫 外3人 編集, 『日本現代文學大事典』, 明治書院, 1994.

室生犀星, 『室生犀星全集』3巻, 新潮社, 1966.

_____,『室生犀星全集』, 4卷, 新潮社, 1965.

_____,『室生犀星全集』10卷, 新潮社, 1966.

_____,『日本の詩歌 15 室生犀星』, 中央公論社, 1968.

『明治大正文學全集』第36卷, 春陽堂, 1931.

安水稔和 編著,『小野十三郎』(現代敎養文庫 744), 社會思想社, 1972.

湯淺克衛,『カンナニ』, 講談社, 1946.